이 책을 먼저 읽은 싱글들의

이·구·동·성

내 삶에 시원한 바람이 분다

어딘가 모르게 찌뿌듯하고 근질거리는 내 삶 속에서 정확하게 가려운 곳을 긁어주었던 책. 특히 '인생을 바꾸는 여행을 떠나라' 는 책의 조언은 점점 현실에 안주해가고 있던 내 삶에 활력을 불어넣는 시원한 바람과 같았다. 서미란 (27세, 프리랜서 PD)

우리 시대의 모든 개인이 읽어야 할 책

싱글을 위한, 그러나 싱글만을 위한 책은 아니다. 이 시대를 살고 있는 20대, 30대들이 알아두면 득이 될 지침이 가득한 책이다. 이은 (25세, 프리랜서)

이건 바로 나를 위한 책!

어느 날 뒤돌아보니 훌쩍 먹어버린 나이에 여전히 결혼을 해야 하나 혼자 살아야 하나조 차 생각해본 적 없는 나에게 세상을 살아가는 힘과 용기와 지혜를 준 책. 김남희 (34세, 건 축설계사)

남자들도 꼭 읽어야 한다

싱글로 살아가는 20대, 30대 여성뿐만 아니라 이 시대, 이 땅에서 살아가는 모든 젊은이 들에게 인생 지침서가 되기에 부족함이 없는 책이다. 특히 2장의 '왜 남자들은 그딴 식으 로 말할까?' 에서는 많은 부분 공감하고 인정. 여성분들에게는 말할 필요 없이 강추! 박민 혁 (26세, 태권도 사범)

내 삶의 방향을 알려준 등불 같은 책

이 시대를 살아가는 싱글 여성뿐만 아니라 모든 20대, 30대 여성들에게 구체적이고 담 백한 조언을 해주는 똑똑하고 다부진 책이다. 이유희 (27세, 대학원생)

싱글에 대한 정의가 바뀌었다

혼자라서 무언가 부족하다고 생각하는가? 싱글이라서 외롭다는 생각을 하고 있는가? 그런 당신은 바로 이 책이 필요하다. 이 책은 싱글이라는 단어의 정의를 바꾸어버렸다. 싱글이 세상을 얼마나 활기차고 당당하게 살아갈 수 있는지를 구체적으로 설명하고 있기 때문이다. 서정화 (27세, 삼성카드)

좀더 나은 '아름다운 개인' 으로 살기 위해 난 지금 노력 중!

'2년 만기 적금을 다섯 번 이상 붓고 있다' 는 이 책의 첫번째 글을 읽으면서 나 혼자 키득거린다. 다들 그런 생각을 하는구나 하는 동질감. 이상은 씨가 쓴 것처럼 순간순간 좀더 나은 '아름다운 개인' 으로 살기 위해 노력 중이다. 노력하며 살다 보면 어느 길에선가 또다른 아름다운 개인을 만날 수 있으리라는 기대를 가지고 말이다. 이상민 (35세, 클라란스)

내 삶의 곤궁함을 시원하게 긁어준 책

나름대로 치열하게 살고 있는데 만의 하나 까칠하고 고집 센 냄새나는(?) 싱글이 되면 어쩌나 하는 걱정이 있었는데, 이젠 다정하고 인간적인 매력이 가득한, 현명한 싱글 생활을 즐길 수 있을 것 같다. 멋지게 살 수 있는 길을 보여주고 신나게 살라고 독려해준 이 책 덕분에 말이다. 남경희 (31세, 디올 코스메틱 홍보 담당)

언니 같은 다정한 책

싱글이라면 누구나 한번씩은 겪는 다양한 고민들을 단번에 털어주고, 세상을 다시금 멋지게 살아갈 힘을 주는 언니 같은 책이다. 삶의 보석 같은 이런 노하우와 깨우침을 남들보다 미리 알게 된 것이 행운. 김미나 (22세, 대학생)

싱글예찬

싱글예찬

아름다운 개인으로 살다

싱글즈 편집부 지음

북하우스

랄랄라, 행복해집시다!

이 글을 쓰고 있는 저는, 대한민국 대표 잡지 『싱글즈』를 맡고 있는 편집장으로, 애석하게도(?) 싱글이 아닙니다. 싱글도 아니면서 싱글 운운하는 저를 보고 '대체 뭐하자는 플레이야?' 하고 반문할지도 모르겠지만, 결혼을 하고 두 아이의 엄마기도 한 저 역시 아름다운 개인이고 싶은 열망은 간절합니다. 어느 누구로부터도 방해의 주파수를 받지 않는 온전한 나. 그래서 누구도 부럽지 않을 만한 혼자만의 즐거운 인생 스케줄이 있고, 마음 내키면 어디로든 훌쩍 떠날 수 있고, 기절초풍할 정도로 멋진 남자를 만날 99퍼센트의 가능성이 있는 아름다운 개인. 싱글이 찬란하고 아름다운 이유는 바로 이 때문이 아닐까요? 저는 이 책에 쓰인 이상은 씨의 표현이 참 좋습니다. "내 미래를 만들어가는 데 그 누구도 방해의 주파수를 보내지 않고, 자신과 상대 모두 키우는 사랑을 하는 것". 그게 바로 진정한 싱글의 모토가 아닐까요?

싱글은 마치 토요일 오후에 즐기는 낮잠 같은 게으름이기도 하고, 하루종일 징징대는 아이와 남편을 돌보는 대신 오직 나만 생각하면 되는 애교 섞인 이기심이기도 하고, 서른이 훌쩍 넘어서도 동방신기, 슈퍼주니어, FT아일랜드 운운하는 엉뚱함이기도 합니다. 이렇게 싱글 마인드를 갖고 살다 보면 가끔 듣게 되는 얘기도 있습니다.

"어쩜 그렇게 철이 없니?"

그러나 그 철없음이 양념처럼 당신을 싱글답게 만듭니다. 일주일 내내 개인 생활과 일의 균형을 맞추느라 녹다운이 된 원더우먼인 당신에게, 결혼과 상관없는 인생 설계와 1인 가정의 가장이 되기 위해 애써온 당신에게, 혼자서도 잘 노는 법을 터득하기 위해 애쓰는 당신에게도 반드시 재충전이 필요하니까요.

『싱글 예찬』은 싱글로 살아가다 보면 부딪히게 되는 많은 문제들에 대해 얘기합니다. 아름다운 개인이 되기 위해 반드시 갖춰야 될 것들을 알려주고 시시콜콜 가려운 부분을 긁어줍니다. 결혼이라는 잣대로만 당신을 재는 주위의 곱지 않은 시선과 개념 없이 들이대는 대책 없는 남자들과 맞서 스스로 당당해지는 법을 알려줍니다. 『싱글 예찬』은 슬플 때 당신을 위로해주고 지친 당신을 감싸 안아줍니다. 가끔은 권태와 열정 사이에서 방황하는 당신을 한순간 창공으로 날아오르게 만드는 똑똑한 책. 자 그럼 이제 자신 있게 책장을 펼쳐보세요.

『싱글즈』 편집장 이 은 영

CONTENTS

STYLE 06 싱글, 영혼의 안식처를 찾아라

나의 **싱글 지수**는 몇 점?

가능하면 빨리
결혼하고 싶다

YES ▶5 NO ▶2

일을 그만두고
싶을 때가 많다

YES ▶9 NO ▶6

연애와 결혼은
별개라고 생각한다

YES ▶6 NO ▶13

귀가 얇은 편이다

YES ▶17 NO ▶4

현재 데이트하는
남자가 없다

YES ▶6 NO ▶3

밤에 혼자
있으면 외롭다고
느낄 때가 많다

YES ▶10 NO ▶15

다른 사람을 위해
무언가를 해주는 걸
좋아한다

YES ▶17 NO ▶15

부모님께 아직도
많이 의지한다

YES ▶18 NO ▶19

평소 웰빙에
관심이 많다

YES ▶4 NO ▶6

중요한 일은
혼자 결정하는
편이다

YES ▶11 NO ▶12

결혼을 해도
집안일과 회사 일
모두 잘할
자신이 있다

YES ▶16 NO ▶15

혼자서도 즐기는
취미가 있다

YES ▶20 NO ▶19

요리하는 걸
좋아한다

YES ▶8 NO ▶7

가족과 함께
살고 있다

YES ▶11 NO ▶12

누군가에게
고민을
털어놓고 싶을
때가 많다

YES ▶19 NO ▶16

결혼을 해도
아이는
낳고 싶지 않다

YES ▶20 NO ▶15

성격과 라이프스타일, 경제력, 결혼관, 취미 등으로 미리 예측해본 싱글 행복도.
당신 안에 숨어 있는 자유로운 삶에 대한 욕망과 그것을 실현시킬 현실적 조건의 조화가 밝혀진다.

결혼하기 전까지는
부모님과 함께
살 계획이다
YES▶21 NO▶18

중요한 일은
부모님과
상의를 하는
편이다
YES▶25 NO▶22

현재의 생활이
지속되어도
큰 불만이 없다
YES▶A
NO▶B

방을 혼자
쓰고 있다
YES▶22 NO▶23

현재의 내 생활을
바꾸고 싶다
YES▶26 NO▶25

경제관념이
별로 없다
YES▶B
NO▶23

혼자
쇼핑을 하는 건
질색이다
YES▶18 NO▶23

모든 통장 관리는
내가 한다
YES▶27
NO▶C

자신이 바라는
싱글의 롤모델이
있다
YES▶28
NO▶D

스트레스를 푸는
나만의 비법이
있다
YES▶24 NO▶19

앞날을 생각하면
돈이 가장
걱정이다
YES▶C NO▶28

지금 당장은
연애보다
일이 더 중요하다
YES▶D
NO▶E

당신은?

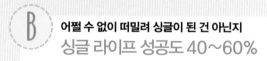

A 하루라도 빨리 커플이 되는 것이 나은 당신
싱글 라이프 성공도 0~40%

만약 당신이 싱글족으로 살겠다고 선언을 한다면(그럴 리도 없겠지만) 주위 어느 누구도 진지하게 들어주지 않을 것이다. 당신은 기본적으로 혼자 있는 것을 잘 견디지 못한다. 당신 같은 타입은 자유로운 싱글을 결심하고 화려하게 첫발을 내디딘다고 해도 오래가지 않는다. 처음에는 동성 친구들과 북적대며 놀러 다니는 맛에 '그래, 이게 싱글이야' 라며 즐거워하겠지만, 곧 우울해진다. 한순간의 기분으로 흥청망청 자유를 만끽하기보다는 하루라도 빨리 평생 짝이 되어줄 한 남자를 찾는 일이 현명하다.

B 어쩔 수 없이 떠밀려 싱글이 된 건 아닌지
싱글 라이프 성공도 40~60%

혹 '당분간 결혼은 안 할 거야' '독립을 해야겠어' 라고 말하면 주위 사람들이 이렇게 되받아치진 않는가? '당분간 결혼은 못 하는 거겠지' '독립할 능력은 되고?' 스스로는 어느 정도 싱글생활에 익숙해졌다고 생각한다. 그러나 아직 싱글로서 마음과 현실, 어느 것도 준비가 되어 있지 않다. 어쩔 수 없이 등 떠밀려 싱글의 길로 들어섰을 확률이 높다. 일종의 체념처럼 싱글의 길을 선택한 것은 아닌지 스스로에게 물어보자. 당신이 진심으로 선택한 길이라면 당당한 싱글이 되도록 이제부터 노력해야 한다. 멋진 싱글은 저절로 태어나는 것이 아니라, 시간과 돈과 노력으로 만들어지는 것이라는 사실을 잊지 말자.

받쳐주는 건 없어도 마음만은 자유로운 싱글
싱글 라이프 성공도 60~80%

스스로 마음의 준비는 끝났다. 어느 정도 싱글이라는 것이 편안하게 느껴지기 시작한다. 그러나 이건 말 그대로 마음뿐이다. 현실적으로 당신은 싱글 생활을 폼 나게 유지할 기반이 준비되지 않았다. 쿨한 싱글을 꿈꾼다면 이제부터라도 경제적이고 생활적인 면에서 노력을 기울여야 한다. 자칫하다가는 준비된 것 하나 없는 궁상맞은 싱글이 될 수도 있기 때문이다. 혼자 살 공간은 어떻게 마련할 것인지, 경제적인 부담은 어떻게 해결할 것인지 등 현실적인 문제를 고민해보고 서서히 싱글 생활의 기반을 잡아야 할 시기다. 좀더 현실적이 된다면 당신에게도 화려한 싱글이라는 호칭이 멀지만은 않다.

재미는 없지만 걱정거리 없는 싱글
싱글 라이프 성공도 80~90%

주위 사람들도 당신을 싱글로 인정하고, 일면 부러워하기도 한다. 그러나 이면을 들여다보면 주말에는 소파에서 뒹굴거리며 리모컨만 돌려대고, 함께 쇼핑하러 갈 사람이 없어 인터넷 쇼핑만 하고 있는지도 모른다. 혼자인 것이 편안하고 자유롭다고 스스로를 위안해봐도 시시때때로 허전함과 외로움이 몰려온다. 즐거움이 없는 싱글 생활은 아니한 만 못하다. 싱글 생활의 재미와 즐거움을 느낄 수 있는 조건들을 만들어야 한다. 우선 혼자 있는 시간을 줄여야 한다. 마음이 맞는 싱글을 찾든, 가족들과의 관계를 돈독히 하든, 혼자 망망대해를 헤매고 있다는 생각이 들지 않도록 해야 한다. 이 조건만 충족되면 당신은 에너지 넘치는 화려한 싱글이 될 수 있다.

화려한 싱글들의 교본과도 같은 당신
싱글 라이프 성공도 100%

외적으로도 내적으로도 완벽한 싱글에 가까운 당신. 혼자인 것이 너무 잘 어울리며, 또 그런 생활을 하는 당신에게는 언제나 생기와 활력이 넘친다. 당신은 자신의 선택에 의해 싱글의 길에 들어섰고, 철저한 자기 관리를 통해 앞으로의 싱글 생활 역시 전혀 어려움 없이 펼쳐나갈 것이다. 화려한 싱글 생활을 위한 지속적인 노력도 하고 있다. 지금처럼 자기 관리를 철저히 해나간다면 누구나 부러워하는 싱글로 남아 있을 수 있다.

홀로 아름다운 개인이 되라

당신의 싱글 생활은 당신이 1인 가정의 가장이 됨을 의미한다. 싱글로 살기 위한 리스트를 적고, 결혼과 관계없이 당신의 인생 계획을 짜고 실행에 옮겨라. 결혼을 하면 모든 게 바뀔지도 모른다는 생각은 일종의 현실 도피다. 화려한 싱글에 대한 동경도 멀리 던져버려라. 당신의 싱글 생활은 환상이 아닌 실제 상황임을 명심하라.

결혼과 상관없는 인생 설계가 필요하다

> 우리의 인생은
> 우리가 노력한 만큼
> 가치가 있다.
> _프랑수아 모리악

내 나이 27살 때, 도대체 적금을 부을 수 없던 순간이 있었다. 딱히 결혼할 남자도 없는데 머릿속에는 '결혼'이라는 단어가 떠나지 않아 어떤 계획도 실현하거나 세울 수 없던 애매한 시간들. 그러나 나는 이미, 2년 만기 적금을 다섯 번 이상 반복해서 붓고 있다. 이럴 줄 알았으면 진작 10년 이상을 바라보고 재테크 계획을 짤 것을! 그 사이에 줄줄 새어 나간 돈이 안타깝다.

지금 내가 쓰는 침대는 오빠가 결혼하기 전에 쓰던 거다. 땀 많이 흘리는 오빠를 생각하면 더이상 쓰기 싫지만 돈을 생각하면 굳이 다시 사고 싶지 않다. 이미 20년쯤 된 침대라 내 몸무게 때문이 아니라 세월 때문에 가운데 부분에 살짝 웅덩이가 생겼다. 새로운 침대에 대한 욕구는 잠자리에 누울 때마다 일어날 때마다 생겨난다.

그러나 막상 온라인 쇼핑몰에 들어가 침대를 고르거나 가구점에 가서 결정하는 순간에는 주춤하게 된다. 이러다가 갑자기 결혼이라도 하게 되면……? 물론 '아예 퀸이나 킹 사이즈로 살까?'라는 생각을 안 하는 것은 아니다. 그러나 왠지 침대를 다시 구입하는 것은 내가 영원히 결혼하지 않겠다는 선언처럼 느껴지는 것 같다.

사실, 내 방을 둘러보면 침대뿐만이 아니다. 정말 뚱뚱한 옛날 TV, 엄마가 쓰던 화장대와 옷장, 내 방은 사실 내 방이 아니다. 온갖 유령들의 잔치. 그것만 보면 마치 잠시 머물다 갈 사람 같다. 그건 가구나 가전제품만이 아니다. 생각해보면 내 집을 장만하기 전에도 난 5~6년을 고민했다.

당신 역시 계획을 세우다가 '이러다 갑자기 결혼하게 되면 어떡하지?'라고 생각하는 순간이 있었는가? 그렇다면 혹시 '곧 결혼할 건데, 뭐' 이러면서 아무 계획 없이 남자만 기다리고 있었던 건 아닌가? 그러나 결론적으로 말하면 결혼을 해도 달라지는 건 아무것도 없다. 결혼을 한다고 아파트가 하늘에서 떨어지지도 않고, 노후 연금이 땅에서 솟지도 않는다. 혼자 살든 둘이 살든 준비해야 할 것은 똑같다. 결혼을 하면 모든 게 바뀔지도 모른다는 생각은 일종의 현실 도피다. 당신은 신데렐라가 아니니까.

반대로 결혼에 더 조급해지는 이유 역시 결혼 외에는 아무 계획도 세워놓지 않았기 때문이다. 그러므로 결혼과 상관없이 자신만의 인생 계획이 필요하다. 출산을 제외하고는 결혼으로 달라지는 인생은 크게 없기 때문이다.

대학원을 진학하고 싶은가? 전직을 하고 싶은가? 유학을 가고 싶은가? 집을 사고 싶은가? 이것은 모두 결혼을 해서도 이루어야 하는 당신의 인생 설계다. 그럼에도 불구하고 왠지 결혼이라는 큰 문제를 해결하지 않았기 때문에 마음 한구석에는 늘 찜찜한 느낌이 든다. 물론 결혼을 하면 인생 계획이 순서나 시점은 달라질 수 있다. 그러나 당신이 가고 싶은 대학원이나 전직, 유학, 부동산 구입이 결혼을 하면 그 욕구가 사라질 정도로 사소하고 하찮은 것인가? 그러므로 다시 한번 강조하건대, 결혼과 관계없이 당신의 계획을 짜고 실행에 옮겨라.

참고로, 나의 꿈은 남미 농업 이민이었다. 다만 조건이 하나 있었는데 그건 뜻이 맞는 '남편하고'였다. 그 꿈을 꾼 지 20년이 지났지만 여전히 그 꿈은 그냥 꿈이다. 내가 혼자 못 한다면, 그것은 열정과 마음이 부족하기 때문이지 남편이 없기 때문은 아니다. 혹 내 생각대로 10년 전 남미 농업 이민을 떠났다면, 지금쯤은 그곳에서 이글거리는 눈빛을 한, 몸짱 청년 하나쯤 만나지 않았을까.

당신은
1인 가정의
가장이다

그래, 함부로 살지 말자.
할 수 있는데 안 하지는 말자.
이것이 내가 삶에 보이는
최고의 적극성이다.
_신경숙

아이 대신 당신을 교육하고, 남편 대신 당신을 돌본다. 엄마가 나를 먹여 살

렸듯이 살뜰히 나를 먹이고, 아빠가 나를 부양했듯이 나를 부양한다. 그것

이 참된 싱글 라이프다.

연봉 8천에, 이자 수입 그리고 몇 백의 월세 수입이 있는 내 친구 A는 여전히 경기도의 10평대 아파트에 전세를 살고 있다. 허리 디스크 증상이 있어 좁은 거실에는 소파를 놓을 수 없고 식탁은 결혼을 하면 어차피 구입할 것 같아 사지 않고 있다. 밤마다 거실에서 밥상에서 텔레비전을 보며 밥을 먹을 때마다 그녀는 우울해진다. 그녀의 인생은 하나도 재미가 없다.

그러나 싱글 생활은 자취 생활과 동의어가 아니다. 단지 한문의 의미로 보면 자취自炊는 '스스로 밥을 지어 먹는다'는 뜻일 뿐이다. 그러나 당신의 싱글 생활이 단지 '스스로 밥을 지어 먹는 것'으로 끝나는가? 당신의 싱글 생활은 단지 '식'만을 말하는 것이 아니며, 건강을 지키기 위해 식은 중요하지만, 당신의 생활은 다른 많은 것들을 뜻한다.

일단 당신의 싱글 생활은 당신이 1인 가정의 가장이 됨을 의미한다. 이제 당신에게도 가정이 생긴 것이다. 다만 그 가정의 구성원이 당신 혼자라는 것. 그러므로 당신 혼자서 엄마의 역할과 아빠의 역할을, 그리고 기존에 당신이 혼자서 했던 모든 역할들을 당신이 모두 해야 한다는 것이다.

특히 당신이 독립한 싱글이라면 그 의미는 더욱 중대해진다. 제멋대로 살고 싶어 선택한 독립은 망가짐의 지름길임을 잊지 말자. 부모님의 잔소리가 지겨워서 맘껏 내 맘대로 살고 실컷 게으름을 피우고 싶어 독립한 것은 아니지 않은가. 세상에 당신이 혼자서도 잘 살 수 있음을 증명하라. 또한 당신이 독립하지 않았더라도, 부모 밑에서 응석을 부릴 나이는 지났다.

그렇다면 1인 가정의 가장은 무엇을 해야 하는가. 일단 당신의 공간을 멋진 주거 공간으로 만들어라.

싱글의 집이라고 잠만 자는 공간은 아니다. 결혼을 하기 전에 잠시 머무는 움막도 아니다. 매트리스만 대충 깔고, 종이컵과 나무젓가락을 주로 사용하며, 임시방편 같은 싸구려 하숙집 같은 집을 만들지 말라는 이야기다.

의외로 멋진 생각으로 출발했지만, 여러 가지 사정으로 이런 식으로 사는 사람이 많다. 그건 부모님에 기생해서 살아도 마찬가지다. 진지한 싱글은 여행 갈 돈으로 라텍스 매트리스를 사고, 가방과 구두를 살 돈으로 김치냉장고를 구입한다.

그러니, 스스로 엄마가 되어라. 결혼을 하건 싱글로 살건 당신이 해야 할 가사노동의 양은 같다. 물론 싱글은 하고 싶지 않을 때 하지 않을 자유가 있다. 그러나 그건 어디까지나 잠시 미뤄둔 것이지 일 자체가 없어지는 건 아니다. 스스로 엄마가 되어 집안일을 해결하는 법을 배워야 한다. 특히 독립한 싱글의 주말은 화려하지 않다. 하루 종일 쓸고 닦고 털고 말려야 또 한 주를 살 수 있는 것이다.

마지막으로 자유롭고 당당한 싱글의 길을 선택했으니, 그런 싱글로 살기 위해 필요한 리스트를 적어보라. 독립, 노후, 연애, 취미, 동료 등 필요한 것들의 리스트를 적고 구체적인 내용을 적어 내려가다

보면 지금부터 당장 준비해야 하는 것이 무엇인지, 시작해야 하는 것이 무엇인지, 버려야 하는 것이 무엇인지 점점 분명하고 명확해질 것이다.

독립 싱글이
명심해야 할 8가지

01 자신만의 귀가 시간을 정하라 늦게 들어온다고 머리채 잡히던 시절에서 해방됐다

고 방심하지 말자. 간섭하는 사람 없어도 규칙을 지키는 자만이 진정한 독립을 쟁취할 수

있다.

02 친구들의 초대를 자제하라 부담 없이 2차로 오는 집을 만들어선 안 된다. 아무리

편한 이성 친구라도 편하게 들락거리는 집으로 만들어선 안 된다. 자기만의 스위트홈이

친구들의 놀이터가 되어선 진정한 독립이라 할 수 없다.

03 하루 세 끼는 챙겨 먹어라 차려줄 사람이 없다고 아침을 건너뛰지 말자. 해 먹기 귀

찮다고 배달 음식에 중독되지 말자. 진정한 독립의 의미는 내 몸 건강한 후 진가를 발휘

한다.

04 남자를 집에서 재우지 마라 가급적 집에 남자를 데려오지 마라. 사랑하는 사이라

해도, 아무리 밤이 늦어도, 남자 친구는 꼭 돌려보내라. 남자 친구가 바뀔 때마다 이사를

가야 하는 번거로움이 생기길 원치 않는다면 말이다.

05 침실과 거실의 경계를 두어라 자그마한 원룸이라 하더라도 침대와 거실이 한눈에 보이게 하지 마라. 원룸일수록 파티션 등으로 경계를 두는 것이 집 안 구조의 원칙이다.

06 전입신고를 하라 주민등록등본 상에는 가족과 함께 기재되어 있고 몸만 나와 있는 경우라면, 단독 세대주가 되어봄으로써 그만큼의 의무와 책임을 경험할 것.

07 보조키를 만들어라 혼자서만 집 열쇠를 가지지 마라. 보조키를 만들어 가족들이 있는 집에 맡겨놓을 것. 엄마가 갑자기 들이닥치는 일은 없더라도 그만큼의 긴장감은 분명히 존재할 것이다.

08 술은 술집에서 아무리 혼자 사는 집이라도 분명 집이지 술집이 아니다. 잠은 집에서, 술은 술집에서, 섹스는 호텔에서가 진리다.

아름다운
롤모델을
정해라

유명 영어 강사 이보영 씨의 어머니는 우리나라 최초의 비행사 김경오 씨다.

어린 시절에 대해 그녀가 회상하는 것이 있다면, 그녀 주변에는 성공한 여성

이 참 많았다는 것이다. 그들은 그녀의 롤모델이 되었고, 자신 스스로도 커

다란 꿈을 가지고 그것을 실현할 수 있었다고 한다. 그렇다면 당신의 롤모델

은 누구인가. 그것이 당신의 미래의 크기를 결정한다.

맹모삼천지교는 비단 어린아이들에게만 통하는 말은 아니다. 어린 시절을 생각해보자. 우리는 우리가 보이는 한에서 동경하고 바라고 꿈꾸지 않았던가. 그러나 이제 내가 나의 미래상을 찾을 수 있는 곳은 너무나 많다. 텔레비전이나 영화, 인터넷, 자서전이나 위인전 등은 우리에게 훌륭한 롤모델들을 제시한다.

만약 당신이 10년, 20년, 30년 후……. 싱글로서 자신이 어떻게 살아가고 있을지 전혀 예측할 수 없다면 현실의 생활에도 정착할 수 없다. 그럴 때 자신이 이상적이라고 생각하는 싱글의 길을 먼저 걸어간 선배를 찾아보자. 그들이 걸어간 길을 바라보면 자신에게도 자신감이 생긴다. 거창하게는 바람의 딸 한비야, 한나라당 박근혜 전 대표 등의 유명인들부터 주변의 싱글 여자 선배까지, 마음만 먹으면 롤모델을 찾는 게 그리 힘든 일은 아니다.

굳이 멀리 찾을 필요는 없다. 회사나 관계사에서도 찾아보자. 아무리 훌륭하더라도 당신이 전혀 접촉할 수 없다면 배울 수 있는 것도 적을 수밖에 없다. 그보다는 당신이 힘들 때 의논을 청할 수 있고, 일하는 태도와 자세, 인생관 등을 쉽게 벤치마킹할 수 있는 가까운 대상이고, 당신이 청하면 만나줄 수 있는 사람이 가장 좋다.

상대에게 멘토링을 해달라고 부탁해도 좋다. 아마 평생의 스승이 되어줄 수 있을 것이다. 만약 당신이 원하는 모습을 가진 단 한 사람을 찾기 힘들다면, 여러 명을 두어도 좋다. 그들에게서 필요한 면을 하나하나씩 배워나가면 되니까.

어쩌면 시기에 따라 롤모델, 즉 멘토는 달라질 수 있다. 그것은 당신이 시기별로 필요한 자질이나 태도, 목표 등이 달라질 수 있기 때문이다.

나는 시오노 나나미 같은 사람이 되고 싶다. 그녀를 만나기 전(물론 직접 만난 것은 아니지만) 나는 내가 무엇이 되고 싶었는지 몰랐다. 그 뒤를 계획할 수 없어서 술 먹고 춤추고 놀다가 서른 살이 되기 전에 죽어버리면 되지 않을까 생각했는데, 서른이 되어서도 버젓이 살아 있었다. 나의 막막함은 『로마인 이야기』를 통해 시오노 나나미를 알게 되면서 풀렸다. 그녀는 20년 동안 연구한 내용으로 『로마인 이야기』를 썼다고 한다. 나도 그녀처럼 살고 싶다! 20년간 도서관을 다니면서 앎을 즐기고 깨달음을 얻고, 그리고 책을 쓴다. 정말 내가 꿈꿨던 삶이었다. 나에게 20년, 30년을 바라보는 목표가 생긴 것이며, 실천 방법도 아주 어렵지 않게 삶의 기본 줄기는 정할 수 있게 되었다.

그러나 여기서 가장 중요한 것은 롤모델이나 멘토에게 무엇을 어떻게 배울 것인가 하는 점이며 자신의 삶에 어떻게 적용시킬 것인가 하는 점이다. 단지 그 삶을 모방하는 것은 의미가 없다. 롤모델를 통해 자신의 모델을 창조하라. 즐겁게! 자신있게! 당당하게!

허세를 버리고
실리를 찾아라

정해진 해결법 같은 것은
없다. 인생에 있는 것은
진행 중의 힘뿐이다.
그 힘을 만들어내야 하는
것이다. 그것만 있으면
해결법 따위는 저절로 알게
되는 것이다.
_생텍쥐페리

싱글들의 입에서는 '최소한'으로 시작하는 이야기들이 줄줄이 나온다. 휴가는 최소한 어디로 가야 하고, 데이트는 최소한 어디에서 해야 하며, 차는 최소한 무엇을 타야 한다. 잠은 최소한 어떤 호텔에서 자야 하고, 남자의 직업은 최소한 무엇이어야 한다. 그렇게 높은 최소한의 기준을 가지고 있는 싱글들의 미래는 진정으로 최소한만 보장되어 있을 뿐이라는 것을 왜 깨닫지 못하는가?

난 동료 B가 싫다. 그녀의 얼굴만 보면 두드러기가 나고 그녀가 입을 열면 토할 것 같다. 심지어 그녀의 이야기가 이어지면 주변 남자들, 한 가정의 가장이라 자신의 월급에 네 식구의 생사가 걸려 있는 그들의 눈치를 괜히 보게 된다. 그녀는 커피는 콩다방이나 별다방 아니면 입에 대지 않는다. 회의 시작하는 순간, 항상 그녀의 손에는 두 다방의 그란데 사이즈의 종이컵이 들려 있다. 회사 회식을 가깝고 안주를 듬뿍 주는 맥줏집에서 하자는 관리팀에게 그녀는 경멸의 눈길을 던진다. 그녀가 주장하는 맥줏집은 최소한 인테리어가 좋아야 하고 맥주는 전 세계에서 온 몇 십 종을 보유하고 있어야 한다. 참치는 꼭 튜나라고 이야기해야 하며, 런던과 뉴욕만이 진정한 고향이다. 같은 싱글로서 참 부끄럽다고 생각하는 순간이 있다. 때때로 나는 끊임없이 '최소한'을 외치는 그녀의 20년이나 30년 후를 가보고 싶다고 심술궂은 생각을 하기도 한다. 왠지 그녀의 미래가 보이는 듯하니까.

인생에 있어 가장 부유한 시기─극빈자들조차도 20대와 30대는 인생에서 가장 넉넉한 시기다. 모든 사람의 일생에 젊은 시기는 재산이 가장 많은 때는 아니지만 경제력을 가질 수 있는 시기다. 쉽게 말해 건강한 신체를 놀려 돈을 벌 수 있는 시기이기 때문이다. 장차관이나 국회의원을 지냈고, 의사였고 판사였고 CEO였던, 즉 잘나갔던 우리 아버지의 친구들은 퇴직 후에는 친구 모임을 5천 원짜리 식사로 만족한다.

단언하건대 화려한 싱글처럼 보이며 살다가는 늙어서 궁핍함에 시달린다. 그러므로 화려한 싱글이라는 강박관념에 사로잡혀 물 위에 뜬 백조가 될 수 있다. 자기를 위한 투자도 커리어나 실질적인 것을 얻을 수 있는 것으로 약삭빠르게 해야 한다. 감정적인 위로나 보상을 받기 위해 결혼한 여자라면 상상도 못 할 해외 리조트 휴가나 허황된 소비는 현명하지 못한 짓이다.

오래된(?) 싱글들은 싱글의 최고 조건으로 경제력을 단연 꼽는다.

커플은 집 장만, 아이 교육, 은퇴 후를 염두에 두고 이미 돈을 쪼개고 또 쪼개어 투자한다. 그것도 둘이서 함께! 그렇다면 싱글인 당신은 은퇴 후를 얼마나 준비하고 있는가? 재테크의 기본은 통장 나누기다. 당신은 몇 개의 통장을 가지고 있는가? 최소한 5개의 통장을 가지고 있어야 한다. 노후를 위한 10년 이상 장기 상품도 가입해 둘 것.

혹 재테크에 자신이 없는가? 그렇다면 이 대목에서 시골 의사 박경철의 충고를 떠올리자.

그는 최근의 책 『시골의사의 부자경제학』에서 좋은 재테크 방법으로 자신에 대한 투자를 말한다. 굳이 미래를 위한 재테크를 할 것이 아니라 자신의 능력, 즉 자신의 몸값을 높이는 것.

재테크를 한다고 하루 종일 상사 몰래 주가 변동만 보고 있다든지 주말을 온통 집만 보러 다니기보다는 주말에 어학 학원을 다니고 근무 열심히 하고 대학원을 다녀서 자신의 커리어의 수준을 높이는 것이다.

　70세에도 여전히 잘 팔릴 수 있는 커리어를 만들어두면 굳이 노후 자금도 필요없지 않을까. 그러므로 커리어 관리를 놓치는 순간, 싱글은 생명줄을 놓치는 것이다.

나이로부터
자유로워져라

청춘이란 마음가짐을
말한다. 장미의 용모, 입술,
나긋나긋한 손발이 아니라
씩씩한 의지, 풍부한 상상력,
불타오르는 정열과
모험심을 의미한다.
_「청춘」 사무엘 울만

스물아홉, 서른, 서른하나…… 음악에 맞춰 빙글빙글 돌다 문득 정신을 차려 보니 모두가 의자에 앉고 나만 혼자 서 있는 느낌, 이라고 서른다섯의 선배가 요즈음의 심경을 표현했다. 특정한 대상도 없는 묘한 배신감과 혼란, 당혹스러움의 불안한 쓰리썸. 괴테가 21세기 한국에서 살았다면, 진정한 질풍노도의 시기는 바로 20대 후반에서 30대라고 자신의 아포리즘을 수정하지 않았을까?

싱글에게 30대란 그렇다. 철수와 영희처럼 시집장가를 간 것도
아니고, 그렇다고 그들보다 나은 사회적 명예를 획득하지도 못했으
면서, 정의보다는 밥그릇이 더 가까운, 그래서 여전히 사랑은 어렵
고 미래는 불안하며 종종 자신이 한심하다. 거울을 보면 더욱 참담
하다. 팔자 좋은 혹자는 이렇게 말한다. 그러니까 나이를 잊고 살라
고. 그러나 그게 어디 쉬운가. 개인주의가 만연한 현대사회에도 결
혼 안 한 여자의 나이는 국민적 관심의 대상이니 이쯤 되면 금붕어
라도 제 나이는 기억한다. 주책없이 나이는 먹어가는데 그럼 도대체
어쩌라는 말인가.

자하연한의원 임형택 원장은 누구나의 인생엔 과도기의 시점이
있다고 한다. 새로운 환경에 첫발을 내디뎌야 하는 열아홉이나 대학
졸업반 그때처럼 이 시기도 마찬가지다. 사회생활을 통해 자신의 능
력의 한계도 경험했고, 동시에 적성이 무엇인지 이젠 조금 알 것도
같고, 결혼은 하느냐 마느냐, 어떻게 살아야 하느냐, 중요한 선택의
문제들이 눈앞에 놓여 있다.

문제는 이 중요한 시점에 우리는 에너지의 90퍼센트를 일에 쏟
고, 그 나머지를 신체의 건강에, 가족과 사람들 간의 관계에 나눠 주
느라 정작 자기 내면엔 소홀해왔다는 것이다.

게다가 나이를 먹으면 마음도 함께 나이를 먹는다. 피부의 탄력은
사라지고 주름이 생기고, 근육 대신 지방과 수분의 양은 많아져 약
해지는 신체의 노화 현상처럼, 융통성은 줄어들고 치유되지 못한 상

처엔 골이 파이고, 의욕 대신 자기기만과 우울의 양은 많아져 마음
은 자꾸만 허약해진다. 마음의 세포, 기억의 노화 때문이다.

감동받을 일도 추억이 될 만한 거리도 자꾸만 줄어든다. 활동 반
경의 폭이 좁아지면 노화는 더 빠르게 진행된다. 회사와 집을 쳇바
퀴처럼 오가는 생활, 늘 보던 얼굴들과 며칠 전에도 나누었던 것 같
은 비슷한 얘기가 오가고 10년이 하루 같은 그런 날이 오고야 마는
것이다.

그래서 때로는 자극이 필요하다. 가까운 곳이든 먼 곳이든 여행을
해야만 하는 이유는 이 때문이다. 중복되지 않은 새로운 세상의 조
각만이 성장을 멈춘 기억의 일부가 될 수 있다. 혹은 지금껏 경험하
지 못한 생경한 감정을 일으키는 무언가가 필요하다.

사실 이건 그렇게 어렵지만은 않다. 그냥 늘 걷던 길에서 한 발짝
만 옮겨봐도 모든 것은 새로워진다. 늘 입던 검은 정장 대신 컬러풀
한 셔츠만 입어봐도, 얼굴도 보지 않은 채 내뱉는 "안녕하세요" 대
신 손을 번쩍 들어 신나게 흔들기만 해도 공기의 파장이 달라지고
주변 사람들의 반응이, 자신의 마음이, 그날 하루가 지금까지와는
다른 새로운 것이 된다. 혹은 요시다 슈이치의 소설 『7월 24일 거
리』의 주인공처럼 당신이 매일 지나는 거리와 외국 어느 도시의 공
통점을 찾아 바꿔 불러본다. 한강을 센 강으로, 거리의 샌드위치 가
게를 '아를의 카페'로 이름을 달리하면, 그 거리를 보는 당신의 느낌
도 달라질 것이다.

마치 여행 온 것처럼 찰나의 감동으로 주변을 바라보라. 지리멸렬한 일상의 반복과 단순화된 기억에 늙어가는 몸과 마음을 느낀다면 그냥 '뭔가 색다른 일이 일어났으면 좋겠다'라고 불평만 하지 말고 먼저 새것이 되어보라.

어쩌면 싱글에게 나이는 다만 숫자가 아니라 어떤 계기판일지도 모르겠다. 목적지만 정확하다면, 왜 지금 내가 이 길을 달리고 있는지 그 이유만 분명히 안다면, 계기판의 숫자가 어디를 가리키건 여행은 행복하지 않을까?

"왜 아직 혼자세요?" 라는 질문의 대처법

사람들은 대개 정신없이
서둘러 결혼하기 때문에
한평생 후회한다.
_몰리에르

당신에게는 혼자만의 짭짤한 인생 계획이 있고, 즐거운 인생 스케줄이 있

다. 성취하고 싶은 목표가 있고, 그것을 실행하는 당당한 마음이 있다. 그러

나 주변에서 '왜 아직 혼자냐'고 자꾸 묻는 순간 왠지 힘이 빠진다면, 씩씩

하고 현명하게 대처할 방법을 찾아보자. 반복되는 그 질문은 개인에 대한

일종의 정신적인 폭력이므로.

짝 없는 싱글 남녀 100명에게 물었다. "왜 아직 혼자세요?"라는 질문을 가장 자주 하는 사람은 누구인가. 질문에 답한 싱글의 32퍼센트가 친척을, 18퍼센트는 동성 친구를, 14퍼센트는 지금 연애 중인 친구를 꼽았다. 그렇다면 그런 질문을 받을 때 싱글들은 어떤 기분일까? 이미 무뎌진 지 오래라던가 의식적으로라도 가볍게 여기려 노력한다는 싱글들도 있었지만, 기분이 상하고 의기소침해진다는 싱글들도 39퍼센트나 됐다. 여전히 "왜 아직 혼자세요?"라는 질문은 싱글들에게 고민거리인 셈이다.

집안 연례행사 때마다 등장하는 애인 없는 싱글들의 최대 적, 친척. 아무렇지도 않은 듯 던지는 그들의 걱정 어린 한마디에 싱글들은 실로 난처한 순간을 견뎌내야 한다.

설날, 추석 등 각종 명절 때만 되면 돌아오는 친척들의 공격에는 절실한 기독교 집안만 아니라면, 가벼운 미신을 이용해보는 것도 좋겠다. '서른 전에 남자 만나면' 집안에 안 좋은 일이 생긴다더라, 결혼해도 곧 이혼하게 된다더라 등의 말로 살짝 겁을 준다.

"용한 점쟁이가 서른(혹은 마흔) 전에는 남자 만나지 말래요."
"아직 때가 아닌가 봐요(최대한 티 없이 맑게 웃으며)."
"소개 좀 해주세요."

이런 이야기가 절대로 통하지 않는다면, '아직은 건재한' 당신의 모습을 보여주자. 아무렇지도 않다는 듯한 미소 한 방. 해맑은 웃음에 자신 없으면, 단도직입적으로 소개해달라고 조른다. 대부분 물러선다.

그렇다면 시시때때로 싱글녀들을 공격해오는 부모님과 가족들의 추궁에는 어떻게 대응해야 할까. 같은 질문이라도 부모님과 함께 사는 사람들과 독립해서 사는 사람들의 대처 방법이 다를 듯하다.

부모님과 함께 산다면, 새빨간 거짓말이라도 좋다. 동서고금을 막론하고 자식과 함께하는 시간을 싫어하는 부모가 어디 있으랴. 짝없는 과년한 자식들 앞에서는 어서 가라 등을 떠밀지만, 은근히 같이 밥 먹고 TV도 보고 하는 걸 좋아하신다. 독립한 사람들의 경우, 임기응변식이지만 곧 짝을 만나게 될 것임을 끊임없이 주지시키자. 부모님의 걱정까지 덜어드리는 일석이조 대답.

"엄마, 아빠랑 오래오래 같이 살려고 그러지~."
"책임져! 왜 날 이렇게 눈 높게 키운 거야."
"이달 말에 소개팅하기로 했어요."

언니, 오빠 등의 가족들에게는 한 부모에게서 태어난 연대의식을 이용해 그들의 공격을 막아내자. 아니면, 그냥 솔직하게 자신의 심정을 말한다.

때로는 생각 없는 이성 친구의 한마디가 가슴을 후벼 판다. 야속

한 이성 친구들에게는 이렇게 말해보자. 남녀 사이에는 친구가 없다고 생각하는 이들에게 적합한 대응법. 그들은 분명 당신이 자신을 언젠가 남자로 볼 수도 있다는 사실을 은연중에라도 간과하지 않고 있을 것. 게다가 당신의 생각 없는 이성 친구는 그런 사실에 우쭐한 기분이 될 수도 있다.

　"내가 애인 없는 이유가 왜 궁금한 건데, 너 혹시, 나한테……."
　"너 같은 애가 없잖아." 혹은 "너 같은 남자 만날까 봐."
　"남 걱정할 때가 아니다."

얄미운 동성 친구에게는 세게 나가는 것이 좋다. 다시 그런 말이 안 나오도록 쐐기를 박아버리자(다만 세번째 대답은 일장 연설을 불러올 수 있고, 첫번째 대답은 결혼해서 행복하지 못한 상대에게 상처를 줄 수 있다는 점을 염두에 둘 것).

"넌, 도대체 왜 결혼했는데?(상대에게 한심한 눈빛을 보내며.)"

"나도 너처럼 쌍꺼풀 수술하면 애인 생기는 거야? 그런 거야?"

"나도 잘 모르겠어. 내 눈이 높은 것도 아닌데 왜일까? 내가 바라는 거라곤 고작 백팔십이 넘는 키에 넓은 가슴과 쌍꺼풀 없는 예리한 눈, 아래로 길고 오똑하게 떨어지는 콧날과 적당히 섹시한 입술, 자연스러운 웨이브가 들어간 갈색 머리에, 길고 가는 손가락. 그 아름다운 손가락으로 가끔 나만을 위해 피아노 연주를 해주면 좋겠어. 그리고 역시 남자는 성격이 중요하겠지. 내 친구들이랑 가족에게 항상 최선을 다하고 내 투정을 모두 받아주며 나만 사랑하는 사람 정도. 혹시 이런 사람 네 주위에 없니?"

적당한 거리를 유지할 수 있는 직장 동료들에게 당신이 애인 없는 속사정까지 속속들이 말할 필요가 있을까? "결혼해서 연애하려고 에너지 절약 중입니다" "세상은 넓고, 남자는 많잖아요." 그저, 상대방의 기분이 상하지 않을 정도에서 대화를 마무리 짓는 것이 좋다. 반면 겁도 없이 이런 질문을 툭툭 내뱉는 어린 후배들에게는 따끔하게 대처하지 않으면 두고두고 "왜 아직 혼자세요?"라는 말을 듣게 될지도 모른다. "It's not your business"식으로 아예, 완전히 무시하고 대답을 하지 않는 방법도 좋다.

당신 인생의 두려움과 맞서라

세상은 그대의 의지에 따라 그 모습이 변한다. 동일한 상황에서도 어떤 사람은 절망하고 어떤 사람은 여유 있는 마음으로 행복을 즐긴다.
_ 발타자르 그라시안

심리학 용어로 '역공포 현상' 이라는 것이 있다. 아예 공포의 대상이나 상황과 접촉해서 공포를 부정하려는 무의식적인 노력이다. 즉 높은 산에 대한 두려움을 극복하기 위해 등산을 하러 다니고, 피를 보는 것이 무서운 사람이 의사가 되는 것과 같은 행동을 말한다. 그럴 때 필요한 것은 용기와 대담함이다.

나는 어두운 골목길도 무섭지 않고(18년 동안 새벽까지 이어진 야근의 결과다) 낯선 외국도 무섭지 않다(일부러 위험한 곳만 찾지 않는다면 위험한 일은 없다). 돈이 없는 것도 무섭지 않고(안 쓰면 되니까) 내 평생 남자가 없어도 두렵지 않을 것 같다(지금까지도 살았는데 뭐). 내가 정작 두려운 것은, 늙었을 때 찾아오는 사람이나 만나는 사람 없이 혼자서 책만 읽으며 현실에서 단절된 채 정신도 육체도 바싹 말라 죽어가는 것이다. 그것이 정말 두렵다!

어렸을 때 나는 실패의 두려움에 시달렸다. 늘 실패해 2류 인생을 살게 될까 봐 두려웠다. 그 생각이 들면 자다가도 화들짝 놀라서 일어나 공부를 했고, 게으름에 축 늘어져 지내다가도 벌떡 일어나 부지런을 떨었다. 20대 중반이 되서야 사람의 향기는 성공과 실패로 결정되지 않는다는 것을 깨닫고 이 실패의 공포에서 벗어나게 되었다.

연애 휴일 1,000일이 가까워오는 내가 간간이 느끼는 또 하나의 두려움은 찬란한 감정의 부재다. 어떤 사람을 사랑하고 그 사람과 헤어지고 아무 일도 없는 듯 바쁘게 살아가고, 그러다 문득 그 사람 없이 살아가야 하는 앞으로의 인생이 두려워졌다. 나는 요즘 남자가 없는 것이 두려운 것이 아니라 사랑이 주는 찬란한 감정을 다시 느낄 수 없을까 봐 두렵다.

다른 싱글들은 어떤 두려움을 갖고 있는 것일까. 궁금해졌다.

"혼자서도 너무 잘 놀고 잘 살고 있는 내가 두렵다. 결혼을 해야겠다고 생각하면서도 혼자 즐기는 시간을 빼앗길까 봐 혼자 여행하는 기회를 놓치게 될까 봐 실행에 옮기지 못하는 내가 두렵다."

"늙어서 혼자 불쌍하게 살게 될까 봐 두렵다. 텔레비전에서 독거노인을 볼 때도 '나도 저렇게 될 수 있겠다'란 생각이 들 때가 있다. 언제고 실패할 수 있는 거고, 그렇게 되면 돈도 없을 수 있는 것이다."

"몇 년 전, 심한 스트레스로 하루가 멀다 하고 온몸이 커다란 두드러기로 뒤덮였던 적이 있다. 그 이후 담배도 두려워졌고 갑자기 원인을 알 수 없는 병에 시달리게 될까 봐 두려워졌다."

싱글들의 두려움은 어디서 오는 걸까? 무엇보다 그들의 두려움은 미래에도 혼자 살게 될지 모른다는 가정에서 출발한다. 혼자니까 돌봐줄 사람이 없으니까 더 건강해야 하고, 경제력도 더 있어야 한다고 생각하는 것.

여기서 중요한 것은 사람들에게 두려움에 대한 이야기를 듣다 보면 그 사람이 생각하는 이상적인 삶이 보인다는 것이다. 그렇다. 사람들은 '자신이 원하는 삶이 있는데, 그것대로 살지 못할 가능성' 때문에 공포를 느낀다. 경제적인 풍요함을 원하는 사람은 그렇지 못할 것이 가장 두렵고, 건강하게 살고 싶은 사람은 건강하게 살지 못하게 되는 것이 두렵다. 사람들에게 둘러싸여 떠들썩하게 살고 싶은 사람은 단절되어 외롭게 살까 봐 두렵고, 결혼하는 것이 이상적이라고 생각하는 사람은 영원히 혼자일까 봐 공포스러운 것. 그렇다면 공포를 들여다보면 역으로 당신이 원하는 이상적인 삶의 모습이 보인다는 이야기다. 그렇기 때문에 정신과 의사 최영희 박사의 말처럼 "적절한 두려움은 삶의 원동력이 되며 아무런 두려움이 없는 사람은 정체되고 정지된다". 결국 '혼자'라는 공포는 싱글로 하여금 무언가 행동하게 만든다.

"건강이 염려되고 나서, 일단 시험 삼아 담배를 한 달 끊었다. 의외로 어렵지 않았다. 이제 담배를 끊을 수 있다는 자신감과 함께 건강에 대한 공포가 줄어들었다."

"직장을 다니다 문득 몇 살까지 이곳에서 일할 수 있을까 하는 생각이 들었다. 그 이후 무엇을 하고 살아야 하나 싶어 막막하고 두려워졌다. 그래서 직장을 그만두고 평생 일할 수 있을 것 같은 수의사가 되기로 마음먹고 다시 수의과 대학에 편입했다."

"가족이 없다면 친구와 가족처럼 지내면 된다. 그래서 요즘은 평생 같이 갈 수 있는 친구를 만들려고 노력하고 있다."

"나 역시 텔레비전에 나오는 독거노인처럼 될 수 있다고 생각한다. 그래서 재테크의 목표액이 생겼다. 오십 세가 될 때까지 이십억을 모으는 것이다."

언젠가 배우 문소리는 TV에 출연해 '이번에 하는 영화가 늘 인생에 마지막 영화'라는 두려움이 있었다고 고백했다. 〈오아시스〉를 찍을 때는 여자 배우가 장애자 역을 하면 더이상 배역이 들어오지 않고, 〈바람난 가족〉을 찍을 때는 벗는 역을 하면 더이상 영화를 할 수 없다는 이야기를 들었다는 것. 결국 그녀는 그 두려움에서 벗어나는 방법으로 그 영화에 도전했고, 마침내 멋지게 두려움을 극복해냈다.

알고 보면 공포라는 것은 별 것 아니다. 예리하고 강렬하지만 지속 시간이 짧다. 무엇보다 공포는 우리가 생각하는 행복과 직접적으로 관련이 있다. 문제는 공포 자체가 아니라, 공포에 대처하는 방법이다. 공포를 회피하는 것은 당신의 행복을 멀리하는 것이다. 자, 당신의 공포는 무엇인가. 그것에서 당신이 원하는 삶의 모습이 보인다.

두려움을 느낄 때
우리의 행동 요령

01 당신의 두려움은 정상이다. 누구나 두려움은 있다. 일상생활을 못할 정도가 아니라면 말이다.

02 두려움은 대부분 실체가 없고 '○○하면 어떡하나' 식의 가정일 뿐이다. 굳이 가정으로 괴로워할 필요는 없지 않은가.

03 두려움의 실체는 곧 희망의 실체다. 시험에 합격하고 싶어서 시험 결과가 두려운 것이고, 잘 살고 싶어서 미래가 두려운 것이다. 아무렇게나 살고 싶은 인간에게 두려움이란 있을 수 없다.

04 이제 두려움을 통해 당신의 희망의 실체가 밝혀졌다. 그것이 두려움을 이기는 방법이다. 당당하게 맞서라.

05 가장 두려운 진실은 '세상에는 공짜가 없다'는 것이다. 불로소득, 무임승차, 우리는 모두 이것을 원하지만 인생은 그렇게 호락호락하지 않다. 그러므로 다시 한번 말하지만 두려움을 느낀다면 노력하는 것밖에는 방법이 없다.

아름다운
개인으로
살다

" 내 미래를 만들어 나가는 데 그 누구도 방해의 주파수를 보내지 않고, 자신과 상대 모두를 키우는 사랑을 하는 것. 난 그런 모습을 아름다운 개인이라 부르고 싶다. "

이 상 은
1970년 생. 보헤미안의 영혼으로 노래하는 한국의 대표적 여성 싱어송라이터. 1988년 강변가요제에서 '담다디'로 대상을 수상하며 많은 히트곡들과 함께 왕성하게 활동하던 중 어느 날 홀연히 한국을 떠났다. 이후 일본, 영국, 미국 등지를 유학하며 자신만의 예술 활동을 적극적으로 펼치면서 뮤지션으로, 화가로, 시인으로 대중의 사랑을 받고 있다. 최근 예술가가 되는 법을 알려주는 「Art&Play」라는 책을 출간하며 작가로도 활동 중이다.

인간은 누구나 싱글이란 생각을 해본다. 열아홉 살에 데뷔해 한창 바빠졌던 때 돌연 유학을 떠나던 그 순간에도 어렴풋이 그런 생각을 했다. 미국에서, 영국에서 미술대학을 다니고 일본에서 6년간 활동하면서 나에게 고독하고 힘들었던 순간이 왜 없었을까. 왁자지껄하게 무언가를 시도하고 맛보기에 적당했을 그 시기에, 나는 그저 다른 삶을 선택했고 자유롭게 날아다녔을 뿐이다. 되짚어보면 그때의 기억은 지금도 행복하게 스며든다. 일본에서 활동할 때 그들의 언어가 아닌 한국어로, 내가 어렸을 때부터 사용했던 언어로 노래하던 여러 번의 무대와 내 노래가 좋다고 얘기해주던 사람들의 눈빛. 그리고 그때 내가 느꼈던 황홀함. 그때의 나는 완벽한 개인이었고, 완벽한 자아였다.

진정한 개인이 된다는 것은 집단으로부터의 고립을 의미하는지도 모른다. 하지만 결혼을 하지 않았고, 부양해야 하는 가족이 없고, 훌쩍 여행을 떠나는 것을 어려워하지 않는 것은 내가 생각하는 지금의 내 모습이며, 이런 내 모습에 충분히 만족하고 있다. 내 두 발로 걷고, 나만의 콧노래를 부르고, 내가 내 자신의 가장 좋은 친구인 나. 내 미래를 만들어 나가는 데 그 누구도 방해의 주파수를 보내지 않고, 자신과 상대 모두를 키우는 사랑을 하는 것. 난 그런 모습을 아름다운 개인이라 부르고 싶다. 이곳에서 닮은 영혼들이 만나 서로의 자유를 쓰다듬어 주고, 서로의 독특한 향기를 발산하는 사이, 그들은 개인이 될 것이다. 아름다운 개인이.

이상은의 생활 속 유쾌한 아트 & 플레이

예술은 관습의 틀을 부수고 나만의 삶을 만들어나가게 해주는 오아시스. 삶이 우울하다면, 매일의 삶에서 겪는 업무와 피로와 부담에서 해방되는 취미로서의 예술을 즐겨보라. 어린아이처럼 무엇이든 만들며 노는 일. 아트는 놀이다.

● 옷 가지고 놀기

일상의 옷이 만일 재미있고 아이디어가 풍부하다면 만나는 사람들도 자극을 받고 여러 가지를 생각하게 되지 않을까? 나는 지금, 천과 천을 배합해 실험적으로 만든 내 첫번째 작품을 입고 있다. 손바느질이 쉬운 일은 아니지만, 창조의 피로 후에 오는 맑은 에너지란! 드레스의 제목은 작업 중에 들려오던 음악 '듀란듀란'.

● 가구 가지고 놀기

비싼 가구보다 낡은 가구에 새로 색을 칠하고, 그림을 그려 넣고, 이것저것 장식하는 것이 진짜 아티스트가 할 일. 소중한 보물 같은 추억이 담긴 밥상에 컬러 타일을 골라 붙이고, 조개껍데기에 구슬도 더해주면 밥상도 꽤 행복하지 않을까?

● 액세서리 가지고 놀기

액세서리도 아트라고 생각하고 혼신의 힘을 쏟으면 아트가 되는 것. 재료나 도구에 대해 설명만 책을 참고하고, 나머지는 상상만으로 조물조물 만들다 보면 어느새 작품이 뚝딱. 주위의 사물에 관심을 기울이면 아이디어는 무궁무진하다.

● 일상의 아트 & 플레이

매일 들고 다니던 가방에 패치워크를 하거나 그림을 그려보라. 무엇이든 예술이 될 수 있다. 예술적 영감으로 손수 새롭고 독창적인 것을 만들어내고, 그에 정성을 들이고 의미를 더해 어디서도 보지 못한 것을 만든다면 그게 바로 아트가 아닐까?

결혼은
싱글의
종착역이아니다

당신이 남자를 만나고 사랑을 하는 것은 진정한 인생의 동반자를 구하기 위해서이지 단지 결혼
만을 위해서는 아니다. 진정 자신을 사랑할 줄 아는 사람만이 다른 이와 사랑을 나눌 수 있고,
자신 있게 홀로 설 수 있는 사람만이 둘이 되어서도 당당하다는 사실을 기억하라.

100퍼센트 짝을
만난다는 것

사랑에는 한 가지
법칙밖에 없다.
그것은 사랑하는
사람을 행복하게
만드는 것이다.
_스탕달

하루키의 소설 속 주인공처럼 100퍼센트의 짝을 만난다는 것은 어떤 기분

일까? 지금 사랑이라고 믿고 있는 그는 나의 운명일까? 『여자 서른, 자신 있

게 사랑하고 당당하게 결혼하라』의 저자 최재경이 말하는 100퍼센트 짝을

만난다는 것.

아직 애인이 없는 여자들에게 이상형의 남자를 말하라고 하면 싱글녀들 대부분이 처음엔 "그런 거 없어. 난 눈 낮아"라며 고개를 젓다가 슬슬 '사소한(?)' 조건들을 털어놓기 시작한다. 그러다 끝에 가선 〈여우야 뭐하니〉의 천정명, 〈올드미스 다이어리〉의 지현우, 〈너는 내 운명〉의 황정민 같은 인물들을 거론한다. 말 그대로 이상 자체인 캐릭터들이다.

그런데 만약 TV 속의 멋진 왕자들이 평소의 모습 그대로 우리를 찾아온다면 어떻게 될까? 트림하고 방귀 뀌고, 속옷도 통 안 갈아입는데다 잘 삐치고, 질투와 시기가 심하며 섹스 실력도 형편없거나 조루가 있고, 내가 하는 말의 70퍼센트도 못 알아듣는다면…… 그럼에도 그 사람을 사랑할 수 있을까?

애인이 있는 여자들에게 "지금 애인은 당신의 이상형입니까?"라고 물어보면 "No!"라고 답하는 경우가 대부분이다. 처음엔 '운명의 상대' 운운하던 친구들도 시간이 지나면 "권태기야. 하지만 달리 헤어질 이유도 없고…… 편하긴 해. 새로운 사람 만나는 건 귀찮잖아?"라고 말한다.

남녀를 막론하고 인간은 누구나 바짝 붙어서 관찰해보면 결점투성이, 모순투성이, 변덕쟁이다. 연애가 지속될수록 둘 사이엔 객관적인 거리가 생겨나고, 그에게선 참아줄 수 없는 점(사실은 나와 다른 점)이 하나둘씩 눈에 띈다. '내가 뭐에 눈이 씌어서 이 남자한테 반했을까?' 변덕이 죽 끓고 인내심이 임계치에 다다르는 순간 마침

내 갈라선다. '너는 내 운명'이 아니라면서. 때로는 어울리지 않는 사람한테 넋이 나가, 힘든 사랑을 감당할 수 있다고 우겨대다 절망의 바닥에 이르러서야 정신을 차리기도 한다. 이처럼 우리는 불완전한 연애를 지속할 인내심도 없고, 사람 보는 눈도 없으면서 100퍼센트의 짝을 만나 완전무결한 연애를 할 엄두를 내는 것이다.

그러나 이 얄팍한 본성에도 불구하고 100퍼센트의 짝을 만나는 일은 가능하다.

단 한 가지 방법은 그런 짝을 만날 때까지 계속해서 연애를 시도하는 것이다. 우리는 자기 사이즈도 취향도 모르고 백화점에 들어선 사람이나, 맛있는 커피 타는 법을 모르는 채 커피와 크림과 설탕의 비율을 찾아내야 하는 사람과 같다. 실패나 아픔 없이 단번에 성공에 이르면 좋겠지만, 극소수의 '복 받은' 사람을 제외하고는 대부분 몇 번의 실연을 거쳐야만 천생연분을 발견할 수 있다.

현실의 누군가와 연애하는 동안 처음에 내가 품었던 연애관이나 이상형은 조금씩 수정된다. 그러면서 있는 그대로의 불완전한 남자를 사랑하는 능력이 싹튼다. 남자의 다리가 짧으면 '꽤 커 보이는' 앉은키에 만족하고, 소심함은 성실함의 일면으로 받아들이고, 적은 연봉보다는 발전 가능성을 보며, 무능한 건 좋은 인간성 때문이라 생각하고, 대머리면 정력이 좋으려니, 알코올 중독자면 뒤끝은 없겠거니 하며, 짠돌이는 부자 될 재목으로 본다. 그 짝이 바로 옆집 남자라 하더라도, 이를 눈치 채기 전까진 먼 곳에 사는 여러 명의 다른 남자를 만나봐야만 한다. '사귀어 보니 인연이 아닌 남자'들은 내가 100퍼센트의 짝을 만나기 위해 거쳐갈 수밖에 없는 사실상의 '지표'들이기 때문이다.

그리하여 내 짝을 인식하는 순간, 그냥 '몇몇 가지가 일치한다'는 느낌이 아니라, 나의 지나온 한평생이 정리되며 '이 만남을 위해 우주가 몇 십 년간 신비한 흐름을 만들어줬구나' 하는 깨달음에 도달한다. 나만의 인생은 끝나고, '둘이 함께하는' 인생이 새로이 열리는 순간이랄까. 아이러니하게도 그 깨달음은 선택한 직후에 오는 것일 경우가 많아서, '이번에도 실패일지 모르지만 그래도 사랑해야지'라는 결단을 해야만 한다. 그러니 그때가 언제인지, 그 사람이 누구일지는 그때가 되어야만 알 수 있다. 나 역시 열 번쯤 실연한 후에야 5년간 내 옆에 있었던 남자를 알아보았으니, 이건 그냥 지어낸 생각이 아니다.

그러므로 싱글들이여, 망설이지 말고 사랑하라! 100퍼센트의 짝의 위치를 알려주는 이정표는 오직 용기 있는 자에게만 보일 것이니…….

현명한 싱글은 성공한 남자를 공략한다

결혼은 서로 독립적인
두 인격체의 완전한
결합이어야 한다.
한쪽의 후퇴나 합병도
아니고, 누가 누구를
구조하는 수단도 아니다.
_시몬느 드 보부아르

성공남에게 어필하고 싶다면, 그에게 필요한 사람이 되어라. 남자들도 혼

테크를 꿈꾼다. 꼭 돈 많은 여자와 결혼하려는 의지를 뜻하는 것이 아니다.

결혼을 통해 그의 이미지가 좋아진다거나, 경제적 신분이 아닌 사회적 신분

이 상승한다거나, 적어도 그와 동등한 위치에 있는 그런 여자를 원한다. 까

다롭기 그지없지만 일등 배우자감인 성공남, 내 남자 만들기 필승 전략을

배워보자.

솔직해져보자. 솔직히 성공한 남자의 지위와 재산, 그 모든 배경을 마다할 여자 없다. 샤프한 외모에 애프터셰이브 향기를 폴폴 풍기고 아르마니 수트를 깔끔하게 차려입은 성공한 남자의 모습. 여자라면 누구나 마음속에 품어봄직한 '이상적인 30대 남성상'의 로망이다. 보통 여자들이 끌리는 30대 남자의 이미지는 바로 이런 사람들이다.

하지만, 그런 남자들 그리 만만한 상대가 아니다. 30대라는 많지 않은 나이에 성공을 거두었을 정도면 일단 원래 있는 집 자식이거나 대단한 야심가이거나, 아니면 어려서부터 모범적인 코스만을 밟아온 노력파 성실남일 것이다. 그만큼 그들은 까칠한 성격과 까다로운 안목, 연애에서의 자신만만함을 뽐낸다. 자신의 스펙이라면 어느 하나 아쉬울 게 없다는 사실을 (설사 비주얼이 조금 떨어진다 하더라도 재산이나 지위로 그것을 커버할 수 있다는 것 또한) 너무 잘 알고 있기 때문이다.

성공남이라고 해서 다들 한눈에 쏙 반할 만큼 매력적인가 하면, 모두들 경험으로 숙지했다시피 꼭 그렇지는 않다는 말씀. 매력이란 타고난 외모, 즉 잘생긴 정도를 말하는 것이 아니다.

자기 관리가 확실하며 스타일에 대한 원칙이 확고한, 그래서 한눈에 보기에도 말쑥해 보이는 반질반질 윤이 나는 초콜릿 케이크 같은 성공남과 그다지 스타일리시하지도 않고 그렇다고 아주 후줄근하지도 않은, 즉 매력적인 성공남과 매력 없는 성공남이 있다.

전자의 경우는 어느 누구에게나 어필하는 만큼, 가만히 있어도 주변에 여자들이 달라붙기 때문에 안타깝게도 연애나 결혼에 대한 관심이 별로 없다. 패션업계나 예술, 광고 등의 스타일리시한 직종 종사자가 대부분이며 이들의 특징은 아무리 나이가 들어도 결코 눈높이가 낮아지지 않는다는 것. 도리어 나이가 들수록 눈이 점점 높아지는 기염을 토해도 욕먹지 않는 사람들이 바로 이 부류다.

후자의 경우는 학창 시절부터 모범생 소리를 듣고 자란 남자들로, 늘 앞만 보고 열심히 바른 길을 걸어왔기에 스타일리시한 것을 멋진 게 아니라 '날티' 난다고 생각한다. 앞의 성공남과는 정반대로, 결혼에는 관심이 있을지언정 꾸미는 데는 관심이 없어 가끔씩 2퍼센트 부족함을 느끼게 하는 30대 남성들이다. 대부분 유수 대기업에 다니며 안정성을 중시하는 타입 혹은 전문직에 종사하는 고액 연봉자들로, 여자에 관심이 없다기보다 일을 중시하는 스타일이다.

어쨌든 이런 성공남들도 연애도 하고 결혼도 해야 할 터. 이들은 어떤 여자를 선택할까? 무조건 어리고 예쁜 여자를 좋아할까? 연예인이나 아나운서, 최소한 모델 정도는 돼야 그들의 눈에 들 수 있는 것은 아닐까? 잘난 여자들을 싫어하는 건 아닐까?

『더타임스』에 따르면 사회적, 경제적으로 성공한 남자들일수록 '트로피 아내(성공한 남자들이 부상처럼 얻은 젊고 아름다운 전업주부형 아내)'보다 고위직 여성과의 결혼을 선호하는 경향이 있단다. 그들의 주변에는 어떻게든 눈에 띄어 신데렐라가 되길 바라는 속물근성을 지닌, 예쁘지만 시시한 여자들이 파리 떼처럼 들끓고 있기 때문이다.

그중에서 진짜를 골라내기 위해 필사적일 수밖에 없는 그들은 당연히 기준도 까다로울 수밖에. 즉 그들은 누군가를 좋아하는 감정으로 만나는 것보다 우선 자신의 재산이나 지위에 연연하지 않는 여자들을 고르게 된다. 그런 여자들이라면 일단 자신과 비슷한 정도의 위치에 있는 사람일 테고, 또 그녀들과 결혼하면 자신의 앞길에 어떤 식으로든 보탬이 될 거라는 계산 정도는 그들도 한다는 말이다.

그렇다면 까다롭기 그지없지만 일등 배우자감인 성공남, 내 남자로 만들기 위해서는 무엇이 필요할까.

무엇보다도 먼저, 당신 안에 내재되어 있는 신데렐라 근성을 버려야 한다. 더이상 발 냄새 나는 구두를 들고 온 성 안을 뒤지고 다닐 열정을 가진 왕자님은 없다. 어찌어찌해서 왕자님이 신데렐라 집까지 찾아왔다 한들, 꼬락서니가 엉망인 모습을 목격한다면 뒤도 안 돌아보고 내빼는 것이 요즘 남자들이다. 하물며 무엇 하나 아쉬울 것 없는 왕자님들이 그런 모습에 측은지심이 생기기라도 바란다면, 귀여니 소설이나 읽어라. 더이상 애처로운 척, 불쌍한 척, 청순한 척, 착한 척은 안 먹힌다.

둘째, 열심히 일하라. 당신이 어리고 예쁜데다 집안까지 좋은 케이스가 아니라면 당신도 열심히 일해서 성공남들과 비슷한 레벨의 카테고리 안에 속하는 수밖에 없다. 아니면, 〈미녀는 괴로워〉의 장

한나처럼 뜯어고친 티 하나도 안 나는 완벽한 성형미인이 되든가, 둘 중에 하나다. 어쨌든 수술비를 마련하기 위해서라도, 성공을 위해서도 자신의 일을 열심히 하는 것은 필수 덕목.

셋째, 조신함으로 어필하라. 명품 지향 성공남일수록, 자신의 여자도 명품이길 바란다. 명품의 매력은 뭐니뭐니해도 고급스러운 소재와 촌스럽지 않으면서 조신한 디자인. 깔끔한 옷매무새와 우아한 몸가짐은 필수.

무조건 어리고 예쁘다고 해서 다 신데렐라가 될 수 있는 시대는 지났다. 신분 상승을 노린 혼테크의 의향을 비치는 순간, 당신의 가치는 한없이 폭락하게 된다. 성공남에게 어필하고 싶다면 당신 또한 자신의 일을 사랑하고 자신 있다는 것을 어필해라.

남자들이 좋아하는
괜찮은 여자로 기억에 남기

01 기가 세거나 거친 느낌과는 다른 당당한 매력을 지닌 여자 다시 말하면 도도한 여자다. 이 경우, 반드시 남자를 끌어당길 만한 요소를 하나 이상 갖추고 있어야 한다. 행동과 눈빛 중 자신 있는 한 가지만 끊임없이 어필해도 남자는 넘어온다. 단, 억세거나 터프한 것과는 차원이 다르다. 간혹 터프한 게 멋있다고 생각하는 여자, 남자는 이런 여자를 정말 싫어한다.

02 자기의 취향을 분명히 표현하지만 상대에게 강요하지 않는 여자 '전 파스타가 좋아요.' '액션 영화 어때요?' 처럼 명쾌하게 자신의 의견을 말하지만, 남자의 의견도 듣고 따라주는 척하는 여자를 말한다. '전 아무거나 좋아요' 같은 태도는 이제 더이상 통하지 않는다. 남자는 여자가 원하는 것을 해주고 싶어하며, 이제는 당당히 요구하는 여자를 사랑한다.

03 일에 대한 열정을 보이지만 취미생활도 확실히 즐기며 사는 여자 남자는 한가한 백조도 부담스러워하지만, 자기 일을 미친 듯이 사랑하는 여자도 마찬가지로 부담스러워한다. '워커홀릭'인 여자들은 남자들에게 매력 없는 여자로 보일 수 있다. 생활에 여유가 없어 보이는 '일닭'을 남자들은 질색한다.

지금 당장, 남자 만나는 방법을 바꿔라

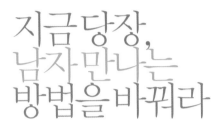

여자들의 결혼 과정에서
나타나는 문제는
그녀들이 '별 볼일 없는'
것에 흥분해서는 금방
어떤 남자와 결혼한다는
것이다.
_셰어

남자 기근 현상이 이번 시즌만의 일도 아니고, 당신만 경험하고 있는 것도

아니다. 그러므로 스스로의 운명이나 용기 없음을 탓하기 전, 효율적이며 검

증된 방법으로 당신의 남자 찾기에 도전해보는 것은 어떨까? 여기 당신이

찾던 이상형의 남자를 만나기 위한 실천적인 방법이 있다.

도대체 대한민국 남자들은 다 어디 있는 걸까? 나의 이런 푸념에 여자들만 그득한 잡지사에서 만 2년간 근무하다가 호텔 홍보실로 전직한 28세의 L양은 어느 날 뼈아픈 충고를 건넸다.

"여자들만 가득한 곳에서는 절대 모르지. 열심히 일만 하다 보면 남자야 어떻게든 만나질 거라는 상상 하나로 버티니까. 하지만 그 세계를 나와보면 알 수 있어. 얼마나 많은 여자들이 괜찮은 남자들을 만나기 위해 온갖 노력을 다하는지를. 결국 멋진 남자란 한정되어 있고, 재빠른 여자들이 먼저 그 남자를 쟁취하기 마련이니까 입속에 감 떨어지기를 기다리는 건 바보들이나 하는 짓이야."

그녀의 직설적인 충고는 내게 비수처럼 꽂혔다. 친구들이 모인 자리에서 "나 올해 안에 결혼할지도 몰라"라고 말하던 그녀는 마침 오늘 저녁 메신저로 웨딩드레스 숍에서 드레스를 입고 승리의 V자를 그리며 웃는 사진을 보내왔다.

곰곰이 생각해보면 모든 걸 떠나서 그녀의 말 중 한 가지는 옳다. 멋진 남자란 한정되어 있고 재빠른 여자들이 먼저 그 남자를 쟁취한다는 것. 아이러니한 것은 언제부터인가 그 한정되어 있다는 멋진 남자를 어찌된 일인지 영 찾아보기조차 쉽지 않게 되어버렸다는 사실이다.

감각적인 레이어드 룩에 헤드폰을 쓴 20대 중반 즈음의 남자는 이제 내게 눈길조차 주지 않고, 사귀고 싶은 남자의 왼손 약지엔 이미 반지가 빛나고 있는 상황이라면 암담하다. 어쩌면 철 지난 안경테에

용납할 수 없는 허리 사이즈, 개기름 낀 배불뚝이 아저씨들만 남아 있는 것은 아닌지, 덜컥 공포가 엄습해 온다.

희망을 안고 있다고 해서 남자가 먼저 안겨 오진 않는다. 한정된 숫자의 괜찮은 남자들 중 상당수가 이미 제 짝을 찾았고, 그들이 여자를 강제로 떼어내지 않는 한 그 남자들과 맺어지는 일은 벌어지지 않을 테니까. 결국은 현재 잠정적 싱글인 남자 중에 당신과 맞을 그 한 남자를 찾아내야 한다는 것인데, 당신이 꿈꾸던 그놈의 이상형을 기다리고만 있다간 결국 비자발적인 외로움의 길로 접어들어야 한다는 것만 잊지 말자.

당신이 소명의식을 가진 싱글이라도 즐거움을 위해서는 최소한의 남자는 필요하다는 것. 그러므로 결코 잊지 말아야 할 것은, 남자를 만나야겠다면 남자를 만나는 효율적인 방법을 숙지해야 한다는 아주 간명한 명제다.

남자를 만나는 가장 실천적인 방법 6

01 괜찮은 직장에 다니는 동창 이용하기

스물여덟, 아홉이 되었는데 변변한 애인 혹은 시야에 들어오는 남자가 없을 때 여자들은 갑자기 '난 도대체 지금까지 뭘 하고 살아온 걸까?' 하는 생각에 빠져든다. 이럴 때 구원투수가 되어주는 것은 오로지 끊임없는 소개팅 건수. 하지만 당신의 직장 선후배보다 먼저 구워삶아야 할 사람은 바로 나보다 괜찮은 직장에 다니는 동창 친구들이다. 그들에게는 분명 입사 당시 괜찮다고 생각했던 동기나 선배가 존재할 것. 입사 이전부터 애인이 있었던 동창 친구라면 그 혹은 그녀가 당신에게 소개해줄 남자가 적어도 한 명은 있을 것이다. 갑자기 동창에게 전화를 걸어서 아쉬운 소리를 하는 게 민망하게 생각된다면, 지금부터라도 친근 모드로 관리에 들어갈 것.

02 섣불리 관계를 규정하는 것은 금물

회사원이 된 이래 단 한번 도 제대로 된 연애를 해본 적이 없는 5년차 영업 사원 S양은 얼마 전 친구가 '알고 지내는 동생'이라고 해서 함께 술자리를 가진 적이 있었다. 본래 연하의 남자에게는 별 관심이 없었던지라 문제의 그 동생과 다시 만나게 될 거라고는 생각하지 않았다. 그런데 어쩐 일인지 셋이서 만났던 그날 이후 그는 퇴근 시간 즈음해서 그녀의 직장 근처라며 전화하는 일이 잦아졌다. 회식에 야근, 선약으로 몇 번인가 그의 제의를 거절할 수밖에 없었던 그녀는 미안한 마음에 먼저 연락해 저녁을 사겠다고 했다. 간단한 식사로 끝날 줄 알았던 그날의 자리는 결국 2차, 3차로 이어졌고, 이후 두 사람은 급속도로 가까워져 커플이 되었다. 섣불리 관계를 규정해 '넌 연하니까 다시 만날 일 없겠지'라고 생각하고 있었던 그녀의 생각이 완전히 틀렸던 것. 주위의 모든 남자가 내 남자가 될 가능성이 있음을 잊지 않는 것이, 결국 내 남자 만들기의 핵심인 셈이다.

03 동호회도 동호회 나름

취미와 애인. 두 마리 토끼를 한꺼번에 잡아보면 어떨까라는 생각에 솔로들이 제일 처음 문을 두드리게 되는 곳이 바로 각종 동호회. 하지만 아무 동호회나 들어간다고 해서 내가 바라던 이상형이 떡하니 기다리고 있는 것은 아닐 터. 중요한 것은 외로운 늑대들만 득실거리는 동호회가 아니라, 나와 취향이 지극히 잘 맞아서 더이상의 시간 낭비를 막아줄 남자를 구할 수 있는 곳인가의 여부다. 대학 시절 그저 킹카들이 많다는 얘기에 솔깃해 탈 줄도 모르던 스노보드 동호회에 가입했다가 허리 다치고 입원비만 날렸던 J양은 지난 봄 인라인 동호회에 가입해 '성격 좋고 몸 좋은 그 남자'를 드디어 만났다고 고백했다.

동호회를 고를 때는 인원이 너무 많은 곳, 활동이 활발하지 않은 곳, '20대 직장인들의 친목 모임' '○○구에 사는 직장인 모임' 등 정체불명의 동호회에는 아예 발도 들여놓지 않는 편이 현명하다. 그 대신 회원 관리가 깐깐하고 오프라인 모임이 활발한 재즈, 와인, 뮤지컬 동호회를 노려라. 한 가지 명심할 것은 여자가 많아야 멋진 남자가 있을 확률도 늘어난다는 점. 그러니 여자 회원의 프로필을 유심히 살펴볼 것.

₀₄ 연장자의 소개를 달갑게 받아들일 것

29세가 되기까지 변변한 연애 한번 해본 적 없던 H양은 어머니의 지인에게서 지금의 남자 친구를 소개 받았다. 처음에는 어쩐지 또래가 주선해준 소개팅이 아니라 부담스러우면서도 칙칙하게 느껴졌지만 처음 들어온 웃어른의 소개를 뿌리칠 수가 없어 눈 딱 감고 나가보기로 한 것. 그런데 예상과는 달리 그와는 성격이나 취향도 잘 맞았고, 지금까지 알콩달콩 잘 사귀고 있다.

부모님이나 웃어른이 소개하는 사람이 맘에 안 들었을 때 불편해지는 것이 두려워 극구 그런 자리를 피했던 솔로가 있다면 이제부터는 마음을 고쳐먹도록 하자. 맘에 안 든다면 '그 사람은 제 짝이 아닌 것 같아요. 하지만 신경써주셔서 정말 감사했습니다'라고 싱긋 웃으며 한마디 하면 될 일이다.

05 헤어진 연인도 다시 보자

다음달 결혼을 앞둔 K양은 스스로 전 남자 친구라고 부르던 남자와 다시 불이 붙은 경우. 사소한 다툼이 결국 이별로 이어졌지만 서로의 친구들과 친분이 계속 이어졌던 까닭에 어찌어찌하다 보니 다시 만나게 되었다고 고백한다. 만남을 다시 이어가던 초반부에는 또 이러다 헤어지면 어떻게 하나라는 부담이 앞섰지만, 오히려 상대방이 싫어하는 것에 대해서는 먼저 자제하게 되어 편한 부분도 있었다는 것. 헤어진 연인이라고 해서 리스트 밖으로 밀어놓기보다는 가느다란 인연의 끈을 유지하면서 '언젠가 만나 술 한잔 할 사이' 정도로 규정해두는 편이 현명하다.

06 남자가 많은 곳으로 가고 보자

집에서 고독하게 러닝머신을 달리던 L씨는 다양한 웨이트 트레이닝을 해보고 싶어 다니기 시작한 피트니스 센터에서 애인을 구한 케이스. 가슴 운동에 유난히 관심이 많았던 그녀는 (남자들이 유독 집착해 마지않는) 가슴 관련 운동 기구를 애용하는 편이었고, 그러다 우연히 한 근육맨과 말을 트게 되었다. 그저 이어폰을 끼고 굳은 표정으로 러닝머신 위에서 뛰다가 여자들만 그득한 벨리댄스 강좌를 들으러 가는 것이 전부였다면 그녀가 과연 그 근육맨과 지금 열렬히 진행 모드에 빠질 수 있었을까?

호랑이를 잡으려면 호랑이 굴로 들어가야 하는 것이 정석이듯 남자를 만나려면 남자가 많은 곳으로 일단 접근하고 봐야 한다. 여자들만 있는 곳에서 일하면서 여자들이 주로 가는 식당에서 밥을 먹고, 여성 전용 피트니스 센터에서 운동을 하고, 여성 대상의 문화 강좌에 참여한다면 있던 남자운도 달아나지 않을까? 남자를 만날 확률을 높이려면 단 몇 건의 소개팅에 목을 매기보다는 좀더 자연스럽게 남자를 만날 기회를 노리는 것이 현명하다. 무엇보다도 남자들이 많은 곳으로 발걸음을 향하는 것이 급선무다.

왜 남자들은
그딴 식으로
말할까?

따지고 보면 같은 언어로
말하고 있을 때조차도
같은 말을 하는 사람들이
몇이나 되는가?
_러셀 호번

모든 것의 시작은 이해를 위한 커뮤니케이션이다. 그런데, 이 남자 왜 이토

록 내 말은 못 알아들을까? 이 남자 정말 둔하기 짝이 없다. 그래도 어떡하

랴? 내 남잔데. 염색체는 엄연히 다르고 자라온 환경이 나와는 완전히 다른,

'남자'라는 동물을 말 한마디로 구워삶을 노하우는 정녕 없는 것일까.

남자에게는 직접화법으로 말해라?

남 나 한시에 회의하고 세 시에 거래처 갔다가, 저녁은 선배랑 먹고 아홉시까지 야근할 거야.

여 자기 매일 그렇게 바쁘니까 나도 심심하다. 나도 직장 다닐까?

남 그럼, 알아봐.

여 어…… 내가 직업이 없어서 창피했구나? 귀찮았던 거야?

남 아니. 네가 심심하다니까 하는 말이지.

여 나도 직장 다니면 바빠질 텐데, 자기한테 소홀해지면 좋겠어?

남 그럼, 일하지 마.

여 무슨 말을 그리 성의 없이 해?

남 !@$%$&?#@#!@#*0@#$%

　　남자는 단순하다. 말도 행동도 곧이곧대로 받아들일 뿐이다. 그들의 문장은 짧고 직접적이며 해결 지향적이다. 남자가 쓰는 단어는 광범위하고 자료들을 인용하며 핵심 주제로 파고든다. 그래서 '결코' '절대' '확실히'라는 단정적인 단어를 많이 쓴다.

　　반면, 여자는 의사소통을 즐기며 동시다발적으로 몇 가지의 단어들을 구사한다. 만일 자신이 무엇을 하고 싶다면, 하고 싶다는 말보다는 함께 하자는 말을 쓴다. 예를 들면, '배고파'를 '함께 먹을래?'로 돌려 말하는 것이다. 또 '~하는 거 있잖아' '예를 들면' '바꿔 말하면' 등의 한정된 표현을 많이 쓴다.

남자가 자꾸만 내 말을 못 알아듣는다면, 오히려 직설적으로 이야기해보자. 늘 애매하기만 했던 그녀의 대사가 직설적이 될 때면 남자들은 속이 다 시원해진다.

여♀ 생각보다 일찍 퇴근했네. 오늘 하루 어땠어?

남♂ 좋았어.

여♀ 오후에 중요한 미팅 있다고 했잖아? 잘했어?

남♂ 잘했지 뭐.

그가 오늘따라 이렇게 무성의한 대답으로 일관한다. 어떻게 대처할까? 이런 말들이 오고갈 때, 남자는 이렇게 생각한다. "왜 오늘따라 나를 더 귀찮게 하지?" 여기서 '오늘따라'라는 말은 진짜 피곤해서 그런 것이다. 여기서 "오늘 자기 왜 이렇게 퉁명스러워?"라고 말하면 남자는 버럭 화를 낼 것이다.

그리웠던 마음에, 보고 싶은 마음에, 그저 '수다'가 떨고 싶어서 그런 것이라면 이런 식으로 대화를 시작해보자.

여♀ 오늘 자기 만나러 오다가 이상한 택시 기사를 만났지 뭐야.

남♂ 왜 어떤 놈인데?

여♀ 그냥 룸미러로 슬쩍슬쩍 쳐다보면서 씨익 웃는 거야.

남♂ 그러니까 깨끗한 택시로 골라 타고, 바깥 좌석에 앉아서 창문만 바라보던지, 이상하면 나한테 전화를 했어야지.

여♀ 맞아, 기분 나빴어.

일방적인 문답형의 대화보다는 무언가 남자에게 문제 해결을 요청하는 듯한 내용으로 대화를 몰고 간다면 남자는 정신을 차리고 문제 해결에 집착하기 시작할 것. 그러면 자연히 공감대가 형성되어 분위기는 한결 좋아진다.

남자 입에서 자연스럽게 '예스'를 이끌어내는 방법

여♀ 이번 여행에서 돈 많이 썼지?

남♂ 그렇지 뭐. 하지만 재밌었잖아.

여♀ 그래서 생각해봤는데, 우리 여행 통장을 하나 만들면 어때? 어차피 돈은 자기가 많이 내니까 통장을 하나 만들어서 조금씩 떼어 저축하는 거야. 어때? 관리는 내가 할게. 자기가 좀 고생하겠지만 그래도 자기 술값과 용돈 아껴서 같이 여행 가면 더 좋은 거지. 그치?

남♂ 으응. 얼마씩 주면 되는 거야?

남자는 다섯 살이건 서른 살이건 공통점이 하나 있다. 그것은 강요받으면 무조건 반사적으로 '싫다'고 말하는 버릇이 있다는 것이다. 이런 남자들에게 "전화해" "술 먹지 마"라는 식의 막무가내 강요는, 예스는커녕 반발심만 불러일으켜 관계는 더욱 힘들어진다. 술 먹을 생각이 없다가도 '술 먹지 말'라는 소리를 들으면 술이 먹고 싶어지는 동물이 남자니까.

반면 당신이 똘똘한 여우가 되어 살살 달래가며 둘러치면 하지 말래도 하게 되어 있는 유아적인 동물 역시 남자다. 명심할 것은 강요가 아닌 예쁜 설득!

여♀ 커피 한잔 하고 갈래?

남♂ 난 별로 마시고 싶지 않은데.

(잠시 후)

여♀ 자기 배고프겠다. 밥 먹을래?

남♂ 아니, 일단 영화부터 보자.

여♀ 자긴 왜 항상 자기밖에 생각 안 해?

남♂ 갑자기 뭔 소리야?

여자는 커피도 마시고 저녁밥도 먹고 싶었다. 하지만 둔한 그는 그녀가 무엇을 하고 싶은지 도통 몰라준다. 이런 경우 어떻게 해야 할까?

그야말로 말을 돌려 했기 때문에 못 알아들은 것이다. 여자의 간접화법이 그대로 드러나는 부분으로 그의 동의를 구하려는 태도에서 나온 것이다. 그래서 남자에게 예스를 구하려고 할 때에는 남자에게 "이것 좀 해줄 수 있어요?"라고 묻는 것보다는 "이거 해줄 수 있죠?"라고 단정적으로 말하는 것이 원하는 것을 보다 쉽게 얻게 해줄 것이다. 그 미묘한 차이를 느껴보자.

"오늘밤 나한테 전화할 수 있어?"(×)
"오늘밤 나한테 전화할 거지?"(○)
"레스토랑에서 밥 먹고 갈래?"(×)
"레스토랑에 들러서 밥 먹고 가자."(○)

남자의 예스를 이끌어내는 대화. 아주 쉽다. 빼지 못하도록 아예 단정 지어 말하는 화법을 여자가 구사한다면 싸움은 자연히 적어진다.

절대금물, 남자를 토라지게 하는 말

남♂ 엄마한테 물어보고 생각해볼게.
여♀ 뭐? 그걸 왜 엄마한테 물어봐? 자기 마마보이야?
남♂ 야, 뭐 그렇다고 단박에 마마보이라고 사람을 몰아붙이니?

여우 어머, 사람이 속 좁게 겨우 그런다고 벌써 토라져?

남자에게 함부로 언급하지 말아야 할 단어들이 있다. '마마보이' '시스터보이' '어리다' '속 좁다'를 비롯해서 신체에 관련된 일체의 놀리는 농담들이 바로 그것이다. 아무리 속이 넓은 남자라도 본능적으로 거부하는 단어들이기에 피하는 것이 상책이다.

또 남자 스스로도 취약하다고 여기는 부분들에 대해서 대놓고 놀려대거나 따지려 들면 그것도 백발백중 남자를 삐치게 하거나 더 나아가 화나게 할 수 있으니 피할 것. 꼭 그런 의미의 말을 해야겠다면 다음과 같이 돌려 말해주자.

마마보이 ⇒ 엄마랑 친한 남자는 질색이야.

속이 좁다 ⇒ 날 배려하는 마음이 부족해.

이기적이다 ⇒ 내 입장에서 생각해봐.

바람둥이 ⇒ 쓸데없는 여자들은 정리 좀 해.

범생이 ⇒ 자긴 너무 성실해서 탈이야.

같은 뜻의 말도 돌려서 하면 훨씬 뉘앙스가 부드러워진다. 그리고 이런 말을 남자에게 한다면 대다수의 남자들은 '이 애가 날 마마보이로 보겠군' 하며 자연히 행동을 조심한다. 직접화법을 구사하는 남자들에게도 몇 가지 단어는 관계에 치명타가 되기도 한다. 명심할

것, 남자의 귀에 이 단어가 들리자마자 남자는 '욱'하며 싸우고 싶어
진다.

다혈질 남자에게 할 말 다 하는 기술

남♂ 오늘 김 과장 때문에 진짜 열 받았잖아.

여♀ 또 자기 아이디어 가로챘구나. 자긴 왜 매번 당해?

남♂ 너까지 지금 나한테 바보라고 하는 거야?

여♀ 아…… 아니, 나도 너무 억울하니까 그렇지. 뭐 그런 XX가 다 있어, 그치?

남♂ 그치? 네가 봐도 김 과장 그 자식 순 양아치지?

여♀ 진짜 양아치다. 순 날도둑이네 뭐. 근데 우리끼리 아무리 욕해도 그 자식 다음
    번에 또 그럴 게 뻔해. 그러니까 자기가 앞으로는 자기 몫을 좀더 챙겨야겠다.
    속상해…….

　　남자들은 집단에 약하다. 거슬러 올라가면 원시사회부터 남자끼
리 모여서 수렵을 했기 때문에 유전된 성향이라 볼 수 있겠지만, 대
한민국 남자는 그건 아닌 것 같다.

　　다른 이유는 칭찬을 많이 받지 못하고 소심하게 자라나는 우리의
교육 현실상 '같은 편'이라고 느끼는 이들 사이에 있으면 심적으로
편하기 때문이다. 어릴 때는 골목 싸움을, 커서는 축구 응원을 하면

서 나와 뜻을 같이하고 나를 지지해주는 동지를 찾아 헤맨다.

당신이 만약 '그'의 편이 되어준다면? 그의 편에 서서 함께 흥분해주고 함께 행동해준다면, 당신을 '여자' 이상의 '동지'로 느껴 남자의 신경이 우선 편안해질 것이다. 그런 다음 자연스레 하고픈 말을 흘리면 덜 발끈하면서 들을 것이다.

남♂ 나 왔어.

여♀ 지금이 몇 시야?

남♂ 늦어서 미안. 나 잘게.

여♀ 넌 항상 그런 식이야. 왜 회식 때마다 늦어? 새벽까지 술 먹고 놀면 기분 좋아?

남♂ 먼저 자지 그랬어. 그리고 이미 늦게 들어온 걸 어떡해?

여♀ 너 회식 있다고만 하면 신경이 곤두서. 내가 불쌍하지도 않아?

방귀 뀐 놈이 더 성낸다. 화가 나서 잠은 안 온다. 할 말은 다 하고 넘어가야겠다. 그러나 싸우긴 싫다. 이럴 때는 어떻게 하면 좋을까?

사실 살다 보면 여자보다 남자가 더 많은 실수를 저지른다. 사회 시스템이 그러하고 많은 것을 동시에 생각하지 못하는 남자라는 동물은 일단 눈앞에 놓인 '떡' 한 가지만 생각한다. 그리고 뒷일은 생각하지 않고 실행에 옮기는 편이다. 하지만 그러고 나서 후회하고 미안해한다. 하지만 본인도 미안한 마음이 많기에 그런 부분들을 잘 이끌어내면 할 말 다 하고 나서 넘어갈 수 있다.

가장 중요한 것은 모든 것을 통으로 생각해서 따지지 말고 조목조
목 말을 하는 것이다. 감정을 자극하는 말은 빼고 말이다.

남♂ 나 왔어.

여♀ 지금 들어왔어? 오늘도 좀 늦었네.

남♂ 늦어서 미안해. 피곤하다. 나 잘게.

여♀ 피곤하겠지만 잠깐만 내 말 좀 들어줘. 지난번 회식 때도 늦고 나서 나한테 다
　　신 안 늦는다고 약속했잖아. 난 믿었는데, 오늘 그 약속이 깨졌어. 속상해.

남♂ 미안해. 회식이 길어졌어.

여♀ 난 약속을 꼭 지키는 사람이 좋아. 네가 그런 남자가 아니란 점이 더 속상해.

남♂ 다신 안 그럴게…….

할 말을 하고 싶을 때는 일단 냉정해질 것. 그리고 여자라는 점을 최대한 이용해서 조금씩 이야기를 풀어나가도록 한다. 남자는 자신이 한 행동으로 인해 여자가 화를 낼 것 같은 상황이라고 생각하면 속으로 언제쯤 이야기가 나올까 조마조마해하며 긴장한다. 그런 상황에서는 처음부터 다그치고 몰아가는 것보다 먼저 긴장을 풀어주는 지혜가 필요하다.

'딴생각'의 선수, 그 남자의 '귀'를 붙잡아라

여♀ 그러니까 내 생각에는 새로 생긴 백화점보다…….

남♂ 뭐? 미안, 지금 뭐 물어봤지?

여♀ 새로 생긴 백화점보다 전에 갔던 거기가 나은 거 같아서…….

남♂ 응?

앞의 예처럼 한 번쯤은 반복해서 말해준다고 해도, 매번 이런 식이면 정말 곤란하다. 혹은 둘 사이에 공통 화제가 떨어져서 남자가 단순히 당신의 수다에 지루해하고 있을지도 모르는데, 이 경우라면 남자에게 안건을 먼저 제시하는 방법을 쓰도록 한다.

어떤 화제를 남자의 마음에 각인시키고 싶다면, 그 화제를 언제쯤 말하겠다고 미리 얘기할 것. 정확한 시간과 목적을 말한다면 남자는 그 안건, 화제에 대한 중요성을 깨닫게 된다.

정말 꼭 하고 싶은 중요한 말이 있다면 이런 식으로 말해보자. "나 무슨 일이 있는데, 당신하고 꼭 의논하고 싶어. 한 십 분쯤 후에 전화할게. 괜찮지?" 이런 식으로 운을 떼어놓는다면 남자는 의무감과 호기심에 당신의 말에 귀를 기울일 것이다.

남♂ 내가 뭐 잘못한 거 있어?

여♀ 없어. 그 얘긴 하고 싶지 않아.

남♂ 그 얘기가 뭐야? 말해봐. 내가 뭘 잘못했는데?

여♀ 아까 백화점에서 종업원이 당신에게 슬쩍 농담 던지니까 맞받아치기나 하고, 딱 달라붙어 '알랑방귀' 뀌는데 가만있었잖아.

남♂ 어? 택시 왔다. 가자!

여♀ $&^$@ㅆ@$

이런 말도 안 되는 경우가 어디 있나? 남은 화가 나 죽겠는데, 엉뚱한 생각과 행동을 하다니…… 여자는 정말 어이가 없다.

사실 여자의 복잡다단한 행동에 비해 남자는 극히 단순하다. 종업원의 뻔한 속셈이 눈에 보이는데도 그런 세세한 상황들을 즐기면서 넘어갈 정도로 남자가 복잡한 동물은 아니라는 말이다. 그저 의례적인 행동이고 그 당시에도 그의 머릿속에는 '얼마쯤 할까?' 다음에는 어느 코너로 갈까' 정도의 생각만 있는 것이다. 하지만 여자는 종 업원의 필요 이상의 접촉과 태도, 시선, 목소리 모든 부분들을 느껴서 이런 상황이 일어나는 것. 꼭 말해야 할 상황이면 이런 정도로 말하면 되겠다.

남♂ 내가 뭐 잘못한 거 있어?

여♀ 잘못한 건 아니고 그냥 내가 기분이 좀 나빴어.

남♂ 왜 무슨 일인데?

여♀ 아까 그 종업원이 너한테 추근대던데 넌 그것도 모르고 가만있더라고.

남♂ 에이. 그럴 리가.

여♀ 남자는 잘 몰라도 여자끼린 그런 거 다 느끼거든. 어쨌든 기분이 좋지 않았으니 다음부턴 같은 상황이라면 조심해줘.

남♂ 알았어. 조심할게.

　무조건 불쾌함을 드러내지는 말자. 남자와 여자는 근본이 다름을 먼저 알리고, 그 사실을 남자에게 납득시킨다. 남자가 못 느끼는 부분이지만 불쾌감을 느꼈다는 사실을 천천히 이야기로 풀어가자. 그후 다짐을 받아내는 것이 중요하다.

　애인과의 즐거운 대화를 위해서는 남자에게 이러쿵저러쿵 불만을 토로하지 말고 대신 명쾌하게 요약해서 말하는 습관을 들이도록 해보자. 남자에게 문제가 있거나 짚고 넘어가려는 부분이 있다면, 그

부분을 부풀리지 말고 정확히 짚어준다. 그리고 그 부분에 대해 수정을 요청하면 대부분의 남자는 그렇게 해준다.

만약 그렇게 말했는데도 안 해준다면 그런 남자는 100퍼센트 '구제 불능'이니 당장 차버릴 것.

사랑의
유통기한을
연장시키는 비법

사랑하는 두 사람
사이에 한순간이라도
시간이 끼어들게
내버려두지 말라.
_장 지로두

여기 바쁜 커플이 있다. 일이 끝나면 보통 새벽. 일부러 늦게까지 기다려준

남자 친구가 집에 바래다주면 더 같이 있고 싶어도 피로를 이기지 못하고 아

쉬운 마음으로 헤어진다. 주말에 재밌게 놀자는 다짐은 출장이나 촉박한 업

무 스케줄 덕에 무산되기 일쑤. 또 다른 커플이 있다. 여자는 새벽부터 밤까

지 일하는 디자이너, 남자는 밤부터 새벽까지 일하는 클럽 DJ. 여자가 퇴근

하면 남자가 출근하는 길에 마중을 나가고, 여자가 출근하는 아침이면 초췌

한 얼굴의 그가 집 앞에 기다리고 있다. 두 커플의 최후는 어땠을까?

바쁜 커플은 헤어질 수밖에 없을까? 아니, 바쁜 사람은 연애할 자격도 없는 걸까? 팔방미인 콤플렉스가 아니다. 일도 사랑도 보란 듯이 잘해내고 싶은 마음은 대부분의 직장 여성이 고민에 빠지는 부분이다. 한쪽만 바쁜 커플의 경우는 덜 바쁜 쪽이 전적으로 이해해주지 않는 한, 또 혼자 놀기의 달인이 되지 않는 한, 한번 불만이 쌓이고 심심함을 느끼기 시작하면 힘들어진다.

둘 다 바쁜데다가 생활 패턴마저 다른 경우도 최악. 서로의 생활을 이해하기도 힘들고, 타이밍이 맞지 않는다는 것 자체가 연애의 커다란 장애물이 아니던가. 둘 다 비슷한 패턴으로 바쁜 경우는 차라리 낫다. 최소한 어느 한쪽이 일방적인 외로움과 소외감을 느낄 일은 없으니까.

이런 안타까운 연애 상황에는 서로에 대한 소소한 배려가 그 어느 때보다 중요하다.

한참 바쁜데 걸려온 그의 전화, "내가 좀 이따가 전화할게"라고 했으면 좀 이따 꼭 전화를 하면 된다. "바빠서 급하게 끊어서 미안해"라는 말 한마디에 그의 기분이 확 달라질 테니까. 그가 바쁘다면, 그가 바쁜 만큼 당신도 사람들을 바쁘게 만나라. 연애를 하면서 포기하게 된 인간관계를 재정비할 절호의 찬스다. 머리로 먼저 이해하고 상황을 정리하면 마음으로도 쉽게 수긍이 가기 마련이다.

바쁘다고 연락 없는 그를 탓하기 전에 그의 상황을 먼저 헤아릴 줄 알고, 바빠서 데이트조차 귀찮은 당신이라면 먼저 당신의 상황을

납득시킬 줄 아는 센스야말로 연애 칠거지악 중 하나인 '공사다망'
이라는 중죄를 저지른 사람이 필수적으로 갖춰야 할 덕목이다.

연인과의 말다툼 후, 찜찜한 마음을 이기지 못하고 사과라도 해볼
까 하는 마음에 전화기를 들었다가 더 크게 싸운 경험, 누구나 한 번
쯤은 있다. 이제 수화기는 과감하게 내려놓을 것. 전법을 바꿔야 할
때다.

미국 텍사스대의 연구 결과에 따르면, 연인 사이에 벌어졌던 일들
을 글로 기록하는 것이 관계를 지속하는 데 도움이 된단다. 하루에
20분씩 일주일에 세 번, 연인과 있었던 일을 글로 기록하게 한 커플
과 단순한 일과를 글로 기록하게 한 커플을 3개월간 관찰한 결과,
연인간의 일을 꾸준히 기록한 경우 헤어지지 않고 관계를 유지하는

커플의 수가 세 배나 높았다.

연구진의 말에 따르면, 생각을 글로 바꾸는 과정에서 말로 바로 하는 것보다 더 정돈된 사고와 말투로 전환되기 때문에 의사소통이 원활해지고 관계가 돈독해진다는 것. 갈등 상황인 커플의 경우에도 마찬가지의 효과를 볼 수 있다니, 이제 애인에게 따다다다 잔소리 해대기 전에 마음을 가라앉히고 이메일이든 종이에든 편지를 써보는 것이 어떠할지. 학창 시절을 추억하며 교환 일기 같은 것도 유치하지만 괜찮겠다. 연애란 원래 유치한 거니까.

미국 코빌대의 하잔 박사는 사랑의 유통기한을 900일이라고 했다. 제아무리 잘난 사랑도 3년을 넘기지 못한다는 것. 하지만 알고 있는가? 변하는 건 사랑이 아니라 열정이다. 가슴 터질 듯한 열정은 없어도 사랑은 계속된다. 약간의 달콤쌉싸름한 노력만 기울인다면.

요시모토 바나나의 『만월』에서 주인공은 애인을 위해 다섯 시간을 달려와 돈가스 덮밥을 건넨다. 새벽 1시, 그는 아직도 일에 몰두 중이다. 갑작스레 나타나 이렇게 말해보면 어떨까? "오늘 이 요리를 먹는데 네 생각이 났어." 감동은 때로 열정보다 뜨겁다.

연애와 결혼 사이, 우리들의 행복한 동거

사랑은 사람을
치료한다.
사랑받는 사람, 주는
사람 할 것 없이.
_카를 메닝거

"우리 같이 살래?" 두근거리는 심장으로 동거는 시작된다. 하지만 공과금과

변기 사용법, 샤워의 유무로 동거는 조금씩 금이 간다. 단 한 명의 진심 어린

축복 없이 시작된 동거는 그래서 위태롭다. 단단하고 행복한 동거는 어쩌면

결혼보다 더 어려운 것일지도 모른다.

동거는 결혼보다 쉽게 시작된다. 두 사람의 마음만 맞으면 내일이라도 당장 시작할 수 있는 게 동거다. 하지만 동거 관계가 깨질 때는 많은 대가를 치러야 한다. 상처 입은 마음은 물론이고, 이삿짐도 다시 싸서 옮겨야 한다(집을 처분한 경우는 더욱 곤란하다). 그리고 둘의 동거에 의심의 눈초리를 거두지 못했던 주위 사람들의 '내 그럴 줄 알았지……' 식의 눈초리도 견뎌내야 하고, 변명도 늘어놓아야 한다. 동거의 기간이 길었건 짧았건 간에, 동거 이전의 삶으로 돌아가기 위해서는 몇 달, 몇 년 혹은 그 이상의 시간이 필요하게 될지도 모른다.

지난 2003년 어림잡아 80만 명이었던 동거 인구는 2005년을 기점으로 100만 명을 넘으며 점점 증가하는 추세라고 한다. 하지만 공중파에서도 서슴없이 제시하는 '동거 인구 100만 시대'라는, 그래서 동거에 대해 사람들이 어떤 태도를 보인다는 말을 곧이곧대로 믿어야 할까? 통계 자료나 보편적인 이론으로 동거에 관한 이야기를 풀어나가는 건 어쩌면 어리석거나 위험할 수 있다. 특히 우리나라처럼 동거를 숨기기부터 하는 보수적인 성향이 강한 곳에서 소수이자 은밀한 집단인 동거 인구를 사회적 틀 안에 위치시키는 것도 아직은 이른 감이 있다. 현재로선 동거라는 라이프스타일에 접근하는 가장 좋은 방법은 개별적인 케이스를 통한 동거 인구의 한 단면을 들여다보는 것이 아닐까?

28살부터 32살, 5년 동안 남자 친구와 동거한 사람을 알고 있다.

조금은 충동적으로 동거를 시작했지만, 둘은 생각보다 잘 맞았다. 남자의 털털한 성격과 이해심 그리고 그녀의 생활력과 희생으로 인해 함께 산다는 것이 행복할 수 있다는 걸 보여주듯 동거 기간은 5년이 훌쩍 넘었다. 하지만 그녀는 어느 순간부터 남자의 미래가 걱정되기 시작했다. 남자는 소위 '아티스트'였다. 가끔 밴드에서 연주를 해주거나 컴퓨터로 일러스트를 그려 돈을 벌기도 했지만 안정적인 직업은 아니었다. 몇 번이고 직업을 가져보라고 부탁을 했지만, 그는 한 귀로 듣고 한 귀로 흘려버리기 일쑤였다. 결국 그녀는 장고 끝에 5년간의 동거 생활을 끝내기로 결심했다. 그가 짐을 싸서 집을 나가던 날, 날씨는 일 년 중 가장 무더웠다. 그를 보내고 돌아서는 길 위에서 그녀는 어린 소녀처럼 엉엉 울었다. "혼자 된 게 두렵거나, 그를 떠나보낸 게 슬퍼서 운 게 아니었어. 내 가장 찬란한 젊음을, 겨우 저런 사람과 보냈다는 게 미칠 듯이 억울해서 울었어." 그녀는 아마 동거의 추억에서 쉽게 빠져나올 것이고, 곧 새로운 사랑을 찾을 것이다. 하지만 그녀가 5년을 헛되이 보냈다는 억울함은 죽을 때까지 상처로 남을 거란 예감이 들었다.

또다른 동거 커플은 지난 2000년부터 지금까지 함께 살고 있다. 처음에 그녀가 동거를 시작한다고 나에게 알렸을 때 난 기절하는 줄 알았다. 남자가 무려 6살이나 어렸기 때문인지, 좋아하는 친구가 동거를 시작하는 게 싫어서였는지 확실히 기억이 나진 않지만, 나는 화를 냈다. "네가 뭐가 부족해서 동거를 해?"라고 말을 내뱉었지만,

당시 그녀는 이혼을 앞둔 부모님과 함께 살고 있었다. 그녀는 늘 집에 가기 싫어했고 따뜻한 가정을 원했다. 나는 그녀의 동거가 단지 그런 사정으로 급조된 일회용 사랑이라고 생각했다. 철없는 어린 남자는 떠나고 상처만 남을 거라고. 하지만 동거를 시작하면서 그녀가 달라지기 시작했다. 밝아지고 여성스러워졌다. "오늘 댕댕이(그의 별명이다)란 강아지 한 마리 샀어. 잘 키워야지." 뭐든 책임지기 싫어하는 그녀였는데…… 놀라운 변화였다. 그리고 몇 달 전에 만났을 때 그녀는 말했다. "우리 올해 안에 결혼할 것 같아. 댕댕이도 졸업했어. 결혼식에 꼭 와줘야 해." 나도 모르게 눈물이 났다. 상처 많은 두 아이가 만나, 동거라는 불안한 관계를 오랫동안 견뎌내고 결혼에 이른 과정이 얼마나 힘들었을까 뻔히 보였기 때문일까? 동거의 완성이 결혼은 아닐 것이다. 하지만 그것이 동거가 만들어낸 하나의 아름다운 결정체인 것은 분명해 보였다.

어느 작가는 '결혼은 미친 짓'이라고 했지만, 상대방과 꼬박 하루를 살아보지도 않고 한 사람과 평생을 살기 위해 결혼을 하는 건 더더욱 미친 짓이라고 생각할 수도 있다. 하지만 동거가 사회적으로 인정을 받지 못하는 불안정한 관계인 만큼 두 사람 사이의 관계 조절이 중요하다. 아무도 동거를 시작하는 커플에게 "너희들의 동거를 축복해"라고 말해주지 않는다. 만날 때마다 "그 사람이랑 문제 없어? 지내긴 괜찮아?"라는 말을 들어야 한다. 그런 곱지 않은 시선 속에서 행복한 동거를 일궈나가기란 더더욱 어려운 일이다.

　불타는 사랑과 호르몬 과다 분비의 시기가 마무리될 무렵 당황하지 않고, 성숙한 관계를 유지하기 위해서는 스스로와의 내면의 대화가 이루어져야 한다. '나의 동거의 목적은 무엇인가' '그(그녀)와 살고 싶은 이유는 무엇인가' '자신이 상대방에게 원하는 것은 무엇인가'를 분명히 해두는 것이다.

　내가 생각하는 동거에 관한 가장 훌륭한 충고는 '여드름을 짜지 말라'는 것이다. 동거를 하면 숨길 수 있는 것들이 사라지고 만다. 하물며 컨실러만 톡톡 바르면 간단히 사라지는 여드름 자국조차도 드러내 보여줄 수밖에 없다. 타인에게 솔직해져야 한다는 것은 언제나 어렵다.

  '여드름을 짜지 말라'가 내포하고 있는 또다른 의미는 자기혐오에 빠지지 마라는 경고의 의미다. 여드름 자국으로 울긋불긋해진 미운 얼굴이라고 바짝 신경을 곤두세우고 있다면, 남자 친구와 언쟁을 벌일 확률이 높지 않은가. 그만큼 동거는 마음먹기가 중요하다. 나의 태도가 그의 태도를 이끌어내는 바로미터인 것이다. 스스로를 부끄러워하고, 마음을 열지 못하는, 자기 자신을 사랑하지 않는 사람에게 행복한 동거는 먼 나라의 이야기다.

멋진 당신이
똑똑하게
사랑하는 법

❝전부를 걸 수 있을 만한 사람이 나타났을 때, 사랑을 시작하자. 긴 인생에 잘난 당신이 조급해할 것 뭐 있나.❞

고 윤 희 1974년 생. 대학에서 심리학을 전공했다. SBS〈접속! 무비월드〉〈한밤의 TV연애〉방송작가를 거쳐 29세에 쓴〈연애의 목적〉이 영화진흥위원회 시나리오 공모에 당선되었다. 2005년 봄에 영화로 만들어진〈연애의 목적〉으로 백상예술대상, 청룡상 등 각종 영화제의 각본상을 휩쓸며 화려하게 데뷔했다.『연애 잔혹사』라는 새 책이 올 가을 출간될 예정이다.

연애는 어느 시대, 누구에게나 잔혹해왔다. 게다가 지금 이 시대의 연애는 그 어느 시대보다도 더 잔혹하다. 우리는 사랑이 아름다운 분홍색이며 저 하늘에 흰 구름이라고, 또 오래 참고 인내하고 희생하는 것이라고 배워왔다. 그러나 이 시대의 사랑은 그렇지 않다. 괜히 어른들의 가르침대로 학교에서 배운 대로 아름답게 행하려다 나중에 생각지도 못한 치정극을 찍고 감방에 들어가는 세상이다. 어느 때 보다도 이기적인 시대다. 그리고 이기적인 게 나쁜 게 아닌 시대다. 오히려 참을 수 없이 착한 게 나쁜 시대다.

나도 20대의 한때 어른들의 가르침대로 착하게 사랑했다. 사랑을 믿고 모든 걸 걸고, 모든 걸 내주었다. 그랬더니, 살인본능만 커졌다. 20대의 난 남자에게 아낌없이 주고 희생적이고 청순한 지고지순한 만화 속 여주인공의 모습을 한껏 보여주었다. 그랬는데 결과는? 내가 모든 걸 내준 남자는 내 통장만들고 내 곁을 떠나버렸다. 그리고 혼자 남겨진 나는 그나마 집 보증금이라도 남은 게 얼마나 다행이냐며 스스로를 위로했다. 그러다 몇 달이 지나고 사랑의 상흔이 희미해질 무렵이면 '내가 정말 깡통이었구나'를 새삼 절감할 수밖에 없었다. 밤마다 내가 아낌없이 모든 걸 내주며 사랑했던 남자들을 일렬로 세워놓고 6·25때나 쓰던 장총을 들고 모두를 따다다 사살하는 환영에 시달리기까지 했다.

그러니 다시 한번 충고한다. 싱글들이여, 남자에게 모든 것을 내어주지 말자. 특히 남자에게 돈 쓰지 말자. 남자에게 돈을 쓰는 건 남자를 떠나게 하는 최선의 방법이다. '내가 당신을 만나주는데, 당신이 돈을 내는 건 당연하다'

는 식의 조금은 뻔뻔한 자세가 필요하다. 물론, 나 역시 아직 이 경지까지 이르지는 못했지만, 남자들의 얘기를 들어보면 만날 때 돈을 많이 쓴 여자에게는 그 투자가 아쉬워서라도 더 정성을 쏟게 된다고 한다. 이기적이고 약아빠져서가 아니라 사람이니까 당연한 논리다.

이 시대의 남자는 두 가지 유형이다. 가짜 마초 아니면 못난이. 이 시대 여자들은 두 가지 유형이다. 평강공주 아니면 건달. 가짜 마초들은 장가는 간다. 가짜라는 게 들통 나기 전까지는 아버지들이 누렸던 권력과 존경을 받으며 잘 버텨나간다. 그러다 가짜라는 게 들통 나면? 이혼하든가, 애 때문에 참고 살든가. 이 과정에서 많은 남자들은 가장으로서, 남편으로서 성숙하는 과정을 거친다. 많은 노처녀들이 옳지 않은 일인 줄 알면서도 유부남에게 매혹당하는 게 바로 이런 이유에서이다. 요즘처럼 미숙한 남자들이 판치는 세태에는 실속 없는 총각들보다는 차라리 애 딸린 이혼남을 권하고 싶다. 자기 주장이 강한 건달형의 여자들에겐 더욱.

서른다섯이 넘은, 아직 애인도 없고 결혼도 안 한 겉으로 멀쩡한 남자를 보면 주위 사람들은 의아해하며 묻곤 한다. "왜 아직 여자가 없어?" 그러면 그는 여유롭게 대답한다. "아직 생각이 없어." 노! 틀렸다. 그런 남자들 열에 아홉은 겉으론 멀쩡하지만 치명적인 못난이의 요소를 가지고 있다. 책임감이 없거나 매너 혹은 눈치가 전무한 경우일 가능성이 높다. 그들 대부분 만난 지 두 달 이내에 "아 이래서 여자가 없구나! 없을 수밖에 없구나. 계속 없겠구나!" 하는 확신과 결론을 심어준다. 요즘 보기 드문 성실한 남자라며 입에 침이 마르도록 그를 칭찬한 사람이 무색하게도 말이다. 이것 하나는 명확하다. 정말로 여자들이 쌍수를 들고 소개할만한 괜찮은 남자였다면 그는 벌써 장가 갔다. 아니면 그를 소개해준 여자 친구나 선배의 애인 혹은 남편으로 소개받고 있거나.

싱글녀들은 묻는다. "그래, 이미 좋은 남자는 다 장가를 갔고, 괜찮은 남자는 다 유부남이고, 믿을 만한 여자 친구들이 소개하는 남자도 알고 보니 못난이 뿐이라면 우린 어떡해야 하나?" 진실 하나. 우리 시대의 남자들은 더 이상 그대들을 책임져주고 부양해줄 생각이 없다. 사회 생활하는 똑똑한 여자들에게 치여 자기 밥벌이하고 자신의 영역 지키기도 힘들다. 그러니 결론은 둘 중에 하나다. 평강공주가 되어 못난이를 데리고 살던가, 건달이 되어 혼자 건들거리며 제 잘난 맛에 살거나.

요즘 서른 넘어 결혼하는 여자들을 유심히 관찰해보면 대다수가 이른바 하향 지원이다. 외모가 됐든, 학벌이 됐든, 경제력이 됐든, 자기보다 좀 떨어지는 남자를 골라 결혼하는 것이다. 그러면서 이렇게 말한다. "괜히 혼자 있다가 이 놈 저 놈한테 치이고 더러운 꼴 겪는 것보단 나아. 넌 남자한테 통장을 주고 그걸로 끝이지만, 난 내 통장 주고 평생 내 것이라는 계약서(결혼)를 받아냈잖아. 밖에서 정말 힘든 일이 있었을 때 그걸 들어주는 사람이 있다는 게 얼마나 큰 힘이 되는데?" 그런 말을 듣고 보면, 하향 지원이 싫어 아직도 건달처럼 도시 이곳저

곳을 헤매며 외로워하는 그녀들도 고개를 끄덕이게 된다. '나도 저런 선택을 해볼까?' 잠시 혼자 집으로 돌아가는 택시 안에서나마 번민하게 되는 것이다.

자취 생활 10년. 가족이라는 든든한 백그라운드도 없이 혼자 사는 삶은 외롭다. 그래서 누군가 조금만 잘해줘도 덥석, 내민 그 손을 잡고 싶어지는 유혹의 순간들이 있다. 사회생활은 긴장과 투쟁의 연속이고 그 속에서 동물적인 본능으로 치열하게 살아가는데, 그 미세한 빈틈에 누군가 끼어들면 객관적인 판단력을 잃고 한 번에 무너지는 것이다. 하지만 잠깐의 외로움을 달랜 대가로 돌아오는 건 더 큰 상처. 진심으로 마음을 움직이는 무엇이 없다면, 차라리 당당하게 외로움을 택하는 게 낫다.

연애를 하면 행복한 순간도 있지만, 그 사랑 때문에 더 상처받아야만 하는 날들이 더 많다. 나는 주변의 멋진 여자들이 잘못된 남자로 인해 상처받고, 스스로를 불행하게 만드는 것을 볼 때마다 안타깝다. 되돌아보면 차라리 20대에는 현실적이었다. 내 미래가 불안하니 남들처럼 남자의 조건이라도 따지는 기본 과정 정도는 거쳤었다. 하지만 스스로 먹고사는 데 문제없는 30대가 되면 돈보다는 내 마음을 위로해줄 수 있는 따뜻함, 감정이 우선이다. 그래서 백수, 양아치 같은 영양가 없는 남자들에게 확 쏠려 있는 거 없는 거 다 퍼준다. 그렇게 얕은 사랑에 정들고, 찝찝하게 이별하고, 지겹다. 차라리 그럴 거면 자신을 위해 투자하라. 그 열정으로 열심히 일을 하고, 그 돈으로 쇼핑을 하거나 차라리 성형수술을 하거나. 전부를 걸 수 있을 만한 사람이 나타났을 때, 사랑을 시작하자. 긴 인생에 잘난 당신이 조급해할 것 뭐 있나.

커리어 관리는 싱글의 생명줄이다

당신의 콤플렉스는 극복하기 위해 있는 것이고, 당신의 역경은 '그럼에도 불구하고 나는 프로다' 라고 외치기 위해 있는 것이다. 큰 그림을 그리고 당신의 인생을 스스로 경영하라. 무엇보다 자기 자신을 사랑하라. 그리고 멋지게 당당하게 성공하라!

열심히 일하고픈
당신에게
체력은 능력이다

개선으로부터
몰락까지의 거리는 단
한 걸음에 지나지 않았다.
나는 사소한 일이 가장 큰
일을 결정함을 보았다.
_나폴레옹

혹독한 야근을 한 다음날, 나는 힘들어 죽겠는데 옆자리 동료는 너무도 쌩쌩

하게 일에 매진하고 있는 모습을 발견했을 때의 위축감을 느껴본 적이 있는

가. 난 정말 열심히 일하고 싶은데 이놈의 몸이 너무도 안 따라주는 것이 스

트레스라면, 이제 당신의 체력도 서서히 바닥나고 있는 것이다. 혼자 사는

싱글에게 건강한 몸은 제1의 재산이다. 싱글을 위한 체력 강화 프로젝트. 퇴

근 후 1시간 몸 관리로 강철 체력 유지하는 법.

실체를 알고 보면, 대부분의 일이 육체노동이다. 오로지 정신노동만 할 것 같은 컨설턴트도, 감각 싸움만 있을 것 같은 예술가도, 숫자만 가지고 노는 회계사조차 다 체력 싸움인 것이다. 게다가 직장생활 3년 차를 기점으로 개개인의 체력 차는 현저하게 나타난다. 새벽까지 이어진 회식 다음날에도 가장 일찍 출근해 쌩쌩한 하루를 보내는 사람이 있는가 하면, 9시만 되면 졸려서 잠자리에 들고도 다음날 하루 종일 피곤해하는 사람도 있다.

타고난 개개인의 체력과 능력이 다르긴 하나 직장생활의 성패는 의외로 체력에 달려 있다. 몸이 약하면 쉽게 지치기 때문에 무얼 해도 의욕이 없고, 일에서도 좋은 결과를 얻을 수 없다. 결국 체력은 능력인 것이다.

성공한 사람들의 취미 중에는 반드시 '운동'이라는 항목이 포함되어 있다. 그것은 체력 단련뿐만 아니라 스트레스 해소, 그리고 잠시 일과 이별하는 시간을 가진다는 것을 의미한다. 어쩔 수 없이 결론은 운동이란 뜻이다. 그러나 운동을 하기 위해서 반드시 피트니스센터를 가란 말은 아니다. 집 주위를 뛰는 조깅도 좋고, TV를 보면서 하는 요가 동작이나 스트레칭도 좋다. 자신이 좋아하면서도 꾸준히 할 수 있는 운동을 찾아볼 것. 거창하게 시작하지 않는 것이 꾸준한 운동의 지름길이다.

어떠한 분야의 일을 하건 간에 스트레스는 있기 마련이다. 그러므로 얼마나 심한 스트레스를 받느냐가 아니라 어떻게 해소하느냐가 문제다. 퇴근 후 1시간은 자신의 몸 관리 또는 하루 동안 받은 스트레스를 푸는 데 투자하자. 그러기 위해서는 퇴근하고 나서 자신이 정말 즐길 수 있는 일을 만들어볼 것. 하루 동안의 스트레스를 단숨에 날려버릴 수 있는 거라면 어떤 것이든 좋다. 단, 술을 과다하게 마신다거나 밤 늦게까지 이어지는 자리는 피하는 것이 좋다. 다음날 피로 때문에 더 큰 스트레스를 받을 수 있기 때문이다.

만약 졸리거나 쉬고 싶다면 시간을 내어 즐거운 마음으로 휴식을 취해라. 또 어떤 음식을 간절히 먹고 싶다면 그 음식을 맛있게 먹어라. 원하는 모든 것을 다 할 수는 없지만, 원하는 것을 못 하는 게 또하나의 스트레스로 작용해 당신의 정신 건강을 해칠 수 있다. 몸이 간절히 원하는 것은, 지금 당신의 건강에 그 부분이 결핍되어 있다는 걸 뜻하므로 원하는 대로 하는 게 건강을 챙기는 길이다.

물론 그렇다고 해서 쌓인 스트레스를 폭식으로 풀라는 말은 아니다. 어떤 경우이든 과식은 몸에 해롭다. 특히 5시 이후 음식물을 섭취하는 것은 위에 부담을 주어 숙면을 방해한다. 직장 여성들의 고민거리 중 하나인 치명적인 복부 비만을 불러옴은 물론이다.

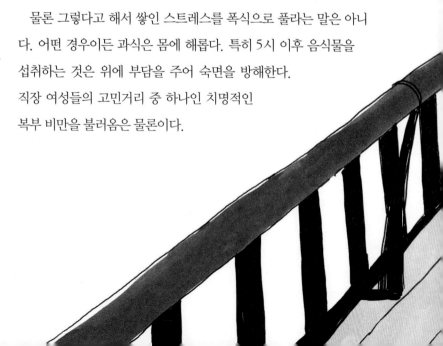

따라서 과식은 피하고 아침은 반드시 챙겨 먹어라. 그러나 깨워주는 사람 하나 없는 아침 기상 시간, 겨우 10분 일찍 일어나는 것조차 자신과의 싸움이 되어버리는 것이 싱글들의 실상. 아침상을 잘 차려 먹을 자신이 없다면 원기를 채우고 활력을 줄 수 있는 간단한 음료수를 마시는 센스를 발휘해보는 것도 현명한 방법.

정경연한의원의 정경원 원장은 아침식사 대용으로 공복감을 채워주고 단백질과 비타민 등의 영양소가 듬뿍 들어 있는 ABC 주스를 권한다. 사과Apple, 바나나Banana, 당근Carrot을 믹서에 갈아 우유와 섞어 마시는 것인데, 비타민이 듬뿍 들어 있을 뿐만 아니라 위액 분비를 촉진하고 피로를 풀어주는 사과와 당근, 포만감을 주는 바나나의 조화는 훌륭한 아침식사가 될 수 있다.

마지막으로 매사에 긍정적인 마인드를 가지고 생활하는 습관을 들여라. 우리의 몸과 마음은 하나로 연결된 유기체다. 당신이 오늘 어떤 마음가짐으로 하루를 살았느냐에 따라 당신의 에너지 등급이 정해진다는 것을 명심할 것. 유독 컨디션이 다운되는 날이 있다면, '힘들어' '짜증나'라는 말 대신 주변 사람들과 많이 이야기하려고 애쓰고 자주 웃어라. 큰 목소리로 당당하게 걷다 보면 없던 에너지도 다시 생기는 것을 느낄 것이다. 매사 부정적인 사람은 항상 에너지 고갈 상태지만, 골치 아픈 일도 '일단 해보는 거야'라고 긍정적인 태도로 밀어붙이는 사람은 늘 활력 넘쳐 보이지 않는가. 주변 사람 모두 지쳐서 나가떨어져도 혼자서 빵긋 웃으며 척척 일을 처리해나가는 사람들, 비결은 긍정적인 사고를 바탕으로 하는 '자기애'에 있다. 활력 있는 사람으로 보이고 싶다면, 주변에 있는 모든 것으로부터 긍정적인 에너지를 얻어라. 그러기 위해서는 내가 먼저 긍정적인 마인드를 가지는 것이 우선일 것이다.

컨디션을 지키는
시간대별 100퍼센트 에너지 전략

에너지 위기 1 AM 6:00

늦지 않게 잠자리에 들어 잘 만큼 잤음에도 불구하고 눈을 뜨기가 너무 힘들다.

1시간 30분의 수면 요법 이용하기 사람은 보통 1시간 30분 주기로 잠에서 깨는 생체 리듬을 가지고 있다. 그러므로 수면 시간을 기준으로 1시간 30분, 3시간, 4시간 30분, 6시간 등의 주기에 맞춰 일어나면 적은 시간을 자더라도 숙면할 수 있다.

아침에 일어나 온몸으로 햇살 쏘이기 유난히 눈이 안 떠지는 날 아침에는 커튼을 젖혀 온몸으로 햇살을 맞을 것. 아직 잠들어 있는 몸의 생체 리듬이 깨어나 보다 생기 있는 아침을 맞을 수 있다.

에너지 위기 2 PM 2:00

상사가 지켜보고 있는데도 눈이 감길 만큼 초절정 졸음이 밀려온다.

점심식사 후 딱 한 블록만 걷기 점심식사 후 바로 자리에 복귀하는 건 식곤증을 유발할 뿐 아니라 소화 기능까지도 저하시킨다. 소화가 잘 안 되고 속이 답답한 증상은 졸음으로 이어진다. 그러므로 점심식사 후 바로 회사로 복귀하는 대신 딱 한 블록만 산책하자.

점심식사의 양을 2/3로 줄이기 너무 꽉 찬 배는 졸음을 불러온다. 허기를 채우면서 저녁식사 시간까지 버틸 수 있을 정도의 양만 섭취하고 대신 비타민이 듬뿍 든 과일 하나를 추가시켜 졸음을 쫓아내자.

에너지 위기 3 PM 9:00
업무에 모든 에너지를 쏟아 퇴근할 즈음엔 온몸이 물 먹은 솜처럼 무겁다.

깊게 숨 들이마시기 하루 종일 받은 스트레스로 인해 만신창이가 된 몸 안은 절대적으로 산소가 부족하다. 평소보다 훨씬 오랫동안 공기를 들이마셔보자. 몸 구석구석 산소가 공급되면서 조금은 더 상쾌해지는 것을 느낄 수 있을 것이다.

근육 키우기 피곤해도 규칙적으로 운동하는 습관을 키워라. 처음엔 힘들어도 습관이 되면 운동으로 인해 스트레스가 해소되고 있음을 느낄 수 있을 것이다. 운동할 때 분비되는 호르몬은 스트레스를 한 방에 날려버릴 수 있을 만큼 강력하다.

콤플렉스는 극복하기 위해 있는 것이다

평범한 인간이 이따금
비상한 결의로 성공하는
경우가 있는데, 그것은 그가
훌륭한 인물이어서가 아니라
불안에서 벗어나려고
끊임없이 노력한 결과이다.
_몽테로랑

직장생활에서 발생할 수 있는 총체적인 문제, 즉 커리어 콤플렉스는 어느 정도일까? 『싱글즈』 홈페이지를 통해 자체적으로 설문조사를 실시해본 결과는 놀랄 만한 수준. 응답자 중 87퍼센트가 '커리어 콤플렉스가 있다'고 대답했다. 또 그 해결을 위해 많은 싱글들이 어학 공부(35퍼센트)와 자격증 보완(28퍼센트)에 매달리고 있다고 응답했다. 그렇다면 당신은 어떤가?

다음의 체크 리스트를 통해 나의 커리어 콤플렉스 지수를 체크해 보자.

- □ 이력서를 내기도 전에 지레 겁먹고 찢어버린 적이 있다.
- □ 동료들은 하나같이 잘났고 나만 못난 것 같다.
- □ 인사철이면 밤에 잠이 안 온다.
- □ 비즈니스 영어는 해도 해도 자신이 없다.
- □ 이 길이 맞나 저 길이 맞나 도대체 모르겠다.

결과 체크

1~2개 : 일반 직장인 수준

3~4개 : 마인드 컨트롤이 필요함

5개 이상 : 콤플렉스 덩어리

체크해보니 당신 또한 중증 수준인가? 몇 달 전부터 유난히 출근 길이 무겁게 느껴진다거나, 혹은 아무리 일을 해도 성과가 없게 느껴진다거나, 회사 다니는 이유 자체를 모르겠다면 당신은 더더욱 커리어 콤플렉스를 안고 있을 가능성이 높다.

더이상 콤플렉스라는 병이 무기력하게 당신을 잠식하기 전에 당신에게도 커리어 콤플렉스 점검이 필요한 때다. 그렇다면 방법은? 우선 직장인들이 가지고 있는 대표적인 커리어 콤플렉스 유형 5가지를 분석하고 실제 이를 겪은 사람들의 사례를 들어보았다.

01 지저분한 이력서 콤플렉스

어디에 명함을 내밀어도 부끄럽지 않은 50위권 내의 튼실한 기업에서 근무하던 L씨. 입사 2년밖에 안 되었지만 벌써 5번이나 이직했다. 게다가 업무도 재무팀-경영기획팀-마케팅팀으로 세 차례나 바꾼 케이스. 각 업무별 근속 기간이 6개월이 채 되지 않아 업무 능력은 인턴 수준이지만, 결국 졸업 후 무슨 일을 했는지 정체불명에 구구절절 지저분한 이력서만 남은 상태. 이젠 마음잡고 정착하려 하지만 반겨주는 회사가 없어 4개월째 구직 전투 중이다.

　L씨는 직장생활 기본 슬럼프인 3개월, 6개월, 1년 중 1단계를 넘기지 못하는 메뚜기형. '이번 한 번만은 딱 3개월만 견뎌보자' 다짐하지만 결국 한 달을 못 넘기고 그만두는 증상을 보인다.
　L씨 같은 경우는 비록 짧은 경험이었지만 다양한 팀에서 근무한 것을 되새겨 어떤 업무에서 자질을 발휘할 수 있을지 검토해보는 것이 옳다. 그리고 10년 후 '어떤' 일을 하는 사람으로 거듭나고 싶은지 결정하는 것이 필요하다. 또다시 이직할 위험이 있으므로, 가고 싶은 기업 리스트를 만들어 이들을 집중적으로 공략하는 것이 좋다. 만일 나이 제한에 걸리지 않는다면 지금까지의 경력을 버리고 신입

으로 새출발하는 것이 장기적으로 봤을 때 효과적일 수도 있다.

그리고 이직 시 이력서에는 핵심 경력 2~3개만 기재하고, 자신만의 특기를 부각시키는 것이 좋다. 이력서는 우리가 갖고 있는 핵심 무기를 간략하고 일목요연하게 정리한 문서일 뿐, 살아온 역사를 구구절절 설명할 필요는 없다.

이직이 잦은 사람은 오히려 다방면에 능통한 경우가 많다. 자신의 성격이나 특기가 해당 업무에 적합함을 부각시켜라. 또한 뚜렷한 이유(건강, 이민, 학업 등)가 없는 잦은 이직은 채용 담당자에게 '우리 회사에도 오래 못 있겠지'란 선입견을 주기 십상이다. 따라서 아무리 이력서가 지저분하더라도 면접 시 논리적으로 설득할 수 있는 명분을 갖고 있는 게 중요하다. 무엇보다도 나에게 중요한 것이 무엇인지, 인생 목표를 성취하기 위해 내가 밟아가야 할 커리어는 무엇인지 냉철히 따져볼 것.

02 발목 잡는 학벌 콤플렉스

중소기업 콘텐츠 개발팀에서 근무 중인 K씨. 지방대를 나왔지만 서울에서 꼭 성공하고 싶어 착실한 취업 준비를 통해 취직했다. 그녀는 원하던 대기업에 입사하지 못한 이유가 다 지방대 출신이기 때문이라고 생각하고 있다. 외국계 기업 팀장이 되겠다는 확실한 목표가 있지만 그저 멀게만 느껴질 뿐이다.

K씨는 현실도 이상도 좇지 못하며 학연, 지연, 혈연으로 구성된 스트레스 3종 세트를 안고 있는 경우다. 이런 사람들의 문제는 무엇보다도 자신감의 결여. '단점에 신경 쓰지 말고 장점에 신경쓰라'는 말처럼 타이틀에 얽매이지 않는 게 필요하다. 자신의 한계를 미리 긋지 말고 무슨 일이든 나에 대한 믿음과 확신이 있다면 두려울 게 없다. 현실을 인정하는 것은 필요하지만 자신을 잃어서는 안 된다는 것을 명심하자.

03 끈질긴 외국어 콤플렉스

중견 기업 해외 마케팅 부서에서 근무하는 H씨는 슬슬 일할 맛 난다는 3년 차지만 아직 업무에 자신이 없다. 이유는 업무의 70퍼센트 이상을 차지하는 영어 때문. 얼마 전 있었던 미국 클라이언트 앞에서의 프레젠테이션 때는 우물쭈물하는 사이 후배가 대답을 치고 올라왔다. 내년부터는 그룹 영어시험을 통과해야만 진급을 시키고 고과에도 반영하는 듯 압박이 더할 거라는 소식에 더욱 심란하다.

교포가 아닌 이상 외국어 공포는 당연지사. 그러나 한번 위축된 심리는 아무리 아침저녁 MP3로 회화 테이프를 들어도 회복 기미가 안 보이고, 외국인 동료를 만날 때는 꿀 먹은 벙어리로 변신한다.

외국어 때문에 스트레스를 받고 있다면 방법은 딱 하나. 스스로 인정할 만큼 다져진 실력을 통해 정면승부하는 것이다. 누가 시키지 않아도 프레젠테이션이나 미팅 때 먼저 나서라. 꾸준한 노력이야말로 자신 있는 비즈니스 영어를 구사하는 가장 빠른 지름길이다.

만약 시간을 내는 것이 무리거나 실력이 생각만큼 늘지 않는다면, 차라리 기본적인 어학 공부는 꾸준히 하되 실무능력을 월등히 키워놓는 것도 좋다. 안 되는 것에 시간을 보내기보다 자신만의 영역을 지켜나가는 것이 더 중요하다. 모든 것을 잘할 수 없다면 아예 어디에 우선순위를 둘지 결정하면 된다.

04 부실한 커리어 맵 콤플렉스

홍보 대행사에서 근무하는 32살 싱글 여성 P씨는 요즘 회사가 비전이 있는지도 의심스럽고 지금 맡고 있는 업무도 적성에 맞지 않는다는 생각을 자주 한다. 게다가 향후 10년간의 계획도 전무한 상태. 직장생활을 꽤 했지만 아직도 자신의 길을 모르겠다.

목표에 따라 경력 관리를 한 사람과 그렇지 않은 사람은 큰 차이가 있다. 목표가 명확한 사람은 그렇지 않은 사람에 비해 뚜렷한 강점과 경쟁력이 있기 마련. 아직 자신의 목표를 잘 몰라 혼란스럽다면 본받고 싶은 인물이나 멘토를 찾아 그들의 경로를 참고하라.

특히 커리어 체인지가 힘든 30대에는 구체적인 커리어 맵이 꼭 필요하다. 경영 계획을 짜듯 연봉과 직급 목표를 세워라. 특히 계획은 그저 머릿속에서만 짜지 말고, 꼭 종이에 직접 적어 문서화한 후 수시로 들여다보아야 한다.

05 남녀차별 콤플렉스

대기업 경영기획실에서 근무하는 K씨는 200대 1의 경쟁률을 뚫고 힘겹게 취직했지만 벌써부터 '직장생활은 다 이런 건가' 회의만 들 뿐이다. 함께 입사한 남자 동기는 프로젝트도 맡기 시작했는데, K씨에게 주어지는 업무는 문서 정리뿐. 10년 차 선배들을 봐도 여자가 올라갈 수 있는 직급은 제한되어 있고, 이대로라면 자신도 불평불만이나 늘어놓는 여자 선배들처럼 될 게 분명하다.

많은 싱글 여성들이 K씨처럼 계속되는 복사와 커피 심부름에 직장생활 자체에 의문을 품곤 한다. 불합리한 상황을 바꿔달라고 건의하자니 페미니스트 운운할 것 같고, 참고 있자니 억울한 상황. 이대로 가다가는 걸핏하면 흥분하는 쌈닭이 되거나 아예 착한 여자 콤플렉스로 흐를 수 있다.

여성이 일을 하다 보면 불리한 점도 유리한 점도 있다. 유리한 점은 남성에 비해 직장생활을 하는 경우가 적어 잘만 하면 눈에 띌 기회가 많다는 것. 그때까지는 목표가 있다면 마음 굳건히 먹는 게 필요하다. 또한 여자들은 본인의 성과에 겸손한 경우가 많은데 기회가 있을 때마다 적극적으로 어필하는 것도 필요하다.

항상 주도적인 여성이 되라. 나에게 주어진 삶은 끝까지 내가 개척한다는 생각이 있다면 커리어 콤플렉스도 현명하게 극복할 수 있을 것이다.

먼저 원하는 자리에 어울리는 사람이 되라

가장 바쁜 사람이
가장 많은 시간을 갖는다.
부지런히 노력하는 사람이
결국 많은 대가를 얻는다.
_알렉산드리아 피베

이사? 상무? 고속 승진은 바라지도 않는다. 다만 정규 승진 코스를 하루라

도 빨리 앞당기고 싶을 뿐이다. 언젠가는 다가올 그날, 노심초사 기다리고

있을 수만은 없는 당신이 멋진 커리어를 쌓기 위해 알아두어야 할 것들.

한 헤드헌터 업체에서 고속 승진자 100명을 대상으로 업무 형태를 분석했다. 무엇이 그들의 승진을 가능하게 했는지, 회사가 그들에게서 발견한 가능성이 무엇인지를 파악한 것. 분석 결과 눈에 띄는 두 가지 공통점은 다음과 같았다. 첫째, 누가 시키지 않아도 자발적으로 열심히 일한다. 둘째, 빠른 스타트를 위해서 남들보다 먼저 눈에 띄기 위해 노력한다. 이것은 고속 승진자뿐만 아니라 여기저기서 탐내는 '유능한 인재'라면 누구나 가지고 있는 특성이었다는 사실. 결국 커리어의 기본에 가장 충실한 사람이 성공하기 마련이다.

01 열심히는 기본, 소문나게 일하라

외국계 제약회사의 사장이 된 한 여성은 미국에서 취업비자가 없어 자원봉사로 일을 했다. 새벽같이 일어나 아이를 탁아 시설에 맡기고 출근해서 밤낮을 가리지 않고 휴일도 없이 일했다. 그렇게 두어 달, 회사 내에 소문이 퍼졌고 어느 날 회사로부터 정규직 채용 제안을 받았다. 자발적으로 열심히 일하는 사람은 결국 애사심이 충만하기 때문이다. 회사를 사랑하는 직원을 어느 누가 싫어하겠는가.

유능한 사람들, 그래서 눈에 띌 수밖에 없는 사람들은 커리어에 분명한 목표를 가지고 있는 '자기고용자'들이었다. 누가 시켜서 일을 하는 것이 아니라 자기가 세운 목표를 달성하기 위해 자발적으로 일벌레가 된 것.

또 사내에서는 정치 못지 않게 중요한 것이 바로 '액션'이다. 혼자서만 죽어라 일한다고 다가 아니다. 일에 '몰입'하고, 그만큼 좋은 '성과'를 내면 주위 사람들의 입에 오르내리게 되고, 이런 업무 태도를 높이 평가하는 상사에 의해 발탁되기 마련이다. 나를 인정하고 눈여겨봐주는 상사를 멘토로 모시고 따르라. 사내 정치에 연연하는 등 지나친 스킬을 부릴 필요는 없다. 내가 일한 만큼의 성과를 인정해주고, 나를 끌어올려주는 사람을 따르면 된다.

02 당신은 지금 시간을 지배하고 있는가

직장생활에서는 오전 시간 활용이 하루를 결정한다. 보통 사람들은 이메일, 전화 메모를 확인하거나 응답하면서, 또 동료와 상사의 출근을 확인하고 인사를 나누며 잡담을 하면서 1~3시간을 보낸다. 이런 일들은 15~30분이면 족하다. 매일 아침 더 많은 일을 처리해 업무 효율성을 높이려면 시간 활용 스케줄을 미리 짜볼 것.

8:30-8:45   출근하자마자 이메일, 우편물을 확인하고 주 업무거리를 파악한다.

8:45-10:00 가장 굵직하고 중요한 업무를 처리하는 데 1시간 정도 배정. 이 시간에 업무를 방해하는 동료가 있다면 업무를 마치는 대로 찾아가겠다고 할 것.

10:00-11:00 동료들의 요구를 들어주고, 두번째로 큰 업무를 해결한다.

11:00-12:00 점심 시간 전 중요한 이메일에 응답하고 전화를 건다. 오후 일정을 미리 체크한다.

전날 밤 잠자기 전에 몇 가지 단단한 준비만으로도 다음날 아침이 편안해지고 출근길이 경쾌해진다. 예를 들면, 다음날 입을 옷을 미리 골라 걸어둔다거나, 가방 옆에 회사에 꼭 가져가야 할 물건을 놓아두면 다음날 허둥지둥하다가 지각할 염려가 없다.

주말 계획 구상에 마음이 들뜬 금요일 오후라면, 손에 잡히지 않는 업무 대신 차라리 다음주에 할 일을 미리 계획하라. 특히 월요일에 할 일들을 미리 기록하면 일요일 오후, 다음날 해야 할 산더미 같은 일들을 막연하게 떠올리며 불안해하는 일이 줄어들 것이다. '일을 통제하고 있다'는 안도감 때문이다.

03 그럼에도 불구하고, 나는 프로다

열심히 일한 당신, 그만큼의 결과물이 따라줘야 진정으로 인정받을 수 있다. 노력도, 그에 따른 성과도 훌륭한 사람을 우리는 '프로'라고 부른다. 프로가 성공한다는 것은 커리어계의 절대적인 룰. 스스로가 진정한 프로라고 자신할 수 없다면 남들보다 앞서가고 싶다는 것은 욕심일 뿐이다. 그렇다면 프로가 되려는 마음가짐과 태도를 갖추는 것이 우선시되어야 한다. 기본적으로 프로는 '자신만의 특화된 장점'을 주무기로 일을 '뛰어나게' 잘해야 한다는 것을 명심하고 다음의 덕목을 추가할 것. 진정한 프로는 '그렇기 때문에'가 아니라 '그럼에도 불구하고' 화법을 구사한다.

리더가 될 만한 인재를 어떻게 알아볼 수 있는지에 대한 물음에 한 중소기업 CEO는 이렇게 이야기했다. '그럼에도 불구하고'라는 단어를 그 사람의 업무 태도, 보고하는 습관에 대입해보면 된다고. 그의 말에 따르면 프로는 곤란한 상황이나 역경에도 '불구하고' 주어진 일을 제대로 처리하는 반면, 아마추어는 '그렇기 때문에'를 사용해 자신의 한계를 변명하려고 한단다.

프로와 아마추어의 화법과 태도의 차이는 이를테면 다음과 같은 식이다.

몸이 별로 안 좋아서 (그렇기 때문에 / 그럼에도 불구하고)

저 사람은 내 스타일이 아니라서 (그렇기 때문에 / 그럼에도 불구하고)

이 일은 내가 맡은 일이 아니어서 (그렇기 때문에 / 그럼에도 불구하고)

시간이 별로 없어서 (그렇기 때문에 / 그럼에도 불구하고)

그렇게 하면 손해를 볼 텐데 (그렇기 때문에 / 그럼에도 불구하고)

당신은 어떤 화법의 소유자인가? 물론 말만 그렇게 한다고 해서 다가 아니다. 요지는, 쓸데없는 변명 없이 '그럼에도 불구하고 나는 해냈다'라는 말이 곧 생활인, '일 잘하는' 사람이야말로 진정한 프로라는 것이다.

회사에서 승진하고 자리가 높아질수록 그만큼 책임지고 감당해야 할 것도 많아진다. 그 모든 것을 감수할 능력이 된다는 판단하에 남들보다 빨리 승진하고 싶다면, 자기가 부족한 부분, 잘할 수 있는 부분에 대해 정확히 판단하고 장점과 단점을 보완하기 위한 자기 계발은 필수다. 내가 그 자리에 어울리는 사람이 됐을 때 그 자리가 절로 나를 따라온다는 사실을 명심하라.

성공하고 싶으면 상사를 길들여라

성공에는 재능과 행운이
모두 필요하다.
그리고 행운이란 다른 사람의
도움을 받는 것이다.
_아인 랜드

상사라는 존재는, 가깝게는 선배 멀게는 대표 이사까지다. 잘 이용하면 모두

아군이 될 수 있지만 그렇지 않으면 내 인생의 걸림돌이 된다. 그들은 다양

한 방법과 수단으로 나에게 접근해 나를 괴롭힌다. 단도직입적으로 말해, 당

신에게 딱 맞는 상사는 없다. 그러므로 어떻게 그들과 잘 지내는가, 그들을

잘 이용하고 사용할 것인가는 전적으로 당신의 손에 달려 있다.

H그룹 회계팀에 근무하는 서른 살의 싱글남 K. 사내 인맥 왕으로 통하는 그는 최근에 주식 도사인 옆 부서 팀장과 급속도로 친해졌다. 신입 사원 연수 때 옆 부서 팀장이 경제 신문을 많이 읽으라고 조언한 것을 잊지 않고 있다가 은근슬쩍 말을 건넨 것. "팀장님 말씀을 듣고 경제 신문을 육 개월 동안 읽었습니다. 하지만 주식 투자 수익이 안 나고 있습니다. 가르침을 주십시오." 그 말을 들은 옆 부서 팀장은 실제로 경제 신문을 읽은 것은 너뿐일 거라며 그를 대견하게 여겼고 그것이 대화를 트는 계기가 됐다.

사람은 모두 자신의 장점을 인정해주는 사람을 좋아한다. 상사도 마찬가지다. 상사도 당신에게 잘 보이고 싶고 장점을 인정받고 싶어한다. 같은 회사와 팀 안에 있는 상사와 당신의 목표는 같다. 즉, 당신은 그의 날개이고 손발이다. 타고난 미친 상사가 아니고서는, 당신을 일부러 괴롭히지 않는다.

당신의 상사를 관찰해보라. 그가 혼자서 할 수 있는 일이란 극히 드물다. 그의 실적이란, 당신을 포함한 팀이 낸 실적이다. 실적뿐만 아니라 리더십 역시 그가 평가받는 항목이다. 당연히 자신의 부하 직원에게 인정받고, 더 나아가 존경까지 받고 싶어하는 것이 상사의 심리다. 하루에 십 분이라도 좋다. 온전히 그(그녀)에게 관심을 기울여주어라. 상사가 고민할 때 그의 마음을 십분 이해하겠다는 표정을 취하며 추임새 한 판. 철 지난 유머에 미소 한 스푼, 무엇보다 상사가 이야기할 땐 시선을 마주하고 진지하게 들어주는 인내심을 발휘한다면 그에게 호감은 따놓은 당상일 것이다.

여자 상사에게는 기꺼이 친구가 되어주어라. 높은 자리로 올라갈 수록 여자 상사 주위에는 사방이 적이다. 다수의 남자들 사이에서 간신히 버티고 있는 그녀에게는 지금 완벽한 동지와 철저한 서포터가 필요하다. 퇴근 후 영화를 함께 본다든가 상사가 좋아하는 레스토랑에서 식사를 하면서 그녀의 고민을 들어주는 아주 단순한 일만으로도 끈끈한 유대감을 만들 수 있다.

다방 스타일의 커피를 선호하는 남자 상사에게는 커피 서비스를 두고 쓸데없이 자존심을 들먹이지 말자. 남자들에겐 커피 심부름이 중요한 것이 아니다. 애교스럽게 자신을 챙겨주는 여자들의 세심함에 감동하는 것이다. '차순이'에 자존심을 걸지 마라.

적절한 칭찬 요법도 효과 만점. 칭찬은 고래도 춤추게 한다는데 아무리 무뚝뚝하고 이성적인 상사라 해도 칭찬하는 사람에게는 약해지기 마련이다. 상사의 말투를 조금씩 흉내 내며 "자꾸 따라하게 되네요. 어감이 참 좋은 거 같아요"라든가 새로운 옷차림에 대한 호의적인 관심 정도면 오케이. 칭찬의 포인트는 평소 상사가 스스로 자신 있어하는 것으로 하되 남자 상사에게는 외모에 대한 소소한 칭찬을 아끼지 마라.

바지 위로 툭 튀어나온 뱃살과 촌스러운 옷차림에 나이까지 들어버린 그들에게 누가 외모에 대한 언급을 해주겠는가. 그러니 "오늘 넥타이 컬러가 예뻐요"라든가 "오늘 피부가 좋아 보이시는데요"란 가벼운 칭찬에도 스며 나오는 웃음을 참지 못하게 되는 것이다. 업무능력이 좋다는 등의 인사치레보다는 외모에 관한 소소한 칭찬이 그들을 움직이는 키워드다.

기왕 맺어야 하는 관계라면 업무를 뛰어넘어 '인간과 인간의 관계'로 받아들이는 것도 현명한 태도. 상사의 개인적인 취향이나 성격에 관심을 가지고 그중에 일치하는 관심사가 있다면 공유하는 것만으로 업무를 뛰어넘는 끈이 마련된다. 상사와 그 유명한 동그란 '정'을 쌓는 것.

반대로 아무리 화가 나도 함부로 상사에 대해 험담하지 마라. 내 입에서 나간 말은 반드시 상사의 귀에 들어간다는 것을 명심할 것. 어쩔 수 없이 동료들의 험담에 동참해야 하는 경우에도 수위를 조절할 것. 어떤 경우에도 상사에 대한 경어만은 꼬박꼬박 붙여라. 혹여 다른 동료들이 험담을 유도할지라도 절대 넘어가지 않아야 한다. 입이 가볍다는 인상은 당신을 다시는 헤어 나올 수 없는 수렁으로 밀어 넣을지도 모른다.

혹시 지금 당신이 모든 상사와 못 지낸다면 결론적으로 그건 당신에게 문제가 있다는 말이다. 우선 자신에게 어떤 문제가 있는지 파악하라. 반대로 모든 부하 직원과 잘 못 지내는 상사가 있다면, 그건 그 상사에게 치명적 결함이 있는 것이다. 딱 선을 긋고 당신이 다치지 않는 범위 내에서 행동 양식을 결정하라.

성공하고 싶은가, 승진하고 싶은가? 결국 당신의 목표는 누군가

의 상사가 되는 것이다. 그가 지금 가지고 있는 고민은 무엇인지, 내
가 도와줄 것이 무엇인지 파악한 후 상사에게 먼저 손을 내밀어라.
아무리 무능력하고 단점투성이 같아 보여도 상사의 자리에 올랐다
면 그만의 장점이 분명 있는 것. 우선 상사를 인정하라. 그러면 당신
의 역할 모델이 보인다.

관계에 따라 달라지는
상사 길들이기

바로 위 선배, 대리와 과장 기본적인 에티켓을 지켜라

직장생활의 대부분을 함께 하는 사이이기에 업무적으로 부딪치는 일도 많기 마련. 업무
중에 가벼운 말다툼이나 의견 충돌이 있다 해도 반말을 섞는다든지, 대답을 소홀히 하는
등의 기본적인 실수를 조심해야 한다.

차장급과 부장급 상사 소소한 것을 챙겨주어라

부서로 배달되는 우편물이나 신문을 가장 먼저 책상에 놓아두는 일. 간식거리 메뉴 선정
에 있어 그의 입맛을 맞춰주는 일. 개인 신상에 대한 적당한 관심. 이 작은 것들이 모이면
나에 대한 그의 호감 역시 상승한다.

이사, 국장급 상사 또렷한 의사 표현을 하라

사원들에게 질문을 함으로써 언제나 그들의 생각을 알고 싶어하는 것이 대표 이사들의
특징. 갑작스러운 질문에도 당황하지 않고 자신 있게 답하는 순간, 그의 머릿속에 또렷한
인상을 남길 수 있다.

유관 부서 상사 정확한 업무 처리를 하라

업무적으로 함께 일하거나 도움을 받을 수 있는 관계. 깔끔한 일 처리와 함께 늘 표정 관
리에도 신경써야 한다.

문득 경력의 한계를 느끼는 당신에게 필요한 조언

지금 곧 간단한 노력으로
할 수 있는 일부터 시작하여
성취감을 맛보면,
뒤에 어떤 난관이 닥치더라도
그것을 돌파할 용기가 솟는
법이다. 노력을 한다는 것은
그런 것이다.
_다케우치 히토시

『싱글즈』 창간호부터 시작된 커리어 강연회. 10여 회를 치르다 보니

25~35세의 직장 여성들이 성공한 여자 선배에게 도움을 요청하는 부분은

한결같았다. 그 현실적인 질문을 바탕으로 경력 관리의 6가지 포인트를 구

성해보았다.

치열하게 대학에 들어갔고, 엄청난 취업 경쟁률 속에서도 살아남았다. 이제는 안정이 되어야 할 것 같은데 몇 년 일하다 보니, 노력만으로 안 되는 벽들이 등장하기 시작했다. 그 한계의 막막함은 거대하다. 지금까지는 항상 다음 단계가 기다리고 있었는데, 이제 어느 단계로 가야 할지 종잡을 수가 없다. 이런 고민을 해결해줄 사람은 같은 길을 갔던 선배들뿐. 그들이 몸소 겪은 체험과 지혜가 담긴 조언들을 들어보자.

Q 현재 회사가 비전이 없어 보입니다. 이직을 해야 할까요?

여자들이 현재 직장에 비전이 없다고 말하면서도 막상 본인의 비전에 대해서는 그다지 진지하게 고민해본 적이 없을 때가 가장 답답하다. 그만두고 싶다, 옮기고 싶다고 고민은 하지만 결국 아무것도 변하는 게 없는 건, 자신에 대해 아는 게 부족하고 미래에 대한 구체적인 실행 파일이 없기 때문이다.

우선 본인의 커리어 맵을 만들어라. 20~50대까지 장기적인 경력 플랜이 나오면 그에 맞는 단기 플랜을 짤 수 있다. 그후 기회가 올 때마다 감정적으로 평가하는 것이 아니라 자신의 커리어 맵에 맞춘 객관적인 판단을 한 뒤 두려움을 버리고 추진하라. 또, 건전한 경쟁 속에 자신을 노출시켜서 늘 건강한 긴장 상태를 유지해야 발전이 있다.

Q 남자들 사이에서 살아남을 수 있는 방법을 알려주세요.

남자들과의 관계에서 여자들의 태도는 크게 두 가지로 나뉜다. 남자 이상으로 씩씩하고 터프한 모습으로 인정받고 싶어하거나 기대고 싶어한다는 인상을 주는 경우. 전자는 남자들에게 반감을 살 수 있으며 후자는 능력이 없다는 얘기를 들을 수밖에 없다.

상냥하고 유연한 사고와 태도를 가진 여자의 장점을 살려 차별화된 아이디어와 전략으로 어필하는 것이 가장 좋다. 내숭이라고 할까 봐, 역시 여자는 다르다고 할까 봐 미리 앞서서 고민할 필요는 없다. 인정받고자 하는 것은 내용물이지 포장지가 아니기 때문이다. 진실한 마음으로 진실한 생각을 전하고자 노력할 때 남자들 못지않은 성공을 거둘 수 있다.

Q 일하는 게 너무 힘들어 그만두고 싶어요.

힘든 현실에 짓눌려 일에 대한 자신의 믿음에 혼란이 온다면 지금 하고 있는 일의 10년 후 그림을 그려보라. 그 중심에 자기가 서 있기를 바란다면, 지금의 고난과 위기는 아무것도 아닌 게 될 것이다. 실패를 치유하고 극복하는 법은 성공뿐이다. 실패를 잊지 않고 계속 생각하다 보면 실패한 원인이 나오고 앞으로 어떤 방향으로 나가야 할지 답이 나온다.

일단 당신이 무슨 일을 할 때 가장 재미있었는지 떠올려보라. 자신이 가장 잘할 수 있는 일이 무엇인지 생각해보고 그 일에 열정을 쏟아라. 누구나 다른 사람보다 잘할 수 있는 일이 하나씩은 있다. 2~3년 한 우물만 파다 보면 결론이 보인다. 순간순간 최선을 다하며 지금 내가 죽어도 미련이 없을 정도로 하고 싶은 일을 하며 지내라.

'학력 때문에 안 돼' '환경 때문에 안 돼'와 같은 생각을 버려야 한다. 사람은 생각하는 대로 살게 되어 있다. 마음속에서 이미 스스로 안 된다고 생각하는데 될 리가 없다. 진심으로 된다는 확신을 가지고 있으면 이뤄지게 되어 있다. 원하는데 이루어지지 않는 이유는 무엇일까. 간절히 원하지 않기 때문이다. 영어를 잘하고 싶고 운동을 하고 싶지만 왜 못 하는 걸까. 실천까지 끌어올리지 못한다면 그것은 진정으로 원하는 것이 아니다. 진심으로 원하면 아무리 주위에서 말려도 하게 되어 있다.

Q 직장생활 3년 차 아직도 적성이 무엇인지 모르겠어요.

다양한 경험을 하길 권한다. 많은 경험을 하다 보면 반드시 좋아하는 일이 있을 거다. 생각을 열면 정말 많은 게 보인다. 지금 하고 있는 일과 관계없이 본인이 60~70세까지 일을 한다고 가정했을 때, 어떤 일을 하고 싶은지, 어떤 사람이 되고 싶은지 고민하고 목표를 세워라. 그리고 멀리 돌아가든 여러 단계를 거치든 목표를 놓치지 않고 꾸준히 노력하라.

Q 결혼을 하면 가정과 직장 둘을 병행하는 것이 좋을까요?

가정과 직장을 병행하는 것이 쉽지는 않지만 노력 끝에 얻어지기 때문에 분명히 깊은 의미가 있다. 얻고자 하는 것이 있다면, 희생하고 양보하는 과정은 분명히 전제되어야 한다. 커리어를 쌓는 데 잡음을 넣고 싶지 않다는 것은 짧은 생각이다. 80세 이상까지 사는 세상이다. 인생 전체를 보면 결혼의 의미는 생각보다 크다. 결혼을 커리어의 방해물로 여기지 마라.

결혼을 하면 사람이 신중해진다. 홧김에 사표를 쓰고 싶어도 가족들을 생각하며 함부로 행동하지 못한다. 결혼을 해서 집안일 다 챙기고 일도 잘하기는 힘들다. 변곡점에 이르기까지 남보다 더 노력해야 한다. 포기할 수 있는 건 포기하고 큰 뜻을 풀어나가라.

경력의 한계에 부딪쳤을 때는 다음과 같은 생각을 하지 않도록 주의해야 한다.

첫째, 모든 것이 늘 똑같을 것이라고 생각하지 마라. 순간의 기분으로 자칫하면 두고두고 후회할 잘못된 선택을 할 수 있다. 둘째, 커리어를 급격하게 변화시켜야 한다고 생각하지 마라. 비현실적인 선택을 할 경우가 많다. 셋째, '지금까지 이렇게 해왔는데 왜 이제 와서 바꿔야 하지?'라고 생각해서는 안 된다. 변화에 저항하지 마라. 넷째, 내가 할 일만 하고 집에 가면 그만이라고 생각하지 마라. 일에 대해 좁은 시야를 갖다 보면 앞으로 어떤 일이 일어날지 예측하는 힘을 기를 수 없다.

누구에게나 슬럼프는 온다. 그것을 이겨낼 수 있는 해결의 열쇠는 자신에게 있다. 당장의 힘든 상황에 매몰되지 말고 인생을 길게 보라. 그러면 답이 보인다.

일과 개인 시간의 균형점을 찾아라

모든 사람은 자기 능력에
맞게 자기가 하고 싶은 일을
할 때 가장 빛난다.
그러나 일만 알고 휴식을
모르는 사람은 브레이크가
없는 자동차와 같이
위험하기 짝이 없다.
_ 헨리 포드

일과 개인 시간의 균형을 설명할 때 가장 절묘하게 맞아떨어지는 단어,

'딜레마'. 거기서 자유로운 사람은 거의 없다. 당신이 기를 쓰고, 악을 쓰

고, 애태우는 건 남들보다 열정적이기 때문이라는 어느 두통약 광고처럼,

우리는 일과 개인 시간이라는 두 마리 토끼 중 어떤 것에도 소홀하고 싶지

않기에, 이 둘 사이의 거리는 늘 평행선이다. 이제 그 균형점을 찾기 위한

자신만의 원칙을 세우자.

지구상의 모든 영웅들이 알고 보면 일중독증 환자였다면?

독일의 신경정신과 의사 페터 베르거는 일주일에 보통 60시간 이상 일하는 사람들을 대상으로 이 증세를 3단계로 구분했다. 1단계는 퇴근 후 집에서도 일을 하고, 2단계는 이처럼 자신이 일에 중독된 사실을 알게 되어 여가나 취미활동을 시작하며, 3단계는 몸을 사리지 않고 휴일이나 밤에도 지칠 때까지 일만 함으로써 보람을 찾는 완벽한 중독의 면모를 보여준다.

어떤가? 현대판 원더우먼들이 사회 초년생에서 성공한 커리어우먼으로 진화하는 과정과 흡사하지 않은가. 우리 사회는 이런 중독자들을 '성실하다' '능력 있다' '멋지다'는 말로 부추기지만 언뜻 화려해 보이는 이들의 말로는 꽤 씁쓸하다. 업무에만 파묻혀 소소한 임금 인상, 승진에 연연한 채 성장의 시간을 갖지 못해 무능력한 야근맨으로 전락하거나, 일 때문에 괜찮은 남자를 떠나보내거나, 일만하다가 허무함을 안고 지쳐 나가떨어지거나 한다.

나는 월간지 기자였다. 한 달에 2주를 새벽에 퇴근했다. 건강도 좋지 않아졌고 과로로 쓰러진 적도 있다. 나의 스케줄을 참아내기 어려운 부모님과의 갈등의 골은 점점 깊어갔다. 그렇게 3년을 보낸 뒤, 나는 개인 생활이 100퍼센트 완벽하게 망가졌다고 결론을 내렸고, 사표를 냈다. 정말 하고 싶었던 일이지만 조금의 미련도, 흥미도 남아 있지 않았다. **김선(30세 · 회사원)**

한번은 소개팅에서 정말 마음에 드는 남자를 만났다. 첫번째 주는 시간이 맞아서 데이트를 했다. 그리고 다음주, 만나자는 전화가 왔지만 일이 있었다. 그 다음주에도 나는 계속 바빴다. 그는 건강 챙기라며 걱정을 해주었다. 하지만 그렇게 몇 주가 반복되자 더 이상 전화가 오지 않았다. **정현수(32세 · 리포터)**

야근이 잦다. 당연히 귀가도 늦다. 하지만 곰곰이 생각해보면 시간이 없는 건 아니다. 9시 반에 퇴근을 할지언정, 10시에 운동을 하러 가면 된다. 하지만 내가 마음을 안 낸다. 요즘은 시간의 문제가 아니라 마음의 문제라는 생각을 한다. 주말에도 친구들 만나고 술 먹고 놀기 바쁘다. 결국 일주일 동안 자기 계발에는 하루도 내지 않는다. **신성현(30세 · 회사원)**

위의 싱글녀들처럼 '열심히 일하느라 개인 생활 다 망가졌다'는 한탄조의 후회에 빠지고 싶지 않다면, 반드시 일과 개인 시간의 균형점을 찾기 위한 자신만의 원칙을 세울 필요가 있다.

'유앤파트너즈'의 유순신 대표는 큰 그림을 보고 적극적으로 라이프와 직장생활의 밸런스를 맞출 것을 조언한다.

"늘 열심히 일만 하면 못 버틴다. 라이프와 일의 밸런스는 반드시 지켜야 한다. 5일 동안 재미있게 열심히 일했다면 반드시 주말은 충전의 시간으로 보내라. 음악을 듣고 운동을 하거나 강아지를 산책시키는 소소한 일상의 즐거움. 이걸 통해 나 스스로 잃어버린 시간을 찾아야 한다. 자신의 라이프가 없어지면 자신도 사라진다. 스스로를

자신의 삶의 CEO라고 생각하고, 큰 그림으로 보고 관리하라."

개인 생활을 희생하고 일에만 너무 치중하면 이런 문제가 생긴다.

01 남자 만날 시간이 없다. 한편으로 올해도 못 만나면 앞으로 영원히 못 만
   날 것 같다는 불안감에 시달린다. 애인이 있더라도 오래된 애인이라면 소
   홀해지고, 만난 지 얼마 안 된 연인이라면 관심이 없는 걸로 비쳐 곧 헤어
   진다.

02 갑자기 업무가 한가한 날, 무엇을 해야 할지 안절부절못하게 된다.

03 오랜만에 만난 친구들과 대화에 융화되지 못하고 결국 친구들 모임에서 제
   외된다.

04 가끔, 워커홀릭이라는 말을 듣고 기분이 나빠진다.

05 일 말고는 잘하는 게 없어지고, 직장에서 나의 가치가 크지 않다는 허무감
   이 찾아올 때 회복이 힘들다.

일반적으로 볼 때 일과 개인 생활의 비율은 50:50이 가장 균형 있
고 효과적이다. 그러나 이 또한 자신의 가치관에 맞게 조율되어야
한다. 친구를 만나거나 취미생활을 즐길 때 행복하다면 그 비중을
높여야 할 것이고, 커리어를 발전시켜나갈 때 희열을 느낀다면 일의
비중을 좀더 높이되 이 둘의 격차가 너무 심하게 벌어지지 않도록
조절하라.

프랑수아 를로르는 『꾸뻬 씨의 행복 여행』에서 진정한 행복은 먼

훗날 달성해야 할 목표가 아니라, 지금 이 순간 존재하는 것이라고 했다. 그런데 대부분의 사람들은 행복을 목표로 삼으면서도 현재가 행복해야 한다는 사실을 잊는다. 잘하고자 하는 노력은 실력을 향상시키지만, 잘해내야만 한다는 강박관념은 자신을 몰아치고 소진시킬 뿐이다.

　당신은 지금 중독의 몇 번째 단계에 와 있는가? 혹시 10년 후의 약값과 병원비를 위하여 현재를 견디고 있지는 않은가? 열심히 일한 원더우먼도 가끔은 떠날 필요가 있다.

일과 개인 시간
구분하는 법

01 자신의 영역을 그림으로 그려보라. 일 대 개인 생활, 업무와 관련된 사람 대 친구 대 애인이 차지하고 있는 비율을 그려보라. 이를 50 대 50 혹은 60 대 40 등으로 기준을 세운 뒤 조율해보라.

02 개인 생활에 필요한 사항을 순차적으로 정해두라. 집에서 쉬기, 친구 만나기, 애인 만나기 등으로 순서를 정해놓고 시간이 생길 때마다 그 순서에 따라라.

03 자기 계발의 최고는 업무를 통한 것임을 생각하라. 업무는 못 하면서 취미를 내세워 개인 생활에 비중을 두는 것은 바보 같은 짓이다. 일을 하다 보니 영어가 필요해서 공부를 했고, 영어를 잘하게 되니 해외 시장조사 업무가 나에게 주어질 수 있는 것이다.

04 일일 계획표는 물론 월별 계획표를 짜라. 항상 책상 위 잘 보이는 곳에 달력을 세워두라. 시간을 효율적으로 활용하는 데 도움이 될 것이다.

05 회사에서는 일만, 가정에서는 개인 생활만 하라. 야근을 해도 일은 회사에서 하라. 개인적인 전화를 회사에서 한다거나, 일을 집으로 가지고 가기 시작하면 업무 효율이 저하된다.

06 일과 개인 생활을 너무 완벽하게 구분하려고 하지 마라. 만약 친구를 만나 업계에 관련된 중요한 정보를 들었다면, 개인 활동인 동시에 일을 한 것이기도 하다.

07 하고 싶은 일에 대한 욕구가 해소되지 않는다면 잠을 덜 자더라도 하고 싶은 걸 하고 와서 다시 사무실에서 일을 하라. 퇴근을 해야 개인 시간을 누릴 수 있다는 생각을 버려라.

08 30분만 일찍 출근하라. 아침 시간은 결국 잠을 희생해서 얻는 시간이지만 그만큼 가치가 있다. 신문도 읽고, 하루 스케줄을 점검하라.

09 일주일에 한두 번은 혼자 점심을 먹으면서 책을 읽어라. 업무에만 치여 산다는 강박관념으로부터 자유로워진다.

10 애인과는 메신저를 사용하지 마라. 메신저를 이용해 사적인 이야기들을 나누다 보면 일에 집중하기 힘들다. 꼭 필요한 대화라면 전화나 문자로 간단히 처리할 것.

기회는
찾는 자에게
주어진다

" 기회는 가만히 있으면 절로 찾아오는 것이 아니다. 스스로가 그런 기회를 만들어야 한다. 계속 두드려라. 스스로의 목표가 확실하다면, 그 작은 경험들이 큰 기회가 되어 돌아올 것이다. "

김 지 희
2003년, 26세의 나이로 다국적 군수기업 보잉 코리아의 상무로 취임했다. 11살에 미국으로 이민 가서 대학 졸업 후 벤처 인큐베이터 회사에서 시작, 한솔텔레콤 사업부장, 주한미국상공회의소 정책연구부장, 인천시 경제특구 투자자문 위원을 거쳐 현재 보잉 코리아 상무로 있다.

'최선의 노력'으로 '최고의 결과물'을 만들어라. 아무리 열심히 일한다 해도 결과가 우수하지 않으면 프로가 아니다. 항상 'best'의 결과물을 내기 위해 노력해야 발전할 수 있다. 주어진 일에 임하는 태도는 물론이거니와, 그 일을 실행해낼 수 있는 능력이 더 중요한 것이다. 둘 중 하나라도 부족하다면 불협화음이 시작된다. 만약에 업무 수행능력이 뛰어나다고 자만하고 거만하게 굴면, 그 사람은 그 조직에서 오래 살아남지 못한다. 또한 아무리 열심히 일해도 결과물이 별로라면 인정받지 못한다.

프로는 최선의 노력으로 최고의 결과물을 만드는 사람이다. 나는 사소한 일에서부터 큰 프로젝트까지 다른 사람보다 조금이라도 더 완벽하게 처리해야 직성이 풀린다. "무슨 일을 맡겨도 '김지희'가 하면 업무 처리와 결과물이 확실하다"라고 생각할 수 있게 말이다. 진정한 프로는 타인이 아닌 자신과 싸우는 사람이다. 내가 만족할 수 있을 때까지 밀어붙이는 것, 그것이 진정한 프로의 정신이다.

다양한 경험이 곧 커리어의 경쟁력이다. 일에서 한계에 부딪히거나 잘 안 풀리면 사람들은 보통 남을 탓하고 그 상황을 탓한다. 남을 탓하기 전에 커뮤니케이션을 통해 상황 자체를 조정하는 '똘레랑스'의 정신이 필요하다. 나와 다른 사고방식을 지닌 사람들을 이해하고 받아들일 수 있는 능력 말이다.

그러기 위해서는 최대한 다양한 경험을 쌓아야 한다. 그래서 나는 사람들에게 어떻게든 외국에 나갈 기회를 만들어보길 권유한다. 한국은 수출에 의

존하는 국가다. 외국은 모두 우리의 고객이다. 고객을 아는 것이 곧 커리어 경쟁력이 되고, 성공의 밑거름이 된다. 꼭 외국에 나가서 살라는 말이 아니다. 잠깐이라도 여행을 가거나, 해외 근무를 지원한다든가, 대범하게 휴직계를 내고 연수를 떠나도 좋다. 기간에 상관없이 외국 생활을 통해 얻게 되는 체득적인 지식들이 나중에 큰 자산이 된다.

기회는 가만히 있으면 절로 찾아오는 것이 아니다. 스스로가 그런 기회를 만들어야 한다. 계속 두드려라. 스스로의 목표가 확실하다면, 그 작은 경험들이 큰 기회가 되어 돌아올 것이다.

선택에는 분명한 이유가 있어야 한다. 단지 연봉 때문에 혹은 사소한 충돌이나 스트레스로 인해 이직을 결정하는 경우는 프로가 아니라고 생각한다. 내가 원하는 일과 하고 있는 일이 일치하지 않거나, 더 많은 기회가 주어질 수 있는 곳이라면 이직은 분명 커리어 업그레이드의 정당한 절차다.

5년이라는 시간 동안 나는 5번의 이직을 했다. 나의 경우 내가 현재 활동하고 있던 범위보다 넓은 영역의 일을 제안 받았기 때문에 이직을 선택했다. 내 능력을 기르기 위해 '능동적인' 이직을 결정한 것이다.

나에게 이직은 곧 기회였다. 지금 내가 있는 위치에서보다 활동영역이 넓어지는지, 더 많은 권한과 책임이 주어지는지, 어떤 비전이 주어지고 성취와 실패의 직접적인 책임자가 바로 내가 되는지의 여부가 나를 이직으로 이끌어왔다. 내 선택의 이유와 방향이 확실했기 때문에 지금의 내가 있게 된 것이다. 또 어떤 경우라도 자신의 선택에 본인이 책임질 줄 아는 자세가 필요하다.

당신이 '여성'이라는 최고의 특권이자 장점을 살려라. 나는 한국 여성들의 재능이 아깝다. 해외에서 활약하고 있는 한국 사람들은 대부분 여성이고, 커리어에 뛰어든 한국의 여성들이 느슨하게 사는 모습을 본 적이 없다. 그들은 체계적이고 열심히 일하며 그만큼 경쟁력이 있다. 문제는 그들 스스로가 모든 상황이 완벽해야 한다는 강박관념에 사로잡혀 있다는 것. 그 완벽함을 위해 자진해서 희생적이 된다.

가까운 예로, 무수한 직장 여성들이 '가정'과 '커리어'의 양립을 두고 힘겨워한다. 가정에 충실하기 위해 엄마, 아내, 자식 노릇 그 무엇 하나 놓치지 않으려고 발버둥치고, 직장에서는 '여자들은 이래서 안 돼'라는 말이 싫어 필요 이상으로 꿋꿋하게, 남성적인 모습으로, 궂은일도 마다하지 않고 뛰어드는 것이 한국 여성들이다. 어떤 경우에는 그렇게 애쓰는 모습이 안쓰러울 정도다.

'여성'이라는 것을 마치 족쇄라도 되는 양 지나친 책임감과 피해의식에 사로잡히지 말고 스스로의 여성스러움을 살려라. 남자다운 것과 일을 잘하는 것은 분명 다르다. 여성적인 부드러움은 현대사회의 강한 경쟁력이다. '여자'라서 안 되는 것이 아니라 '내'가 그 사람과 다른 점이 무엇인지를 관찰하라. 여자로서 일을 잘하는 것과 남자 같은 여자가 되어 일을 잘하는 것은 엄연히 평가가 다르다.

당신의 여성성을 인정하고 그것을 강점으로 기르는 노하우가 필요하다. 특유의 사교성과 센스의 발휘, 탈권위와 대화의 기술은 여성의 강점이다. '따뜻한 카리스마'라는 말도 있지 않은가. 여성성이 커리어에 가져다주는 이점은 단점보다 강하다는 사실을 명심하자.

싱글은 '혼자'가 아니다

싱글은 결코 '혼자'가 아니다. 혼자가 되어 외로울까봐 걱정하는 대신 먼저 주변 사람들에게 손을 내밀고 그들과 진심을 나눠라. 내실 없는 공허한 일회용 만남 대신 사람들과 깊은 정을 나눠라. 안부 전화 한 통, 감사의 인사 한마디로부터 당신의 모든 인간관계는 출발한다.

남는건
친구가아니라
가족이다

네 자식들이 해주기
바라는 것과 똑같이
네 부모에게 행하라.
_소크라테스

싱글의 가장 큰 취약점은 혼자라는 것이다. 나 혼자 절절매고 끙끙대며 누군

가의 도움을 절실히 필요로 할 때, 그때 친구도 아무 소용 없다는 걸 깨닫게

될 것이다. 가족들에게마저 문제 많은 인간으로 낙인찍힌다면 당신은 정말

이 세상에 혼자다. 가족 모임에 적극 참여하고, 결혼 안 한 딸이 결혼한 딸보

다 부모에게 훨씬 잘한다는 것을 몸소 보여주어야 한다.

"부모님 용돈, 드리고 있습니까?" 이 질문에 자신 있게 "네!"라고 답할 사람이 몇이나 될까? 생일이나 어버이날, 명절에 살짝 생색이라도 내면 그나마 다행이다. 한국개발연구원(KDI)이 전국 3,200가구를 대상으로 조사한 바에 따르면, 독립해나간 자식 가운데 정기적으로 부모에게 용돈을 드리는 경우는 62퍼센트. 조금 찔리지 않는가? 효녀 소리까진 못 들어도 대한민국 평균에는 속하고 싶은 욕심.

결혼한 친구들의 얘기를 들어보면 막상 결혼 후엔 시댁 용돈 드리는 것만도 빠듯하다거나, 부부는 생활 공동체이다 보니 남편 눈치 보느라 친정 부모에겐 용돈도 제 맘대로 드리기 힘들다고들 한다. 자, 우리도 더 늦기 전에 자식 노릇 한번 해보자. 평균적으로 대한민국 싱글 여성들이 부모에게 주는 용돈의 액수는 약 16만 원 선. 굳이 이 액수에 맞추기보단 월급의 10분의 1 정도라면 부모님 용돈으로 적절하겠다.

만약 부모님과 함께 살고 있다면, 숙식비를 감안해 여기에 5만~10만 원을 덧붙일 것. 자신의 생활에 부담이 되지 않으면서, 부모님 입장에서도 '자식 키워놓은 보람 있다'고 느끼실 정도면 충분하다. 혹은 1년짜리 적금을 부어 이자 포함, 한목에 180만 원가량 매년 드리는 방법도 있다. 이 경우엔 부모님이 현재 금전적으로 전혀 어려움이 없는 상태일 것. 목돈이 생색내기에는 효과적이겠으나 평소 부모님의 은혜를 입고 사는 보통의 성인 남녀라면 일 년보다 한 달 용돈을 택해 한 달에 한 번만이라도 부모님에 대한 고마움을 표현하는 것이 좋지 않을까?

이때 돈은 액수가 얼마가 되었든 반드시 하얀 봉투에 넣어드릴 것. 여기에 감사 메시지를 담은 카드까지 한 장! 단, 몇 푼 드린답시고 '효도 했네' 오버하지 말고, 매일 안부 전화라도 한 통씩 넣어드리는 센스, 괜한 성질 이제는 그만 죽이는 인성, 음식이나 빨래, 청소쯤은 알아서 해결하는 부지런함부터 습득할 것. 돈보다는 마음이, 효자보단 인간이 되는 게 우선이다.

작은 성의를 표시하는 법을 실천했으면, 부모님 환갑잔치로 넘어가보자. 백 살까지 산다는 요즘 세상엔 환갑도 청춘이라지만, 그렇다고 자식된 도리로 그냥 건너뛸 순 없다. 결혼한 자식만 자식인가. 남편 눈치, 시댁 눈치 안 보고 정성껏 준비할 수 있으니 어떻게 생각하면 미혼이라 더 효도할 수 있는 절호의 찬스! 그렇다면 어떻게 환갑잔치를 열어드릴까?

관광호텔 연회장을 빌려 일가친척에 브라스 밴드까지 부르는 부담스러운 잔치는 진짜 늙은이가 된 기분이라 오히려 섭섭하다는 게 60대들의 의견.

집에서 직접 차린 생일상처럼 감동적인 이벤트가 더 효과적이다. 부모님께는 공연 티켓을 미리 드려 오붓하게 데이트를 즐기시게끔 한 다음, 그사이 형제자매가 모여 미역국과 평소 좋아하시던 음식을 만들고, 와인 혹은 샴페인을 준비할 것. 여기에 커다란 숫자 초를 케이크에 꽂고 고깔모자까지 준비해보자. 요즘 사람들처럼 어린 시절

생일 이벤트를 받아보지 못한 분들이라 의외로 반응이 좋다.

선물은 건강식품이나 직접 만든 것으로 하고, 편지 낭송의 시간은 필수. 비싼 레스토랑이나 호텔의 경우, 지나치게 조용한 주변 분위기에 평소보다 더 불편할 수 있다. 단, 어머니께는 예쁜 옷 한 벌을 사드린 후 근사한 레스토랑으로 모셔 꽃바구니와 식사를 대접한다면, 어머니이기 이전에 여자로서 감동받으신다.

만약 부모님이 한번도 해외여행을 가신 적이 없거나 여행을 좋아하신다면 여행사의 효도 관광 상품을 이용하는 것도 괜찮은 방법. 이 상품은 어른들이 좋아하실 만한 코스로 짜여 있고, 인솔자가 함께 하는 데다 한식 위주의 식단으로 구성되어 입맛 걱정도 없다. 사랑의 카드 전달 이벤트도 있어 미리 편지를 써두면 해외에서 가이드가 편지를 전해주고, 케이크에 와인까지 곁들여 생일 파티를 해준다. 가격은 보통 130만~170만 원 선. 이보다 더 저렴할 경우, 부모님이 현지에서 고생할 확률이 높다. 현지에서 쓰실 비용까지 계산해 200만 원 정도면 충분하다. 자, 오랜만에 효도 한번 해보자.

결혼한 친구와도
잘 지내라

속마음을 나눌 수
있는 친구만이
인생의 역경을
헤쳐나갈 수 있는
힘을 제공한다.
_발타자르 그라시안

부끄럽게도 사십이 넘어서 대학 동창들과 언성까지 높여가며 싫은 소리를

했다. 그리고 우울해졌다. 나는 그들의 입장이 그들은 나의 입장이 전혀 이

해가 되지 않았던 것. 그리고 정말 곰곰이 생각해봤다. 싱글과 비싱글은 딴

별에서 온 것일까. 그들이 서로 우정을 나눈다는 것은 낙타가 바늘구멍에 들

어가기보다 힘든 일일까.

사실, 난 요즘 친구들을 만나는 일에 굉장히 스트레스를 받고 있다. 느낀 것은 반드시 표현하고 마는 내가 입을 다물고 있을 리 없다. 그래서 결국은 모임 멤버 중 싱글인 친구 Y를 붙들고 마구 불평을 해댔다.

"만나고 집에 가는 길에는 정말 허무하고 내가 이렇게 시간을 낭비했구나 하는 생각이 들어. 만날 때마다 계속되는 아이들 공부시키는 이야기, 이 정도면 나에 대한 배려가 너무 없는 것 아냐."

이렇게 투덜거린 다음주 그들과 모임이 있었다. 솔직히 내키지 않는 걸음으로 약속 장소로 갔다. 30분을 기다리도록 그들은 아무도 오지 않았다. 7시까지만 기다려야지 했는데, 딱 6시 59분, 거짓말같이 두 명의 결혼한 친구들이 동시에 나타났다. 미안하다는 이야기도 없이 내 눈을 마주치지 않는 순간, 난 눈치 챘다. 이미 나의 불평이 그들의 귀에 들어갔다는 것을. 결국 친구 중 한 명이 이야기를 꺼냈다. "우리들의 모임, 의미가 없는 것 같아. 다들 바쁜데, 억지로 시간을 내서 오고 나서는 재미없다 느끼고. 이렇게 정례적으로 만나지 말고, 서로 시간이 되는 사람들만 만나자. 사실 나도 매번 이렇게 밤에 만나 시간에 쫓기며 집에 허둥지둥 가는 것도 싫고."

부드럽게 이야기를 하고 있지만, 그 속에서 나에 대한 강력한 항의가 느껴졌다. 그리고 덧붙였다. 도대체 자신들이 언제 그렇게 아이들 이야기만 했냐는 것, 오히려 싱글 친구들의 직장 이야기 듣는 것이 더 지루하고 재미없었다는 것, 그리고 싱글들의 시간에 맞추느라 밤에 만나는 것도 지금까지 정말 힘들었다는 것.

정말 싱글과 비싱글의 친구는 가깝게 지낼 수 없는 것일까. 결혼한 친구들 입장은 어떨까. 전업 주부인 후배에게 물어보았다.

"정말 친구들의 직장 이야기는 관심이 안 가요. 이직을 하고 싶네, 상사가 어쩌네 하면 배부른 소리를 하는 것 같기도 하고. 나를 앉혀 놓고 '아줌마'라는 소리를 해대면 정말 짜증이 나요. 게다가 싱글인 친구들끼리만 갑자기 모임을 갖는다던가 여행을 같이 간다던가 하면 우울해져요."

그녀가 정작 화가 나는 것은 다른 일이다. 싱글인 친구 때문에 약속을 저녁 7시로 잡았는데, 정작 친구는 약속 시간이 되어서도 나타나지 않고 연락을 해보면 회의가 안 끝나서 약속을 지킬 수 없다는 것. 도대체 낮에 만나도 되는 유부녀들이 왜 이 시간에 만나야 하는 것일까. 힘이 쫙 빠진단다. 자신을 무시하나 싶기도 하고.

그렇다면 싱글과 비싱글이 친하게 지내기 어려운 이유는 무엇일까?

지금껏 비슷했던 환경이 달라지기 시작한 것, 그래서 각기 자신이 더 힘들다고 생각하고 상대에게 배려받기를 원하는 데서 많은 갈등이 발생한다. 한쪽은 '너는 아직 자유롭고 편하니까'라고 생각하고, 다른 한쪽은 '너는 남편도 있고 아이도 있으니까'라고 생각한다. 상대의 불평이 배부른 소리 같아 불편해지고 서로에게 콤플렉스를 느끼기도 한다.

전업 주부라면 세상과 유리되어 자신만 뒤처지는 느낌이 든다. 아이를 임신하고 출산하는 과정을 겪었다면 더욱 그렇다. 그래서 자유로운 싱글이 너무 부럽다. 너무 부러워 때로는 까칠한 반응을 보인다. 그건 싱글 역시 마찬가지다. 다 가진 친구가 투정 부리는 것이 은근 견딜 수 없다.

게다가 결혼한 친구들의 경우, 친구들이 사적인 관계의 전부였던 시절에서 벗어나 남편, 시댁 등의 새로운 관계들이 생긴다. 게다가 아이들의 유치원, 초등학교를 통해 알게 된 관계, 주거지를 중심으로 알게 된 관계 등등 그 영역은 더 확장된다. 그러므로 그들의 세계에서 싱글 친구가 차지하는 영역은 작아졌다. 그에 반해 싱글의 관계는 여전히 가족과 동창, 직장만으로 이루어져 있다는 데서 문제가 생긴다. 싱글은 결혼한 친구가 무심해졌다고 생각하고, 친구는 친구대로 이해 못 해주는 싱글이 야속한 것이다.

게다가 싱글에게 주요한 일들이 비싱글에게는 비현실적이다. 당장 집과 아이가 급한데, 어디 여행을! 반면 싱글에게 비싱글의 이야기는 앞으로 몇 년 후에 자신이 겪을 일임에도, 재미가 없다. 어디 우리가 예습을 하는 인간인가? 학창 시절 벼락치기만 했던 우리가 말이다. 당장의 주 관심사가 너무도 다르니 당연히 점점 사이는 멀어지게 된다.

게다가 싱글에게 친구가 필요한 순간은 언제인가. 명절, 크리스마스, 연말, 그리고 휴가, 여행. 그러나 이중 어느 순간도 결혼한 친구는 싱글과 함께 보낼 수 없다. 싱글에게 결혼한 친구는 필요할 때만 나를 찾는 것처럼 느껴진다.

나는 결혼한 친구들과도 잘 지내는 친구 Y의 생활을 더듬어봤다. 나는 정해진 모임 외에는 거의 친구를 만나지 않지만 그녀는 정기적인 동창 모임이 아니더라도, 지나가다가 결혼한 친구의 집에 들르기도 하고 근처에 갈 일 있으면 미리 약속을 해서 함께 식사를 하거나 차를 마신다. 자꾸 보니까 할 이야기도 많아진다. 메일도 자주 주고받는다. 그냥 인사말 정도가 아니라 아주 진지하고 긴 이야기를. 그럼 서로 솔직해지기 때문에 괜히 말 한마디로 오해하고 까칠해질 일이 없다.

게다가 그녀는 친구의 가족과도 친하게 지낸다. 그리고 자신에게 일어나는 기본적인 변화는 늘 자세하게 알린다. 사실 그녀는 놀랍다. 별로 친하지 않았던 친구의 집들이나 돌잔치 같은 것도 잘 챙긴다.

"얼굴을 자주 볼수록 이야기가 생기지. 그래서 얘기할 것이 있으면 전화로 하지 않고 아예 근처 지나갈 때 들러. 그리고 결혼을 했건 안 했건 여자니까 공통적으로 같이 할 수 있는 것이 있지 않니? 예를 들면 쇼핑이나 미장원 가는 일 같은 거 말야. 그런 것들을 함께 해."

그녀의 이야기에 따르면 결혼해서 전업 주부가 된 친구에게, 싱글인 그녀를 만나는 것은 일종의 일탈이라는 것. 그래서 오히려 처녀 시절로 돌아간 듯 즐거워한다.

　그렇다고 싱글만 노력해서 우정이 지속되는 것은 아니다. 결혼한 친구가 할 일도 많다. 최소한 싱글 친구들의 생일 챙겨주기. 나이가 들수록 싱글의 생일은 쓸쓸한 무엇(어떤 이는 형벌처럼 느껴진다고 했다)이 되고 마니까. 명절이나 크리스마스 같은 때 문자를 보내주는 것도 좋다. 또 혼자 사는 친구에게 직접 만든 반찬을 챙겨주는 것만큼 좋은 일은 없다. 동시에 언어가 중요하다. 비싱글에게 아줌마라고 싸잡아서 이야기하지 말기. 싱글에게는 '네가 힘든 게 뭐 있니? 결혼해봐' 하지 말기.

　즉 결론은 한 가지다. 모든 인간관계의 기본인 남의 처지를 이해하는 것. 그리고 상대도 힘들겠구나 배려하는 것. 참 간단하지만 어려운 방법이다.

왜 여자들은
인맥에
약할까?

> 너그럽고 상냥한 태도,
> 그리고 사랑을 지닌 마음,
> 이것은 사람의 외모를
> 아름답게 하는 말할 수
> 없이 큰 힘인 것이다.
> 블레즈 파스칼

사람들은 흔히 말한다. 여자들은 인맥이 약하다고, 일에 있어 사람을 이용하

는 기술을 모른다고. 게다가 결혼 안 한 싱글 여성의 경우 그런 평가에서 더

욱 자유롭지 못하다. 그런데 정말 여자라서 게다가 싱글이라서 조직생활에

대한 적응력이 떨어지는 것일까? 어쩌면 이 역시 이제 막 사회에 발을 들여

놓은 싱글 여성에 대한 사회의 선입견이 아닐까.

나의 이런 질문에 남자들이 대다수를 차지하는 일반 회사에 다니고 있는 선배 K는 "여자들이 인맥이 약한 건 당연한 일 아니냐"고 반문한다. 20대 주요 기업의 부장급 이상 간부 중 여성의 비율은 고작 1퍼센트다. 회사 내에서 99퍼센트를 차지하는 남자 상사들과 대다수를 이루는 남자 직원들이 서로에 대해 더 잘 통할 수밖에 없는 건 당연한 일이라는 것.

여자가 여자와 만났을 때 더 친근감을 느끼는 것처럼 남자들도 마찬가지다. '군대'라는 막강한 공통점이 있고, 룸살롱을 가도 남자끼리 공범이라는 동질감이 샘솟는다. 수적으로 월등히 더 막강한 인맥을 자랑할 수밖에 없다. 더구나 여태까지 회사 문화가 남자 중심으로 돌아간 탓에 공식적인 친목 도모의 자리 역시 남성에게 더 유리하게 짜여 있다. 폭탄주를 마시는 회식, 축구 중심의 체육대회, 극기훈련 등 여자들이 적응하기 힘든 문화가 사원 간에 친목을 다지는 수단이 된다. 여기에 늘 말하는 여성의 결혼이나 출산 문제까지 여성의 인맥 형성을 어렵게 한다.

이 성적인 유리함을 바탕으로 남자들이 인맥을 쌓는 또다른 통로는 학연과 혈연, 지연이다. "○○학교 나오셨어요? 어휴 선배님!" 이 한마디에 직장 상사는 순식간에 학교 선배, 군대 고참, 지역 주민에 혹은 사돈에 팔촌이 된다.

반면 여자들은 어떤가. 어디어디 출신이라는 사실에 대해 큰 자부심을 느끼는 경우도 드물거니와 같은 출신이기 때문에 특혜를 주고 가까워져야 한다는 건 꿈에서도 생각조차 하지 않는다. 출신이 같은 것보다는 얼마나 '나와 코드가 맞느냐' '우리 회사의 직업 윤리'가 더 중요하며 인맥으로 인한 당연한 특혜보다는 '그럴 만한 자격이 있느냐'를 먼저 따진다. 그런 식으로 형성한 남자들의 인맥이 얼마나 넓은지는 모르겠다. 하지만 인맥의 폭이 어떠하든 그 인맥의 깊이만큼은 여자들이 훨씬 더 강하다.

이 까다로운 여자들이 인맥을 형성하는 방법은 '어휴! 형님' 식의 요란한 멘트나 거창한 술자리가 아니라 대화를 통한 이해와 사심 없는 주고받음이다. 남자들이 이해하지 못하는 여자들만의 사교법 중의 하나가 여자들의 '차 한잔'이다. "차나 한잔 하죠." 술자리만큼의 시간 투자를 요하지 않기 때문에 언제든 편하게 만날 수 있는 그 짧은 시간의 반복 덕에 친근감이 생긴다. 또다른 방법은 '수다'다.

어떻게 생각하면 남자에 비해 '여자들은 처음 만나는 사람과도 사소한 얘기를 허물없이 주고받을 수 있을 것'이라는 사회의 선입견 덕분에 특별한 일이 없어도, 또 별로 친하지 않아도, 아무렇지 않게 수화기를 들 수 있다. 단, 누구에 관한 것이든 험담은 금물이다. 뒷담화는 빨리 친해지는 데 도움이 되지만 신뢰성을 잃게 만든다. 여기에 사심 없이 먼저 도움을 주는 약간의 희생정신만 발휘한다면 여자들과 인맥을 형성하기란 어렵지 않다.

L사 해외마케팅팀에 근무하는 K씨는 싱글 여성들의 인맥에 대해 부러운 것과 부럽지 않은 것에 대해 이렇게 얘기한다.

"간혹 소위 말하는 결혼 안 한 '성격 까칠한' 여자들과 마주할 때가 있다. 별것도 아닌 문제에 신경질적으로 대응하는 여자, 저 혼자 감정이 상해 며칠이고 말을 않는 여자, 모든 일을 다 주변 사람들이 알아서 해주길 바라는 공주님들. 얘길 나누다 보면 '내가 동료라면 같이 일하기 참 힘들겠구나' 혹은 '저런 사람은 직장생활하면서 본인도 참 스트레스 많이 받겠구나' 하는 안타까운 마음마저 든다."

남자들 중에도 물론 참 대하기 힘든 성격의 사람들이 있지만 사회생활을 하다보면 유독 싱글 여성들 중에 그런 경우가 더 많은 것처럼 느껴진다. 대체 이유가 뭘까?

그는 직장생활에서의 인맥 형성과 그 형성 과정이 얼마나 중요한지를 간과하고 있기 때문이라고 말한다.

"직장생활은 인맥으로 시작해서 인맥으로 끝난다 해도 과언이 아니다. 내가 아는 사람들 중 가장 성공한 선배 한 명은 '직장생활을 하면서 훌륭하게 인맥만 맺어두더라도 직장생활의 팔 할은 성공한 것'이라고 말했다. 인맥이 그만큼 중요하다는 얘기다."

현대사회에는 시스템이 사람이 하는 일의 많은 부분을 대체하면서 동료들 간에 직접적인 접촉이 줄어들긴 했지만, 그 시스템의 구간구간을 채우는 건 역시 사람이다.

K씨는 직장생활을 하는 싱글 여성들이 이 인간관계를 망치고 인맥형성에 어려움을 겪는 데엔 다음의 세 가지 이유가 있다고 지적했다.

첫째, '굳이 남자들과 내가 이런 인간관계를 맺지 않아도 나만 잘

하면 되는 거 아니겠어?'라는 생각. 일은 아니지만 회식도, 회사 야유회도, 혹은 동료의 결혼식이나 돌잔치도 인간관계를 위해선 당연히 적극적으로 참여해야 한다. 비슷한 연차에 비슷한 경력을 가진 경우, 남자건 여자건 보통 업무능력은 대개 비슷하기 마련이다. 그렇다면 인간적으로 더 정이 가는 사람에게 큰일을 맡기고 싶고, 더 이끌어주고 싶은 게 윗사람의 당연한 마음 아닐까. 또 경쟁관계에 있는 동료들을 적으로 만들지 않고 내 편으로 만드는 기술이 필요하다.

둘째, '나는 여자니까 모두들 내 실수를 너그럽게 봐줄 거야'라는 무사안일함. 물론 한두 번의 실수는 누구나 하는 것이며 이걸 가지고 문제삼는 사람은 없다. 하지만 이런 일들이 자꾸 반복되다 보면 일을 믿고 맡길 수도 없을뿐더러 주변 사람들은 그 사람과 일하는 것을 피곤하게 느낀다. '이번엔 같은 실수를 반복하지 않겠다'는 의지도 없이 문제가 생기면 다른 동료들이 알아서 해결해주기만을 바라고, 또 그렇지 않으면 '섭섭하다'는 등 감정적으로 대응하려드는데 누가 그 사람과 계속 일을 하고 싶겠나. 커리어뿐 아니라 회사 내 인간관계에도 못질하는 짓이다.

셋째, '시집가면 어차피 그만둘 직장'이라는 무책임한 생각을 가지고 있는 경우. 요즘은 극소수이긴 해도 가장 위험한 생각이다. 본인이 그렇게 생각하고 있다면 주변 사람들도 본인에 대해 똑같은 생각을 하고 있다. 생각은 무심결에 행동을 결정한다. 어차피 그만둘 사람이니까 깊은 인간관계를 맺거나 중요한 일을 맡기려 하지 않는다.

여자들의 취업이 과거보다 늘어났다고는 하지만 여전히 직장인의 80퍼센트 이상을 차지하고 있는 건 남자들이다. 그리고 그 남자들의 대부분은 직장생활에서 어떻게든 살아남아 가족을 부양해야 한다는 강박관념을 가지고 있다. 또 남자들의 세계에서는 '술'이라는 독특한 인맥 형성 도구가 있다. 어쩌면 이런 부분들 때문에 앞서 말한 세 가지의 실수를 저지르지 않는다 하더라도 구성원의 대다수가 남자로 채워진 직장에선 여자가 인맥을 쌓는다는 게 어렵게 느껴질 수 있을 것이다.

하지만 싱글 여성에겐 남자들이 가지고 있지 않은 또다른 인맥 형성의 무기가 있다. 바로 상냥함과 책임감.

K씨는 "여자들이 유아독존, 독불장군처럼 '나는 여자니까 남자보다 두 배로 버텨야 한다'라는 조급한 생각이나 '나는 여자니까……' 라는 안일한 생각만 하지 않는다면 인맥을 쌓는 데 '여자'라는 것만큼 더 큰 장점도 없을 것이다"라고 말한다.

만약 당신이 20대 후반이라면, 아직은 인맥이 제대로 발휘하지 못할 때다. 진정한 인맥의 위력은 5~6년 후 내가 책임자가 되거나, 10년 후 나의 사업을 하게 될 때, 즉 꼭 필요한 순간 '혈맹'과 '지지자' '후원자'의 이름으로 나타날 것이다. 미래를 위한 보험을 들어놓는다는 생각으로 주변의 가까운 사람에게 투자하고 정성을 들이고 작은 것이라도 노력하라. 놀기는 혼자서도 잘할 수 있지만 업무와 비즈니스는 혼자 할 수 없다는 것을 항상 기억해두자.

약삭빠른
여우 대신
현명한 곰이
되라

세상살이에 능숙한
사람은 말을 어떻게
써야 하는지를 잘 안다.
말을 가려서 해라.
말 한마디로 타인과의
관계가 180도 달라진다.
_J. 머피

직장 선배들은 말한다. 겉으론 한없이 사람 좋게 웃어도 속으로는 꼼꼼하게

챙길 것 다 챙기는 사람이 진정한 직장생활의 고수라고. 그러나 타고난 천성

을 어쩌지는 못하는 법. 불의를 보고도 웃고, 뒤통수를 맞아도 웃기가 그리

쉬운가. 약삭빠른 여우가 되지 못하겠거든 차라리 똑똑한 곰이 되어라. 그것

이 바로 가시밭길 같은 직장생활을 평탄하게 만들어주는 필승 노하우다.

직장생활 2년 차 M씨는 최근 황당한 일을 당했다. 같은 팀에 일하는 동료 S가 일 하나 제때 못 끝내냐며 상사가 꾸지람을 하자, "M씨가 부탁한 일을 하고 있는데 양이 많아 아직 끝내지 못해 시간이 없었다"라고 자신에게 책임을 전가해버린 것. S는 바쁜 와중에 남의 부탁을 거절하지 못하는 착한 사람으로 인정받으며 위기를 탈출했고, 그 와중에 자신은 남에게 자기 일을 떠맡긴 책임감 없는 사람이 되어버리고 말았다. M은 너무도 억울했지만 꼬리 백 개를 흔들며 여우짓을 하는 S에게 당했다는 생각만 할 뿐 결국 아무 말도 하지 못했다.

"L이 상사들에게 살살거리면서 예쁨 받는 것을 보면 상대적으로 내가 못난 곰탱이처럼 느껴진다"거나 "내가 잘못한 상황이 아닌데도, 상대방의 약삭빠른 말 한마디로 내가 바보 내지는 나쁜 사람이 될 때면 너무 억울하고 뒤통수를 한 대 얻어맞은 것 같다"라는 말들에서 느껴지듯, 누구에게나 여우에 대한 일반적인 증오와 경계심은 있다.

하지만 맹목적으로 '여우＝나쁜 X'라고 비난한다고 해서 상대적으로 곰인 당신의 분노와 억울함이 해소될 수 있을까? 물론 어느 정도 위안은 된다. 아무리 남자들에게 사랑받는 여우가 되기 위한 비법서가 날개 돋친 듯 팔려 나간다지만 여전히 다수의 사람들이 "여우 같다는 말을 들으면 왠지 내가 비겁하고 못된 사람이라는 말처럼 들려서, 차라리 곰 같다는 말을 듣는 게 낫다"고 생각하기 때문.

그러나 언제나 그렇게 수동적으로 대처한다면 그 불쾌하고 좌절스러운 상황이 반복될 수밖에 없다. 주변의 여우 한두 마리 때문에 골치를 앓고 있다면, 다음의 여우 사냥법을 익힐 것.

일단 뻔한 여우짓을 일삼는 여우들은 대처하기가 쉽다. "눈에 빤히 보이는 여우짓을 하는 애들은 결국 나중에는 다 싫어하게 되더라"는 것이 보통 사람들의 생각. 하지만 고단수 여우에게 걸려들면 문제가 달라진다. 교묘하게 당신을 깎아내리는 데 도통하기 때문이다.

인맥 관리 전문가 박유희는 "장기적으로 봤을 때 착한 척하는 곰이 약삭빠른 여우보다 낫다"고 충고한다. 똑똑하지만 얄미워서 여기저기 은근슬쩍 적을 심어놓고 다니는 여우와는 달리, 약간 어수룩해 보이더라도 원만하고 둥글둥글한 곰이 훨씬 지지자가 많다는 것. 단, 겉으론 한없이 사람 좋게 웃어도 속으로는 꼼꼼하게 챙길 줄 아는 현명한 곰이 될 것을 강조한다.

M씨의 경우 겉으로 드러내지 못하고 속앓이를 할 것이 아니라 그 자리에서 이렇게 똑 부러지게 말했어야 옳다.

"어머, 제가 다른 일이 있으신 건 아닌지 물었을 때 바쁜 일 없다고 하시기에 정말 괜찮은 줄 알았습니다. 알았다면 어떻게라도 제가 했을 텐데 여러모로 죄송하게 되었네요!"

고단수 여우에 걸려 희생양이 되고 싶지 않거든 상대에게 '나는 그렇게 만만한 사람이 아니다'라는 것을 확실하게 전달할 필요가 있다. 그래야만 똑같은 상황이 반복되는 것을 막을 수 있다.

약삭빠른 여우가 되지 못하겠거든 차라리 똑똑한 곰이 되라. 웃으면서 똑 부러지게 맞받아칠 줄 아는 너스레를 가진 현명한 곰 말이다.

인간관계,
내 사람 만들기로
시작하라

자기에게 타인을
결합시키는 유대는
우리의 마음속에만
존재한다.
_마르셀 프루스트

한 사람이 인생을 살면서 만나게 되는 사람 수는 10만 명이라는 분석 자료

가 있다. 보통 핸드폰에 저장되어 있는 번호가 3백 명 남짓임을 떠올려보면

아직 우리 앞에 나타나지 않은 새로운 인물들이 몇 만 명은 더 남았다는 얘

기. 오늘도 상사 때문에 속 끓였는가? 어머니와 싸우고 집을 나섰는가? 인

간관계에 해답은 없지만 상대방을 대하는 우리의 태도는 노력으로 바꿀 수

있다.

어떤 사람과의 관계가 껄끄러울 때, 누군가 자신을 무시한다고 느껴질 때, 이 모든 불편한 인간관계의 중심엔 당신 자신이 있다. 당신이 모르고 지나쳤을지 모를 작은 칭찬이나 감사, 사소한 전화 한 통화가 당신의 인간관계를 성공과 실패로 이끈다. 변해야 하는 건 남이 아니라 자기 자신일 수도 있다.

주변 사람을 확실한 내 사람으로 만들기 위한 9단계 법칙을 배워보자.

STEP1 일단 자주 만나라

가까이 있을수록 사람들이 서로 친해지는 것을 '근접성의 효과'라고 한다. 자주 보면 정이 들고 만나다 보면 좋아지는 것. 일단 자주 만나라. 연락이 없다면 먼저 연락하고, 만나기가 힘들다면 간단한 안부 메일이라도 먼저 보내라. 명절의 천편일률적 문자 한 통보다는 평상시의 메일 한 통이 더 와닿는다. 책이나 신문을 보다가 상대가 흥미를 느낄 만한 내용이 있으면 보내주자.

STEP2 옷차림이 가치를 평가한다

『어린 왕자』엔 이런 얘기가 나온다. '1909년 소행성 B612가 터키 천문학자에 의해 망원경에 잡힌 적이 있다. 당시 그는 국제천문학회에서 자신의 발견을 훌륭하게 증명해 보였지만 허름한 옷차림 때문에 아무도 믿지 않았다. 하지만 1920년 멋진 서양식 옷을 입고 다시 증명하자 모두들 그의 말을 믿었다. 어른들은 모두 그런 식이다.' 신은 사람의 내면을 보지만, 사람은 겉을 먼저 본다. T.P.O(time, place, occasion)에 맞는 옷차림을 해라. 가치가 없는 사람과 가까워지고자 하는 사람은 없다.

STEP3 성의 있는 칭찬을 하라

칭찬을 싫어하는 사람은 없지만 누구에게나 할 수 있는 그런 형식적인 칭찬의 반복은 아부처럼 보인다. 칭찬도 성의가 있어야 하는 법. 첫째, 추상적인 말보단 구체적인 말로 표현할 것. 둘째, 남들은 아무도 말해주지 않았거나 본인도 잘 모르고 있는 부분을 콕 집어 칭찬할 것. 셋째, 혼날 것이라 생각했던 상황에서 뜻밖의 칭찬을 던질 것. 넷째, 상대의 문제점을 날카롭게 지적한 후, 이면의 장점을 칭찬할 것. 이런 칭찬은 상대에 대해 관심이 없다면 나올 수가 없다. 단, 칭찬을 늘어놓은 후, 곧바로 단점을 지적한다면 상대는 당신을 속 좁은 인간이라고 생각할 것이다.

STEP4 호의에 대한 긍정의 힘

커피 한 잔을 내밀어도 "맛있겠다! 잘 먹겠습니다. 감사합니다"라고 말하는 사람이 있고, 비싼 음식을 대접받고도 당연한 듯 아무 말 없는 사람이 있다. 상대가 호의를 보이면 적극적으로 고마움을 표현해라. 그런 사람에게 눈길이 가고 정이 가는 건 당연하다.

STEP5 예상치 못한 방문이나 선물하기

잘 알지도 못하는 사람이 갑작스럽게 방문하면 무례하다는 인상을 주지만, 한 번 이상 얼굴을 마주했던 사람이라면 갑작스런 전화나 방문이 오히려 허물없는 사이라는 믿음을 심어준다. '근처를 지나다 생각나서 들렀다'며 음료수라도 한 병 쥐어주고 와보라. 사람 사이의 정은 비싼 물건이나 고급 레스토랑에서 생기는 게 아니다. '늘 생각해주는 마음'인 것이다.

STEP6 종종 부탁거리를 제공하라

상부상조라는 말이 있다. 어려울 때 함께해야 진정한 친구가 되고 이웃이 되는 법. 하지만 누구에게도 아쉬운 소리를 하지 않는 사람에게는 부탁을 하기 어려워진다. 사람들에게 먼저 부탁을 청해라. 누구든 큰 고민 없이 들어줄 수 있는 점심이나 커피 값, 혹은 무거운 책상의 이동 같은 것들 말이다. 먼저 부탁을 청한 사람에겐 상대도 부탁을 하기 쉬워진다. 그리고 상대가 부탁을 해올 때 흔쾌히 도와줘라.

STEP7 콤플렉스를 건드리면 돌부처도 돌아선다

"남에게 차마 해서는 안 될 말과 행동은 하지 말라"고 맹자도 말했건만 꼭 걸고넘어져 불화를 초래하는 사람들이 있다. 이들의 특징은 다른 사람에게는 씻을 수 없는 상처를 입히면서도 정작 본인은 그 사실을 잘 깨닫지 못하는 것. "그래도 뒤끝은 없다"고 말하면서 자신의 말과 행동을 정당화한다. 아무리 허물없는 사이일지라도, 설사 걱정하는 마음과 좋은 의도를 가지고 하는 말일지라도 감추고 싶은 개인 신상이나 지나간 과거의 잘못 등 상대의 핵심 콤플렉스만큼은 건드리지 말아야 한다. 만약 단점을 지적해달라고 부탁받더라도 그 속에 감춰진 장점을 함께 얘기하는 센스가 필요하다.

STEP 8 끝마무리를 잘해야 한다

이해관계가 있을 때 친절하기는 쉽다. 하지만 이해관계가 끝났을 때도 똑같이 행동하는 건 어렵다. '말이 힘이 있는지를 알려면 먼 길을 가봐야 하고, 그 사람이 어떤 사람인지를 알려면 시간이 오래 지나봐야 안다'는 말이 『명심보감』 계선 편에도 나온다. 늘 한결같은 모습을 보여줘라. 만약 도움을 받았다면 도움이 필요할 때만 매달리지 말고, 끝난 후에도 고마움을 전하는 전화나 문자 정도는 먼저 챙겨서 보낼 것. 감사의 전화 한 통이 당신의 인간관계의 깊이를 좌우하는 법. 제발, 뒷모습에도 신경 좀 쓰자.

STEP 9 당장 시작하라

평소에 안부 전화 한번 하지 않다가 어려운 일이 있을 때만 친한 척 연락하는 사람, 잘 지낼 때는 아무 소식 없다가 울적할 때만 전화해 푸념을 늘어놓는 사람, 도움이 필요할 때만 찾아오는 사람, 추천서

나 소개가 필요할 때만 선물이나 이메일을 보내는 사람. 당신은 이 중에서 몇 가지나 해당되는가? 곰곰이 생각해볼 일이다. 문득 생각나는 사람에게 돌리는 안부 전화 한 통, 감사의 인사 한마디, 이로부터 당신의 모든 인간관계는 출발한다. 지금껏 생각만 하고 실천하지 않았다면 지금 당장 시작하라.

지금 당신에게 필요한 것은 똑똑하게 말하는 기술

인간은 입이 하나 귀가 둘이 있다. 이것은 말하기보다 듣기를 두 배 더 하라는 뜻이다.
『탈무드』

'절벽에 대고 말하는 것 같다'는 말이 있다. 말이 통하지 않을 때의 답답한 심정을 표현한 것이다. 그러나 요즘은 말 못 하는 사람이 없다. TV에는 어쩜 저렇게 말을 잘할까 싶은 사람들만 나오고, 회사에서는 선배의 조리 있는 말에 주눅이 들며, 애인과 싸울 때조차 나의 논리가 밀린다. 세상과 잘 통하기 위해 지금 당신에게 필요한 건 '말하는 기술'이다.

"사람들에게 일개 배우 나부랭이라고 나를 소개한다. 60여 명의 스태프들이 차려놓은 밥상에서 나는 그저 맛있게 먹기만 하면 되기 때문이다. 나만 스포트라이트를 받아 죄송하다. 트로피의 여자 발가락 몇 개만 떼어가도 좋을 것 같다. 그리고 항상 제 옆에 있는 것만으로도 나를 설레게 하고, 현장에서 열심히 일할 수 있게 해준 전도연 씨에게 감사한다. (전도연을 바라보며) 너랑 같이 연기하게 된 건 기적 같은 일이었어. 마지막으로 저희 가족과 사랑하는 동생과 조카와 지금 지방에서 열심히 공연하고 있는 '황정민의 운명'인 집사람에게 이 상을 바친다."

〈너는 내 운명〉으로 제26회 청룡영화제 남우주연상을 수상했던 영화배우 황정민의 수상 소감이다.

황정민은 세간에 화제가 된 이 수상 소감으로 천편일률적이었던 시상식 소감 역사를 다시 썼다. 그는 자신을 멋스럽게 낮추면서 짧은 말 안에 자신의 인간적인 매력을 유감없이 발휘해 사람들에게 말 한마디의 위력을 실감시켰다. 이처럼 말하는 기술은 외모와 실력을 초월하게 만드는 혁명적인 기술이다. 물론 외모와 실력이 되는 사람이 말까지 잘한다면 말 그대로 금상첨화다.

그렇다면 어떻게 해야 말 잘하는 사람 소리를 들을 수 있을까?

미국의 심리학자 레너드 즈닌은 상대를 리드하는 화술을 구사하려면 최초의 4분을 주목해야 한다고 했다. 말 잘하는 사람 소리를 듣기 위해서는 일단 시작에 주목하라. 특히 처음 자신의 인상을 어떻게 심어두었느냐가 가장 중요한 경우는 '유머 능력'이다. 한번 사람들에게 재미있는 사람이라는 인식이 자리 잡히면 사람들은 내가 무슨 말을 해도 쉽게 마음을 열고 웃어준다.

그러므로 아무 생각 없이 내뱉지 말고 고민에 고민을 거듭한 뒤, 멘트를 날리도록 하라. 일단 재미도 없고 쓸데도 없는 이야기를 늘어놓는 사람이라는 인상을 주게 되면, 사람들은 그 사람이 하는 말을 끝까지 들어줄 인내를 결코 발휘하지 않는다. 또 본인이 실제로 어떤가에 상관없이 이미지를 바꾸기까지 시간이 오래 걸린다.

말하고자 하는 핵심 내용은 처음과 끝에 말하고 중간에는 사례와 이유를 넣는 방식으로 말하는 것이 가장 효과적이다. 궁금증을 증폭시키기 위해 핵심을 마지막에 말하는 경우도 있지만 웬만큼 흥미로운 주제가 아니고서는 좋은 방법이 아니다. 듣는 사람들이 마지막까지 인내하기 어렵기 때문이다. 핵심을 듣고 이를 뒷받침하는 사례를 들어야 듣는 사람 입장에서 이해도 더 잘 되고, 나중에 이중으로 설명해야 할 경우가 줄어든다. 그것이 우리가 신문에서, 리포트에서, 제목을 다는 이유다.

또 핵심을 말하기 전, 화제 전환 시 몇 초의 틈을 줘라. 상대방의 주목도도 높아지고 그사이 상대방은 머릿속 내용을 정리, 완벽하게 들을 준비가 된다.

예를 들어 손석희를 보자. 그는 겉치레 없이, 돌리지 않고 솔직담백하게 말하기로 유명하다. 특히 다른 사람들로부터 말을 잘 유도해

내는 기술은 따라올 자가 없다.

내 말의 설득력을 높이기 위해서는 사례 들기, 비유하기 기술을 사용하라. 가령 성공의 비법에 대한 말을 할 때, 근면하라, 성실하라 는 1백 개의 문장보다 성공한 사람의 구체적인 예를 하나 들어주는 게 더 효과적이다.

다른 사람의 성공담으로 말문을 트거나, 들으면 누구나 알 만한 사람의 이야기로 시작하라. 처음 만난 사람이라면 상대방에 대해 우 연히 들은 정보를 이용하거나 자기 자신, 상대방의 상황 등을 예를 들어서 말하라. 다만 정확한 정보일 것. 그래서 상대가 한 번 더 물 었을 때 부연 설명을 해줄 수 있도록 하는 것이 좋다.

말을 잘하기 위해서는 비유의 달인이 되어야 한다. 노회찬 의원의 경우, '50년 묵은 불판에 삼겹살을 구워 먹으면 고기가 시커멓게 탄다'는 말 한마디로, 2004년 국회의원 선거에서 민주노동당을 성공적으로 이끈 바 있다. 이런 능력을 키우기 위해서는 책을 많이 읽고, 상황을 머릿속으로 그려보는 연습을 해야 한다.

끝으로 대화는 결코 혼자서 할 수 없다는 것을 명심하라. 나와 대화를 나누고 있는 상대방에게 관심을 가지고 먼저 귀담아들어라. 모든 사람은 '나는' 혹은 '내가'를 연발한다. 그럴 때 '당신은'이라고 말하면 새로운 정보를 얻을 수 있다. 그리고 상대방의 말에 귀를 기울이는 것만으로도 나에 대한 상대방의 호감 지수는 올라간다.

최고의 호감도를 자랑하며 국민 MC로 등극한 유재석의 경우를 보자. 그가 진행하는 프로그램에서는 유재석이 절대 주인공이 아니다. 그는 상대방이 이야기를 더 잘할 수 있게, '신나는 멍석'을 깔아주는 스타일이다. 많은 사람들이 각자 위치에서 다양한 말을 쏟아내도 왜 그런 말을 했는지의 이유, 핵심을 정확히 짚어내어 정리를 하는 능력이 탁월하다.

그 바탕에는 나를 낮추고 상대를 높이는 인간적인 따뜻함이 있다. 그것이 말하는 상대를 편안하게 하고 그들로 하여금 그와 이야기 나누는 것을 즐겁다고 느끼게 하는 것이다.

진정한 경청은 상대방이 말하는 것을 들은 다음 자신의 의견을 함께 말해주는 것이다. 이는 화려한 화술로는 절대 대체되지 않으며 어쩌면 말을 잘하는 방법보다 더 중요하다. 대화 이전에 상대에게 진심이 느껴지도록 인간성으로 승부하라. 당신이 그(그녀)에게 진심으로 관심을 가지고 있다는 인상을 줄 때 대화는 술술 풀린다.

지금 당신의 옆에 있는 사람의 손을 잡아라

> 1 대 1의 사적인 시간을 갖고 비밀을 공유하라. 1 대 1의 만남을 갖게 되면 진심이 나온다. 비밀을 공유하고 서로의 아픔을 안다는 것만큼 사람과 사람의 관계를 가깝게 하는 것은 없다.

허 미 하

홍보대행사 나비컴의 허미하 이사는 잡지와 광고, 홍보, 연예계 쪽에 몸 담고 있는 사람들 사이에선 인맥통으로 통한다. 탤런트 이혜영, 영화배우 엄정화, 김혜수, 메이크업 아티스트 이경민, 스타일리스트 박준형 등이 그가 오랜 기간 정을 쌓으며 지낸 가족만큼이나 소중한 사람들이다. 일로 만난 사람에게 명함 대신 마음을 주고받는 기술에 대해 그녀는 '진심'만이 유일한 방법이라고 말한다.

처음 사람을 만났을 때 장점부터 보라. 나는 기본적으로 사람을 좋아한다. 그리고 그 이유는 상대에게서 내가 좋아할 만한 점을 찾아내려 노력하기 때문이다. 그래야 진심으로 대할 수 있다. 가식으로 대하는건 금방 들통 난다. 장점이 없는 사람은 아무도 없다. 그리고 자신이 찾아낸 그의 장점을 얘기해보라. 옷차림, 피부, 귀고리, 어떤 것이든 상관없다. 이런 칭찬들이 처음 만난 사람과의 긴장을 풀어주는 하나의 방법이 된다. 가식과 긴장이 사라지면 둘 사이의 벽이 조금씩 허물어지면서 편안한 관계가 되는 것이다.

1대 1의 사적인 시간을 갖고 비밀을 공유하라. 둘만의 대화를 하고 나면 관계가 깊어진다. 여러 사람이 모여 있을 땐 공통의 화제를 따라야 하고, 자연히 진심보단 겉치레 얘기로 시간을 보내게 된다. 그런 자리에서 10번을 만나고, 10장의 명함을 받았다고 한들 득이 안 된다. 1대 1의 만남을 갖게 되면 진심이 나온다. 비밀을 공유하고 서로의 아픔을 안다는 것만큼 사람과 사람의 관계를 가깝게 하는 것은 없다.

말을 많이 하기보다 많이 들어라. 나에겐 모든 사람들이 비밀을 얘기한다. 물론 그들이 어떤 문제를 말했을 때 내가 해결책을 제시해주진 못한다. 하지만 열심히 들어주는 재주가 있다. 그리고 그 비밀을 누구에게도 얘기하지 않는다. 거기서 신뢰가 싹튼다.

어떤 사람과 만나든 얘기를 나눠라. 나는 택시를 타고 집에 돌아갈 때면 기사 아저씨와도 얘기를 한다. "안녕하세요"로 시작해 요즘 세상 돌아가는 자질구레한 일들에 대한 얘기를 집에 도착할 때까지 계속 나눈다. 흑석동 집이 지대가 높아 골목을 올라가야 하는데, 이렇게 친밀감을 쌓은 다음에는 올라가 달라고 부탁했을 때 불평이 없다. "수고하셨어요"라고 말하고 기분 좋게 내리면 된다. 이건 어떤 타인과의 관계에서도 마찬가지다.

10년 전, 일을 시작한 지 얼마 되지 않았을 때, 이경민 실장의 얘길 주변에서 들었다. 내게 필요한 여러 사람들과 알고 지내고 참 좋은 사람이라고 했다. 그래서 이경민 실장을 아는 사람을 만날 때면 누구에게든 "나 그분 한번 만나고 싶은데"라고 말하고 다녔다. 그러다 머리를 하러 미용실에 갔다가 비로소 만나게 되었는데, 내 이름을 말하자마자 "아! 허미하! 하도 사람들에게 얘길 많이 들어서, 언젠가 꼭 한번 내가 만나야 할 사람이라고 생각했던 마음의 숙제였다"며 웃더라. 이경민 실장이 체형 때문에 옷 입는 것에 대해 고민이 많기에 그후로 내가 스타일링에 도움을 주면서 친해져 지금까지 친자매처럼 지내고 있다.

먼저 도움을 줘라. 현재는 광고대행사 '뉴팅'의 부장이 된 이성구 씨와 처음 만났을 때가 기억난다. 그는 이제 막 일을 시작한 막내였고, 나는 광고주로 꽤 파워가 셀 때였다. 잡지사 주최로 함께 해외여행을 갔는데 혼자 있는 모습이 마음에 걸려 먼저 말을 걸고, 내가 아는 사람들과 함께 어울려 놀았다. 서울에 돌아온 그가 처음 일을 맡았는데 내 이름을 팔아도 되겠느냐고 부탁을 해왔다. 그에 대해 신뢰가 있었기 때문에 흔쾌히 허락했다. 내 사촌동생이라고 하라고. 그는 나의 인맥을 이용해 첫 업무를 무사히 끝냈고, 그 인연으로 지금까지도 진짜 친남매만큼이나 가깝게 지낸다.

언젠가 내가 그에게 이런 부탁을 한 적이 있다. "내가 독신이다 보니 혹시라도 아버지가 돌아가시면 어떻게 해야 하나 너무 마음이 무겁다. 그때 네가 꼭 도와주길 바란다"고. 난 이 말을 잊고 있었는데, 그는 이 부탁에 자신이 나에게 정말 소중한 사람이구나라는 느낌을 받았다고 했다. 그리고 무슨 일이 있어도 의리를 지키리라 마음먹었다고 한다.

공허한 일회용 만남 대신 깊은 정을 나눠라. 내가 다른 사람들보다 돈독한 관계를 맺고 있다고 생각하는 건, 다른 사람들은 단기적인 관계를 맺는 데 비해 나는 축적이 되기 때문이다. 친한 사람들은 모두 10년 이상 만남을 이어왔다. 일로 만나 친해지면 그들이 내 사람으로 남고, 거기에 새로운 사람들이 자꾸 보태지다 보니 인맥이 넓고 깊어졌다. 이렇게 관계가 깊어진 사람들과는 일년에 한두 번을 봐도 전혀 어색하지가 않다. 확실한 믿음이라는 굵은 동아줄로 연결되어 있기 때문이다. 오히려 여러 사람들을 너무 자주 만나게 되면 분파만 생긴다.

탤런트 이혜영, 영화배우 엄정화, 김혜수도 이경민 실장을 통해 알게 된 후, 친해진 사람들이다. 모두 10년 이상 알고 지냈다. 이혜영의 경우는 연예계에

막 발을 들여놓았을 때, 직접 자신의 옷을 픽업하러 우리 사무실에 왔다. 평소 화통한 성격의 소유자답게 자신이 먼저 시간되면 차 한잔 하자고 하면서 마음을 열고 다가왔던 케이스다. 얼마 전 이혼문제로 그녀가 힘들어했을 때도 계속 함께 했다. 무엇보다 상대가 먼저 마음을 열고 나에게 다가왔기 때문에 나도 편하게 그녀를 대할 수 있었다.

솔직하게 얘기하고, 진심 어린 부탁을 하라. 어떤 부탁을 할 때, 난 지금의 내 상황에 대해 사실 그대로를 말하고 내가 얼마나 그 사람의 도움을 필요로 하는지에 대해서도 솔직하게 얘기한다. 나의 진심 어린 부탁에 그들의 마음이 움직이는 것이다. 거기엔 어떤 트릭도 없다.

경제력은 싱글의 미래다

싱글의 가장 중요한 가치는 단연 경제력이다. 지금 당장이 아니라 10년 뒤를 바라보고 재테크 목표를 세워라. 현재의 즐거움 대신 미래의 행복에 투자하라. 당신의 미래는 경제력에 달려 있다. 지금 당장 시작하라.

쓸 거 다 쓰는
여자의 재테크
반전 드라마

나는 돈을 한 번도
중요하게 여긴 적이
없다. 그러나 돈으로
이룰 수 있는 자립은
내게 많은 의미가 있다.
_코코 샤넬

싱글의 조건 중 가장 중요한 가치를 꼽으라고 하면 단연 경제력이다. 전문가

들은 싱글이라면 소득의 50퍼센트 이상, 여유가 있다면 70퍼센트 이상을

저축하라고 말한다. 소득의 대부분을 저축하기 위해서 가장 필요한 것은 효

율적인 소비 습관. 이젠 소비도 재테크다. 소비하면서 이익을 얻는 방법을

익혀보자.

내 친구는 명품을 휘감고 다닌다. 아름다움을 가꾸는 데도 소홀하지 않고 운동도 하고, 공부도 하면서 꾸준히 자신을 업그레이드한다. "쟤는 도대체 한 달에 얼마를 받기에 저렇게 할 거 다 하고 쓸 거 다 쓰고 다니냐?" 입사 2년 차에 접어드는 된 평범한 직장인인 그녀의 한 달 월급은 200만 원선. 게다가 월급의 70퍼센트는 펀드, 적금, 보험 등의 상품에 가입해 재테크까지 열심히 하고 있었다.

"월급이 그다지 많은 편도 아니고 재테크를 하지 않는 것도 아니지만, 하고 싶은 걸 할 수 있는 이유는 노력을 많이 해서다. 무언가에 관심을 가지면 최소의 비용으로 최대의 효과를 얻을 수 있도록 비교하고 고민했다. 적금을 들 때도 다른 은행보다 0.1퍼센트라도 금리가 높은 은행을 찾기 위해 금리 비교 사이트를 몇 날 며칠 드나들었고, 직접 주식 공부를 하고 주식 동향을 파악해서 펀드 상품에 가입했다. 보험도 꼼꼼히 따져보고 내게 꼭 필요한 건강보험과 상해보험 2개를 들었다."

그녀는 푼돈도 우습게 보지 않았다. 많은 여성들이 노점상의 천원, 2천 원짜리 예쁜 목걸이나 귀고리를 보면 싸다고 생각하고 사지만, 막상 그런 자질구레한 것은 잘 하지 않는다. 그녀는 하나를 사더라도 제대로 된 물건을 사는 것, 그것이 오히려 돈을 아끼는 방법이라고 말한다. 하지만 가장 중요한 건 월급을 받은 후 저축액을 떼어놓고 남은 돈 안에서 내가 써야 할 돈의 우선순위를 정해 계획적인 소비를 하는 것. 그래서 돈을 허투루 쓰지 않기 위해 인터넷 가계부를 활용했다. 또 여윳돈이 생기거나 월급이 오르면 또다른 재테크 상품에 관심을 가졌다.

TNV자산관리사 최보라 연구원은 자산을 어떻게 모으고 소비를 해야 하는지 잘 알고 있는 그녀는 '재테크 전문가 수준'이며 이렇게 꼼꼼하며 열심히 노력하고 부지런한 사람은 부자가 될 수밖에 없다고 했다. 그녀의 사례를 보고 누구나 할 수 있는 일이라 생각할지 모른다. 하지만 그 쉬운 일을 제대로 실천하지 못한다는 것이 문제.

일반적으로 전문가들은 싱글이라면 소득의 50퍼센트를 저축하라고 말한다. 그렇다면 소비하는 나머지 50퍼센트는 어떻게 하는 것이 가장 현명할까?

삼성증권 자산클리닉 매니저 고규현 대리는 '소비도 재테크다. 소비를 하면서 이익을 얻는 방법을 익혀보라'고 말한다. 현금을 사용할 때 누릴 수 없는 추가 이율이나 할인 혜택 등이 금융 상품을 이용할 경우에는 적용되기 때문에 쓰는 만큼 이익도 얻을 수 있다는 말.

과연 돈을 어떻게 소비하는 것이 좋을까. 나름대로 '돈을 쓰는 습관에 대해 자신만의 도를 터득한 세 명의 싱글녀'의 예를 살펴보았다.

CASE1 신용카드파

주로 신용카드를 사용하는 S씨, 매달 월급의 반은 고스란히 카드 대금으로 빠져나가지만 소득 공제와 할인 혜택, 포인트 적립 등을 챙길 수 있어 경제적인 소비생활이라고 생각한다.

빨리 정기적금 통장 하나 개설해 카드의 사용 한도를 줄이고 저축액을 늘려나가자. 단, S씨의 신용카드 활용까지 비판하고 싶지는 않다. 한 개의 카드만을 갖고 있는 것보다 자신에게 맞는 (주요 거래 분야에 대한 혜택이 있는) 3~4개의 카드를 갖고 다니면서 포인트 적립과 할인 혜택을 챙기는 것은 참 현명한 방법(단, 카드의 전체 사용 한도를 능력에 맞춰 제한할 것).

CASE2 현금 인출파

한 달 생활비를 미리 한꺼번에 뽑아두고 매일 적당 금액만 지갑에 넣고 다니는 K씨. 가지고 있는 현금 범위 안에서 소비 규모를 결정하고 지출을 최대한 막는 것이 현명하다고 생각한다.

보통 현금을 소지하고 있으면 '쓰고 싶다는 강한 유혹'에 빠지기 쉬운데 K씨의 강한 의지와 규칙적인 소비 습관에 박수를 보내고 싶다. 다만, 하루만 돈을 넣어두어도 연간 4퍼센트가량의 이자를 얻을 수 있는 'CMA통장(종합자산관리계정)'을 고려해 본다면 K씨의 현금 보유 습관은 조금 안타깝다. 아끼고 아껴 월 60만 원으로 생활하는 K씨가 CMA통장으로 얻을 수 있는 2만~2만 4천 원(4~5일 점심값은 될 수 있는 돈)을 날린다는 것은 참으로 아쉽기만 하다.

CASE3 체크카드파

체크카드와 현금 5만 원을 지갑에 넣고 다니는 H씨. 대부분 체크카드를, 소액 결제는 현금을 사용한다. 현금을 인출하러 갈 때마다 통장 잔고를 확인한다.

소득 공제율을 신용카드와 같은 기존 15퍼센트에서 20퍼센트로 상향되는 세법 개정이 추진되어 많은 인기를 모았던 체크카드. 하지만 결국 공제율이 변경되지 않아 소득 공제의 효과는 신용카드와 마찬가지다. 체크카드를 알뜰하게 사용하기 위해서는 자신의 소비 패턴에 맞춰 매월 지출 통장(체크카드 계좌), 분기별 출금 가능한 적립 통장, 생활비 지출 통장 등으로 분산해두어야 과소비를 막을 수 있다.

싱글인 당신은 은퇴 후를 얼마나 준비하고 있는가? 당신이 돈 쓰는 것만 좋아하고 돈 모으는 데는 무관심할 때, 당신의 친구는 부자가 되기 위해 거침없이 나아가고 있다. 풍요로운 노후를 맞이할 것인지 궁핍한 노후를 맞이할 것인지는 '경제력'에 달려 있다. 지금 당장 시작하라.

커피 값과 행복의 상관관계를 논하다

부자가 되는
가장 가까운 길은
부를 경영하는 데 있다.
_세네카

2006년 6월 19일 태어나서 처음으로 빚을 졌다. 굶어 죽을지언정 남에게

손 벌리지 않고, 얼어 죽을지언정 궁한 소리 못 하는 내가 말이다. 그것이 직

장생활을 한 지, 그래서 내 손으로 돈을 직접 벌어 쓰기 시작한 지 딱 18년

만의 일이다.

지난해 6월 투자를 결심하고 아버지에게 1억을 빌리게 되었다. 원래 주택을 담보 잡혀 은행에서 대출을 받기로 했으나, 갑자기 주택 담보 대출이 엄격하게 규제되는 바람에 아버지에게 빌리게 된 것. 돈이란 형체도 만져보지 못하고 은행에서 은행으로 숫자만 왔다 갔다하는 순간, 난 1억의 빚을 진 채무자가 되었다.

채무자가 된 그날 밤 계산하고 또 계산하고 다시 계산했다. 한 달에 3백만 원씩 갚을 경우, 4백만 원씩 갚을 경우, 5백만 원씩 갚을 경우 등으로 나누어보았다. 앞이 깜깜했다. 한 달에 크게 잡아서 5백만 원씩 갚아도 20개월. 이자를 드리면 꼬박 2년의 세월인 것. 도저히 5백만 원씩은 갚을 것 같지 않으니 3백만 원으로 치면 총 34개월, 으악 3년! 정녕 3백만 원씩은 매달 갚을 수 있으려나? 마음이 답답해졌다. 나의 지불능력은 얼마나 되지?

집도 두 차례 구입해봤고, 주식도 해봤고, 안 들어본 적금이 없었지만, 빚을 지는 것은 내가 사십이 되도록 처음 해본 경제 행위였다. 빚도 재산이라고? 재산은 사람을 떵떵거리게 만들지만 빚은 사람을 덜덜 떨게 만드는 것 같았다. 갚을 생각을 하니 앞이 깜깜했다.

일단 첫 한 달은 금전출납부를 기입하기로 했다. 특별히 돈을 아껴 쓰기 위해서가 아니라, 내가 얼마나 쓰는지 알기 위해서. 매일매일 작은 수첩을 가지고 다니며 돈을 쓸 때마다 적어 넣었다. 일주일마다 통계를 낼 계획이었다. 그런데 정말 이상한 일이다. 적다 보니 소비액을 적을 때마다 이상하게 손이 부끄러워졌다. 어, 굳이 아껴

쓰기 위해 적기 시작한 것은 아닌데.

일주일 후 계산해보니, 교통비 73,400원, 식비 131,300원, 쇼핑 비용 49,800원의 돈을 썼다. 기입하기 시작한 두번째 주는 교통비 89,300원, 식비 135,600원, 쇼핑 비용 162,940원. 그리고 한 달 후 결산을 했다. 총 식비 393,000원, 쇼핑 비용 435,500원, 문화생활비 123,000원, 교통비 347,500원이 들었다. 그중 회사일을 하면서 쓴 돈을 제외하니 내가 쓴 것은 모두 815,420원. 깜짝 놀랐다. 내가 평상시 2백~3백만 원은 썼던 것 같은데, 막상 기입을 하고 보니 그것만으로도 지출이 30퍼센트로 줄어들었다. 물론 그달은 옷이나 책을 별로 사지 않은 달이긴 했다. 그것만으로 멈출 수 없다. 지출 품목을 하나하나 따졌다.

한 달 써보니 눈물 나게 아까운 것 두 가지가 있었으니, 바로 교통비와 커피 값이었다. 나는 회사를 옮기고부터 집이 가깝고 한 번에 가는 버스가 없다는 이유로 거의 매일 택시를 타고 다녔다. 5천 원 안팎이 들지만 막상 매일 타다 보면 한 달에 30만 원 이상이 택시비로 소요된다. 버스를 타고 다닌다면 사실 6만 원밖에 되지 않으니 엄청난 차이다.

게다가 정말 콩다방 별다방의 커피 값은 사치 품목이다. 금전출납부에 6월 20일 별다방 6,500원, 21일 2,800원, 23일 17,000원, 24일 13,000원이라고 기록된, 기하급수적으로 늘어난 무서운 가격. 동행인의 차 값까지 내고 나면 한 달에 50만 원까지 육박하곤 했다.

무서운 가격이다. 두 곳을 가지 않는 것만으로도 30~40만 원 절약이 가능했다.

이제 한 달 지출 금액을, 아니 아버지에게 갚을 수 있는 금액을 산정할 수 있었다. 잘하면 4백만 원까지도 가능할 것 같았다. 다만 계절이 바뀌어 쇼핑을 해야 하는 달에는 3백만 원을 갚기로 했다. 그리고 해약할까 고민했던 변액 연금보험과 적립식 펀드는 유지하기로 했다. 계산을 해보니 이미 적립을 해놓은 돈도 있으므로 해약하면 손해였기 때문이다.

그러면 어떻게 지출을 통제할까? ① 일단 통장을 2개로 분리했다. 월세와 월급이 들어오는 날짜에 모든 돈을 다른 통장으로 옮기고, 카드 대금, 변액 연금보험, 적립식 펀드 등은 그 통장에서 빠져나가도록 했다. 그날 아버지에게 갚을 돈을 인터넷 뱅킹했다. ② 한 달 쓸 돈은 현금으로 인출해 집 책상 위에 놓았다. 그리고 지갑에 10만 원 단위로 채워 넣었다. 대부분의 지출은 카드로 하되, 밤마다 카드 영수증을 꺼내 정리를 했다. ③ 카드 대금 청구서가 오면 품목별로 나누고 합계를 낸다. 내가 어떤 항목에서 얼마만큼의 지출을 하는지 알 수가 있다.

우습게도 계산 두 달 만에 소비생활의 윤곽이 잡히기 시작했다. 3개월 후부터는 금전출납부를 쓰지 않아도 축소된 소비생활에는 변화가 없었다. 문제는 머리에서 돈이 한동안은 떠나지 않는다는 것. 아버지가 나를 유심히 보기만 해도 찔려서 '아, 빨리 갚을게요'라고 말하기도 했고, 밤마다 장부(나의 금전출납부)를 들여다보며 한숨을 쉬기도 했다.

5개월 동안 나는 3천 1백만 원의 빚을 청산했다. 이 속도대로라면 2008년이 오기 전에 1억을 다 갚을 수 있을 듯하다. 원래 계획인 3년에 비하면 얼마나 대단한 속도인가? 게다가 변액 연금보험과 적립식 펀드도 그대로 살아 있으니! 장하다. 물론 내가 운이 좋아 부모에게 빚을 져, 어마어마한 은행 이자를 갚지 않아도 되기 때문에 가능한 일이다.

지금은 정말 후회된다. 난 일찍 빚을 졌어야 했다. 20대 중반이나 후반쯤에 빚을 졌더라면 좀더 정확한 경제관념을 가졌을 것이다. 덤으로 정확한 경제관념뿐만 아니라 건전한 소비생활까지 말이다.

내 집은 돈을 벌기 시작한 지 11년 만에 구입했다. 집값이라는 큰돈을 쓰고 나서야 내 머리에 '돈'이라는 단어가 처음 생겼다. (이때 아쉬운 것은 내가 가진 돈의 한도 내에서, 빚 하나 지지 않고 샀다는 것.) 그 뒤 아파트를 바꿔 타고 전세를 월세로 바꾸면서 조금씩 더 돈이라는 개념이 머리에 잡히기 시작했다. 그리고 결정적으로 이번에 1억이라는 빚이 생기면서, 난 오히려 일찍 빚을 만들지 않은 것을 후회하기 시작했다. 그렇다. 빚은 20대 중반쯤에 졌어야 했다. 그리고 내 돈으로 허용하는 범위 안에서 안전하게 살 것이 아니라 조금은 부담을 가져야 했다. 그래서 빚이 생겼더라면 내가 아무리 무식쟁이더라도 경제관념이 싹텄을 것이다. 더욱이 그 빚을 청산하기 위해서 소비 계획을 짜게 되면 일찍이 건전한 소비 습관까지 익힐 수 있었을 것이다. 사후 약방문이지만, 아마 20대 중후반에 내 집을 빚을 져서 구입했더라면 아마 난 지금 준재벌쯤은 되어 있지 않았을까 생각해본다.

그러므로 다시 권하노니, 정말 자신이 경제 무식쟁이라는 생각이 든다면 일단 집을 저지르고 빚을 져보라. 그러면 세계 질서와 우주 흐름이 돈을 중심으로 다시 보이게 되니까. 단, 빚이 너무 크면 그냥 주저앉게 되니, 가능한 범위 안에서 빚의 총액을 결정할지어다.

잘못된 소비 습관을 고치는
똑똑한 가계부 지침서

가계부는 용돈 기입장이 아니다. 단순히 소비한 금액만 적는 것에 그친다면 글씨 연습과 다를 바 없다. 정확한 수입을 파악한 후, 어디에 얼마나 쓰는지 정확히 기록하라. 나의 소비 습관을 알아야 자신도 모르게 새 나가는 돈을 막을 수 있다.

01 지출 내역에만 집중하지 마라. 지출보다 우선 기재해야 하는 것은 소득이다.

02 비소비성 지출과 소비성 지출 내역을 분류하라. 비소비성 지출은 연금, 저축, 보험 등 자산이 되는 지출을 뜻하고 소비성 지출은 생활비, 교통비 등 사용해서 없어지는 것이다.

03 몇 백 원 단위의 소액은 과감히 버리거나 반올림한다. 즉, 천 원, 만 원 단위로 기록하라. 오이 1천 원, 당근 2천 원이 아니라 부식 1만 원과 같이 지출 항목은 간략히 작성하라.

04 카드사와 협상해서 이자율과 카드 사용료를 깎아라. 항상 통하는 것은 아니지만 카드 해지를 협상 조건으로 내세워 연회비를 면제 또는 반으로 절감할 수 있다. 일 년 후 연회비 면제 기간이 끝났으면 신용카드 회사로 전화를 걸어라. 밑져야 본전이다.

05 처음 3개월 동안은 일부러 신경쓰지 말고 그냥 써라. '가계부를 쓰니까 지출을 줄여야지'와 같은 생각은 부작용을 낼 수 있다. 가계부로부터 스트레스를 받지 마라.

06 3개월이 지난 후부터는 지출 내역을 고정화하라. 어느 정도 시간이 지난 후 지출 내역을 통계 내고 지출 범위와 금액을 정해라. 그리고 매달 쓰는 지출금을 고정화하려고 노력해라.

07 매달 지출 계획을 세우고 한 달 예산을 짜라. 사실 가계부를 쓰는 근본 이유가 예산을 짜기 위함이다. 단순히 지출을 적는 것에서 나아가 한 달, 일 년의 지출 계획과 예산을 세우고, 그 예산에 맞춰 지내는 기분을 만끽해보라.

이것만은 제발, 최소한의 재테크 원칙

> 검약이야말로
> 훌륭한 소득이다.
> _데시데리우스 에라스무스

재테크 이론과 기술에 빠삭한 재테크 서적 작가들이 실제로 생각하고 있는

재테크는 무엇일까? 그들이 무엇보다도 중요하게 생각하는 재테크의 기본

원칙은 무엇일까? 행복하고 안락한 노후를 준비하기 위한 실질적이고 체계

적인 자산관리법을 다룬 책 『20년 벌어 50년 먹고사는 인생설계』의 저자

오종윤의 돈이 보이는 재테크 실행 원칙.

재테크의 기본 원칙은 목적에 맞는 투자를 하는 것이다. 살아가는 동안에 항상 돈이 필요하기 마련이다. 내가 언제쯤 어느 정도의 돈이 필요할까를 미리 한번 생각해보고 설계하는 것이 바로 재테크다.

싱글이라면 언제쯤 결혼할까, 몇 년 뒤에 집을 살까, 결혼하고 나면 아이는 언제쯤 가질까 등의 굵직한 인생 계획에 맞춰 적절한 금융 상품에 가입하는 것이 바로 재테크다. 나중에 닥쳐서 시작하면 이미 늦다. 자신의 목적에 맞게 금융 상품을 선택하는 것이 재테크의 기본 원칙이다.

나의 경우 1년 미만의 단기적 관점에서는 CMA 계좌에 투자하고 있다. 증권회사에서 판매하는 상품으로 은행의 자유저축예금 계좌처럼 입출금도 자유롭고, 금리는 4~5퍼센트로 은행 계좌보다 높다. 언제 쓰게 될지 모르는 유동성 자금을 대비하는 차원이다. 결혼 계획처럼 1년 뒤에 큰 지출 계획이 잡혀 있다면 주식형 예금처럼 변동이 심한 상품은 금물이다. 그때는 상호저축은행 정기예금이 좋다. 1년짜리 예금 가운데는 금리가 5.5~6퍼센트 되는 것도 있다(은행보다 0.5~1퍼센트 정도 금리가 높다).

학자금 대비 같은 장기 투자 계획의 일환으로 주식형 펀드를 하고 있다. 원금 손실의 위험은 있지만, 기대 수익률이 10퍼센트 정도로 은행의 정기예금이나 CMA보다 훨씬 높다(정기예금이나 CMA는 기대 수익률이 3.5~5퍼센트 정도다). 그러나 반드시 3년 이상의 기간을 둔 목적 자금을 위해서만 투자를 해야지 그렇지 않으면 원금 손실의 위험이 높다.

노후를 위해서는 주식형 펀드와 변액유니버셜 보험, 변액연금에 각각 목적에 맞춰서 분산 투자하고 있다. 변액유니버셜 보험은 10년 이상 장기 투자할 때, 수수료가 다른 펀드에 비해 월등히 저렴하다(10년 이내는 펀드가 훨씬 싸다). 기대 수익률은 10퍼센트 정도. 10년 이상 유지할 경우 비과세 혜택도 있다. 중도 인출도 가능하지만, 그럴 경우에는 펀드가 훨씬 낫다. 변액연금은 변액유니버셜에 비해서 투자 기대 수익률이 좀 보수적이지만, 모든 노후생활의 기본적인 생활비를 '죽을 때까지' 계속 지원받기 때문에 가장 안정적이라고 본다.

소비는 현대인의 가장 중요한 덕목 중의 하나다. '나는 소비한다. 고로 존재한다'라는 말도 있지 않나. 가장 중요한 것은 소비를 할 때 나의 현재와 미래를 반드시 동시에 고려해야 한다는 것이다. 내가 가진 것을 다 써버리면 미래를 대비할 수 없고, 미래만을 위해 현재 쫄쫄 굶는 것 또한 결코 행복하다고 볼 수 없다.

그러므로 돈을 아낀다는 것은 정해진 한도 내에서, 나의 행복을 위해 돈을 쓰는 것이라고 볼 수 있다. 결혼 안 한 사람들은 50퍼센트, 결혼한 사람들은 30퍼센트, 맞벌이 부부는 50퍼센트 정도를 저축해야 한다.

만약 싱글이라면 소득의 50퍼센트는 무조건 저축하고, 나머지 50퍼센트 안에서는 마음껏 사용할 것. 즉, 내가 쓸 수 있는 지출 한도 내에서 예산을 잘 세우라는 말과 일맥상통한다. 두번째로 내가 꼭 돈을 써야 하는 상황인지를 한 번 더 생각해볼 것. 남들 따라서 충동적으로 소비하는 것만 없어도 얼마든지 낭비를 줄일 수 있다.

　모든 소비는 다 시간의 흐름과 관계가 있다. 순간적이고 건전치 못한 소비는 스스로에게 해로울 뿐만 아니라 돈도 많이 드는 법이다. 하지만 건전한 동시에 이로운 것은 돈이 별로 안 든다. 취미생활로 등산을 하거나 조깅을 하는 것과, 매일같이 술을 마시고 룸살롱에 가는 것을 비교해보라. 물론 돈을 쓰더라도 자기 계발과 관계되는 것에 아낌없이 돈을 쓴다면 나중에는 결국 더 큰돈으로 되돌아오기 마련이다. 궁극적으로 자기 자신에게 투자하는 것이 현재에든 미래에든 나에게 돈을 벌어주는 생활 습관이 되는 것이다.

당신의 재테크에
부자 마인드를 심어라

CASE1 재테크는 돈이 있는 사람들만 하는 것이라고 생각하는 당신

부자 마인드 ⇒ 단돈 5만 원만 있어도 투자할 수 있다

당신이 사고 싶은 것을 모두 사고 난 후에 하는 재테크? 그건 아무 의미가 없다. 투자할 돈은 저절로 주어지는 것이 아니고 만드는 것이다. 월급을 200만 원 타면서 저축률이 0 퍼센트인 사람은 월급이 300만 원, 400만 원이 되어도 마찬가지이다. 당신이 매일 마시는 5천 원짜리 테이크아웃 커피를 한 달만 마시지 않으면 무려 15만 원이 생긴다. 이 돈은 당신이 5만 원짜리 적립식 펀드를 3개나 들 수 있는 돈이다.

CASE2 재테크는 하고 싶지만 구체적인 방법을 모르는 당신

부자 마인드 ⇒ 적립식 펀드부터 가입하라. 일단 저질러라

재테크 초보라면 일단 적립식 펀드부터 가입해 매달 10만 원씩만 적립하라. 매달 수익률을 확인하고 보너스가 생기는 대로 추가로 적립하라. 무엇이든 시작이 중요하다. 재테크 방법은 인터넷 사이트나 책에서 차고 넘치게 가르쳐준다. 중요한 것은 지금 당장 시작하는 것.

CASE3 원금 손실이 두려운 소심한 당신

부자 마인드 ⇒ 장기 투자로 안정성을 높여라

부자들은 투자를 할 때 안정성보다는 '수익성'에 포커스를 맞춘다. 하지만 그들과 다른 규모의 재테크를 해야 하는 우리는 당연히 원금 손실을 걱정할 수밖에 없다. 하지만 모든 투자가 리스크를 동반하는 것은 아니다. 모든 투자에 관심을 가져라. 때로는 실패하더라도 수업료라고 생각하고 다시 도전하라. 투자하지 않으면 이익도 없다. 하지만 그럼에도 걱정이 된다면 방법은 딱 하나. 부자들의 장기 투자 원칙을 이용한다. 지금 당장 눈앞의 이익에 일희일비하지 말고, 오랫동안 장기적으로 불입을 하라. 무조건 긴 안목을 가지고 호흡하라.

CASE 4 무언가를 알아보기에는 바쁘고 귀찮은 당신

부자 마인드 ⇒ 차라리 전문가에게 맡겨라

굳이 은행까지 찾아가지 않아도 지금은 인터넷 뱅킹을 통해서 충분히 펀드 하나쯤은 가입이 가능하다. 그조차 틈이 나지 않는다면 투자는 투자 전문가에게 맡기고 당신은 당신의 일에 몰두하라. 개인 재무 컨설팅회사를 방문해보는 것도 방법. 장기적인 계획을 짜게 되므로 미래에 대한 막연한 불안감을 줄일 수 있다.

짠돌이들에게
전수받은
1억 원 만들기 플랜

가시나무를 심는 자는
장미를 기대해서는
안 된다.
_필페이

4천 원짜리 커피에 기겁하는 남자들이 쫀쫀하다고? 그렇게 해서 몇 억을 모

았다면 얘기가 달라진다. 남자들이 재테크에 성공하는 이유는 단 하나. 한번

돈을 모아야겠다고 생각하면 무슨 일이 있어도 안 쓴다는 것. 돈을 모으겠다

면서 늘 돈 나갈 구멍을 만들어놓는 우리 여자들, 남자들에게 싫은 소리 한

번 제대로 들어보자. 그렇게 하면 '억'이 보인다니 말이다.

'싱글 생활에 필요한 최소 자금 1억!' 모든 것이 여기에서 시작됐다. 설마, 최대도 아닌 최소 자금이 1억이겠어? 그런데 혼자 살 집이며 차, 결혼 자금과 여행, 자기 계발에 투자할 수 있는 여유 자금, 다달이 용돈을 따져보니, 이런. 혼자서 할 것 제대로 다 하고 살려면 1억도 빠듯하겠다 싶다. 나도 1억을 모을 수 있을까?

1억이라는 별천지 같은 숫자에 대한 욕망이 생긴 나는 만나는 사람들마다 물었다. "도대체 내 월급으로 1억을 만들려면 어떻게 해야 할까요?"라고 말이다. 그중 하나였던 금융업계 종사자인 A. 그는 회사를 다니면서 꾸준히 모아 현재 1억 원 가까이 모아둔 상태다. 그는 1억을 모으고 싶다는 나의 말에 그간 소비 패턴을 먼저 묻는다.

택시 기사는 혐오하지만 택시는 내 자가용과도 같고, 술은 잘 못 마시지만 술자리는 즐기고, 명품은 취미 없지만 그저그런 것들 대여섯 개로 명품 한 개 값은 채우고, 데이트 비용은 한 번 만날 때마다 최소 3만 원 정도는 쓰는데, 남자 친구는 나보다 더 많이 쓴다. 현재 가입한 금융 상품은 0개. 아, 모아놓은 돈은 조금 있다. 내 앞으로 된 작은 집도 있다. 솔직하게, 남김없이 얘기했더니 돌아온 대답은 "혹시 부잣집 따님인가요?" 당황했다. "1억은 왜 모으려고요? 자금의 구체적인 용도는 무언가요?" 앗, 순간 더 당황했다.

1억을 모으면 뭘 하지? 일단, 결혼 자금이 필요하겠지. 그러고는, 음, 세계여행도 가고 싶고, 유학도 가고 싶고, 집도 더 넓은 곳으로 옮기고 싶은데…… 선뜻 대답하지 못하고 머뭇거리자 그가 말했다.

"그냥 아무 생각 없이, 인생의 목표도 없이 '살기만' 했군요."

그렇게 나는 재테크 바보에서 재테크계의 테러리스트가 되고 말았다.

결국 이대로 넋 놓고 있을 수만은 없다는 생각에 자산관리사에게 SOS를 요청했다. 자산관리사가 내민 시트지를 받아들고 자산 현황과 재테크 목표, 목표 금액 등을 구체적으로 적었다. 목표가 뚜렷하고 자산 파악이 확실한 사람일수록 쉽게 쓱쓱 적어 내민다는데, 나는 몇 줄 안 되는 그 시트지를 작성하려고 꼬박 이틀을 고민해야 했다.

내 시트지를 받아본 자산관리사는 한숨을 내쉬었다. 현재 하고 있는 재테크는 아무것도 없고 그렇다고 돈을 아껴 쓰고 있는 것도 아니면서 '빠르면 1년, 길게는 3년 안에 1억을 모으려고 함'이라고 쓴 것을 보고 그녀는 경악했다. "이중에서 절대 포기 못하는 것이 무엇이냐"라는 물음에 "사람을 많이 만나는 일을 하다 보니 쇼핑을 줄이는 것은 힘들 것 같고, 그리고 마감의 유일한 낙인 커피도 포기할 수 없고, 야근이 많아서 택시 타는 것도 어쩔 수 없는 일인데…… 돈을 모으는 것도 중요하지만 기본 생활은 하고 살아야죠"라고 말해놓고 보니 줄일 수 있는 게 아무것도 없었다. "그래서 많은 싱글 여성들이 돈을 못 모으죠. 그렇게 쓸 것 다 쓰고 언제 무슨 수로 1억을 모아요? 남자들이 얼마나 독하게 돈을 모으는지 한번 보셔야 할 것 같습니다."

당장 대책 회의 소집. 나는 자산관리사와 함께 A를 만났고, 그의 말을 들어보기로 했다. 남성 대표 A, 수많은 남자 고객들을 관리해 온 자산관리사는 싱글 여성들의 잘못된 소비 습관에 대해 이렇게 냉정하게 평가했다.

01 돈을 모아야겠다는 생각만 할 뿐, 돈을 아껴야겠다는 생각은 없는 것 같다.

02 모든 돈의 단위를 '밥값' 으로 계산하라. 밥값보다 비싼 지출은 일단 아깝다고 생각하라.

03 이상하게도 여자들은 택시비는 안 아까워하면서 밥값은 아까워한다. 차라리 택시 한 번 안 타고, 밥 한 끼 기분 내서 먹는 것이 건강 관리 차원에서도 낫다.

04 여자들이 쇼핑을 좋아하는 것은 남자들이 술자리를 좋아하는 것과 똑같다. 술 좋아하는 남자가 술을 자제하지 않고서는 돈을 모을 수 없듯이, 쇼핑을 좋아하는 여자도 그걸 자제하려는 마음가짐 없이는 절대로 돈을 모을 수 없다.

05 재테크하는 남자들한테 보너스 등 여유 자금이 생기면 '일단 없는 돈' 인 셈 치고 아예 못 쓰게 조치를 취해버린다. 펀드에 가입해 일 년 이상 빼도 박도 못하게 해버리는 식이다. 그런데 여자들은 늘 '소비의 여지' 를 생각하고 그 돈을 여유롭게 운용한다. 결국 쓸 수 있는 돈으로 생각하고 다 써버리는 것이다.

06 재테크의 목표가 확고하면 그만큼 지금의 커리어와 인생의 목표가 확고하다는 뜻이다. 결국 최고의 재테크는 내 몸값을 올리는 것이라는 것을 알아야 한다. 2천만 원 연봉에서 돈을 모으는 것과 3천만 원 연봉에서 돈을 모으기 시작하는 것은 돈이 불어가는 규모와 속도 면에서 어마어마한 차이가 난다.

07 젊었을 때 3년 불편하게 사는 것이 나이 들어 편안한 양질의 삶을 보장한다.

젊었을 때 할 거 다 하고 놀 거 다 놀고 흥청망청 하다 보면, 수억대 자산가가 아닌 이상 늙어서 고생한다는 것쯤은 자명한 진리 아닌가.

결국 '여자라서 행복해요'라며 잠깐의 아타락시아를 맛보았던 쇼핑 행태와, 일상적으로 자잘한 돈도 아껴 써야겠다는 절실한 짠순이 마인드의 부재가 나의 문제이자 재테크에 성공하지 못하는 수많은 여성들의 문제라는 것이다.

"저는 돈 아껴 써요. 명품 가방, 명품 화장품 같은 거 안 써요"라고 당당하게 말하는 싱글녀들이 있다. 그런데 그녀는 일상의 소소한 낙이라며 매일 아침저녁으로 스타○○ 커피 두 잔을 마시고 식사 후에는 꼭 ○○○○○○31 아이스크림을 먹어야 한다. 하루 테이크아웃 커피 두 잔이면 1만 원, 매 끼니마다 아이스크림을 먹으면 그것도 어영부영 1만 원이 된다. 그렇게 하루에 밥값과 교통비가 아닌 커피와 아이스크림 값으로만 지불하는 돈이 2만 원. 한 달이면 60만 원이 된다.

한 달에 커피 값, 간식 값만 60만 원을 쓰면서 '명품백 안 사니 검소한 사람'이라고 말하는 건 말도 안 되는 소리인 거다.

한 달에 커피 값, 택시비로 들어가는 60만 원만 아껴도 1년이면 720만 원이 된다. 거기에 쇼핑에서 20만 원, 데이트 비용 10만 원, 용돈 10만 원만 더 아끼면 1년에 1,000만 원을 모으는 것은 생각보다 어려운 일이 아니다. 자잘하게 이것저것 사느니 차라리 한번에 좋은 것을 사서 오래 쓰는 것이 현명하다. 쓰고 남은 돈을 저축하겠다가 아니라 일단 저축부터 하고 남은 돈으로 그 안에서 어떻게든 살아가겠다는 마음가짐이 필요한 것이다.

'아껴야 잘산다'는 불변의 진리다. 다만 실행하는 것이 힘들 뿐이다. 돈을 모으겠다는 의지를 갖고, 악착같이 아껴야겠다는 마인드를 기를 수 있을 만한 계기가 중요하다. 계기가 없다면 '목표'라도 만들어라.

'짠돌이급' 남자들이 여자들과 다른 점은 무엇이냐고? 일단 그들은 목표가 확고했고, 돈을 모으겠다는 결심이 빨리 섰다. 한마디로 철이 들었고, 현재의 즐거움보다는 미래의 행복을 내다보며 살고 있다는 것. 어쨌든 우리보다 더 나은 처지에서 시작한 것 아니냐고? 천만의 말씀. 당신보다 안 좋은 조건, 낮은 연봉에서 시작한 그들은 꾸준히 모으고 쪼개고 돈을 불려 이미 억대 자산가의 대열에 들어섰다는 사실. 그러니 어떻게든 스스로의 게으름을 무마하려는 시도는 말도록!

싱글들을 위한
내 집 마련
전략

주식에 돈을
투자하기 전에
평생 살 자기 집을
먼저 마련해라.
_피터 린치

서른다섯 이전에 집을 마련한 싱글들이 이구동성으로 말하는 투자 원칙이

있다. 한 살이라도 어렸을 때, 최소한 20대 전에 준비에 착수해야 남들보다

먼저 집을 살 수 있다는 것. 대체 얼마를 모아야, 그리고 어떻게 해야 집을

살 수 있는 것일까. 모든 싱글들의 로망인 '내 집' 마련 전략을 배워보자.

내가 아는 부동산 재벌(친구들 사이에서는 그렇게 부른다) 자매가 있다. 돈에 민감한 두 자매의 취미는 부동산 구경하러 다니기. 일요일에 특별한 일이 없으면 서울 시내 아파트 단지를 돌아다니거나 부동산을 방문한다. 그러다가 어느 날 동부이촌동에 아파트가 딱 두 채 남은 것을 발견하고, 두 자매는 하나씩 구입했다.

물론 돈은 충분치 않았다. 언니는 기존에 가지고 있던 작은 아파트 두 채(친구들이 그녀를 부동산 재벌이라고 부른 이유다)를 팔고 나머지는 대출을 받았고, 동생 역시 대출을 받았다. 전세를 끼고 살 수 있었지만, 밤새워 계산해보니 차라리 대출을 받아 구입을 하고 월세를 놓는 편이 낫다는 결론이었다.

지금은 자매가 각각 월세 450만 원을 받아, 원금 포함해 이자를 상환하고 있다. 3년 정도가 지난 지금, 동생은 거의 상환이 끝나가고 있다고 한다. 앞으로 들어오는 월세는 두 자매의 적금 통장으로 다시 들어가 차곡차곡 쌓일 터. 게다가 둘 다 지금은 50평짜리 아파트의 주인이 되어 있다.

이 두 자매가 우리에게 알려주는 교훈은 '투자한 만큼 번다'는 아주 기본적인 경제 원칙. '청약 통장은 가지고 있는데, 이걸 가지고 뭘 해야 할지 모르겠어요'라든가 '도대체 얼마가 있어야 서울 시내에 집을 사죠?'라는 단순한 궁금증을 가지고 있지만, 여전히 집 사는 데 관심이 있다면, 며칠을 잡고 부동산에 관한 공부를 집중적으로 해보라. 토요일과 일요일, 혹은 휴가를 내도 좋다. 2박 3일 정도 시간을 내 구체적 사례와 신문 기사, 부동산 관련 서적 등을 뒤지며 집중적으로 부동산에 대해 공부를 한다. 부동산 전문 사이트를 뒤지면 아파트별 지난 몇 해 동안의 시세를 알아볼 수 있다. 또 부동산은 정부의 정책에 가장 민감한 부분. 어떤 정보든 들어오도록 눈과 귀를 활짝 열어두고 신문의 경제면과 부동산 사이트에 집중하라. 그러나 직장도 있고 해야 할 일도 있는데, 매일 부동산 사이트만 뒤지고 있을 수는 없는 일. 차라리 며칠간 집중적으로 부동산 공부를 할 것을 권한다. 집도 집이지만, 일도 소중하니까.

그러면 도대체 얼마의 돈이 있어야 집을 살 수 있을까. 직장이 있어 앞으로 일정한 금액이 매달 들어온다는 것이 보장이 되면 100만 원의 돈만으로도 첫 구입은 가능하다.

서른 살의 싱글 L씨의 경우, 아파트 보증금 1백만 원을 제외한 나머지는 모두 대출을 이용했다. 계약금은 3년이 지난 뒤 6년 동안 분할해서 갚아나갈 예정이고, 1차 중도금은 현재 살고 있는 아파트의 전세금을 이용할 예정이다. 그리고 3개월 단위로 갚아나가야 하는 중도금은 단기적금과 보험회사에서 제공한 대출을 이용해 갚아나갈 예정. 사실 L씨의 경우는 목돈이 생겼을 때 오히려 허리띠를 졸라매고 모두 저축하여 소비를 원천 봉쇄해버리는 지독한 짠순이 타입이라 가능한 일이었다.

일반적으로 전세를 끼고 살 경우, 집값의 40퍼센트가 있으면 내 집 마련이 가능하다. 그렇다면 그 돈은 어디에서 구할까? 은행 대출

을 받든 어쨌든 나의 돈에서 출발한다. 서울의 경우 7천만 원 이상, 지방의 경우 3천~4천만 원 이상 모은 다음에야 부동산 구입 경쟁에 돌입할 수 있다.

따라서 집이 목적이라면 집 사기 전에 독립하지 말라. 집 사기 전에 독립하면, 하물며 휴지 하나도 자신의 돈으로 사야 한다. 아무리 아껴도 한 달 생활비는 80만 원 이상. 차라도 굴리게 되면 100만 원이 후딱 넘어가는 것은 자명한 일이다. 그러므로 집이 목적이라면 독립을 꿈꾸지 말라. 만약 독립할 수밖에 없는 처지라면, 차라리 월세보다는 전세로 들어가고, 2년에 한 번씩 전세금이 비싼 곳으로 이사를 가는 것도 돈을 모을 수 있는 방법이다.

혹시 오직 자기가 모은 돈으로만 집을 사야 한다는 생각을 가지고 있는가. 만약 그렇다면 40세 이전에 당신이 집을 살 수 있는 확률은 매우 낮아진다는 점을 알아야 한다. 어린 나이에 집을 산 사람들을 만나보면, 결코 부도덕적이지 않으며 부모에게 의존하지도 않는 '집을 사게 도와주는 남의 돈'이 있다는 사실을 알게 된다.

한 달에 1백만 원씩 모아 2억짜리 집을 사는 데 걸리는 시간을 단순 계산하면 17년 정도. 그러나 정작 2억짜리 집을 사서 전세로 놓고 갚아가는 데 걸리는 시간은 그 절반도 되지 않는다는 게 돈의 논리다. 게다가 돈을 차곡차곡 다 모은 17년 후 막상 그 2억짜리 집은 4억이 되어 있다. 집을 살 때는 반드시 그 집을 사고 이를 담보로 하여 받을 수 있는 대출 금액도 계산에 넣자. 집을 담보로 은행에서 대출받을 수 있는 최대 금액은 집 가격의 70퍼센트다.

집을 고를 때는 자신이 집을 사는 목적을 우선 생각해야 한다. 재테크 목적인지 실제 거주 목적인지부터 정해라. 재테크가 목적이라면 수도권 근교나 중소 지방 도시의 역세권을 싼 값에 살 수 있는 루트를 뒤져라. 부동산 초보들의 오류 중 하나는 지금 살고 있는 지역을 벗어나지 못한다는 점이다. 무조건 집 근처를 버리고 다른 지역에 올인하는 방법을 생각하라. 넓고 높게 볼수록 투자 성공률도 높아진다. 실제 거주 목적이라면 원하는 지역 3~4군데를 정해 집을 구하는 것이 효율적이다.

마음에 드는 지역을 골랐다면 지도를 펴놓고 현재 살고 있는 지역과 거리, 교통 상황, 근처 부대시설 등을 한눈에 볼 수 있도록 체크한다. 귀로 듣는 것보다 눈으로 한 번 보는 것이 훨씬 효율적이다. 그렇게 해서 구입할 집을 정했으면 그 지역의 시세를 매일매일 파악해라. 그래야만 속아서 비싸게 사는 일도 없고, 급매로 싼 물건을 잡을 수도 있다. 그 지역의 부동산도 방문해라. 이때 부터 나는 옷차림은 필수다. 돈이 있어 보여야 공인중개사들도 좋은 물건, 좋은 정보를 내놓는다. 이렇게 얼굴 도장을 찍어놓으면 대출 알선이나 급매물이 생겼을 때 연락해주므로 요모조모 쓸모 있다.

그러나 이렇게 매일 집을 사야 한다고 떠들고, 집 산 사람에게 무수한 정보를 듣고, 매일 부동산 사이트를 뒤지고, 틈만 나면 부동산을 가도, 쉽게 집을 살 수 있는 것은 아니다.

무엇보다도 중요한 것은 결단력. 일단 눈을 딱 감고 저질러라. 어느 정도 자금이 확보되고, 70퍼센트 이상 마음에 드는 집이 있다면 저질러라. 초보가 범하기 쉬운 실수는 남을 믿지 않는다는 것. 이 부동산이 날 속이는 것은 아닐까, 이 집을 지금 사도 될까, 사고 나서 집값이 떨어지면 어떡하지 등등 의심하기 시작하면 아무것도 살 수 없다. 부동산은 막차가 없다. 자금에 맞는 집이 생겼으면 과감히 구입한 후 뒤돌아보지 말아야 한다. 원래 집이란 사고 나면 비싸게 산 것 같고 팔고 나면 싸게 판 것 같은 것이다. 그러니 70퍼센트 이상 만족했다면 과감히 저질러라. 인생에 실행 없는 결과, 투자 없는 소득이란 없는 법이다.

경제력 없이
화려한
싱글은 없다

"
부자가 되고 싶다면 돈과 연애를 해라. 누군가를 소유
하기 위해 연애를 하는 게 아니라, 그와 행복해지고
싶은 마음으로 연애를 하듯이, 돈을 갖기 위해 부자가
되는 것이 아니라 행복해지기 위해 부자를 꿈꿔라. "

조 은 경
1974년생. 주변의 모든 사람들을 부자로 만들겠다는 일념 하에, 업무시간
외에도 사람들을 모아 재테크 특훈까지 하는 열정을 가진 자산관리사. 회원권 딜러를 거쳐 자산관리사
자격증을 취득, 에셋마스터에 입사해 현재 둘째가라면 서러운 인기 자산관리사로 활약중이다. 돈의
맛을 알고 돈을 목표로 매진할 때 주위 사람들을 잃었던 본인의 뼈아픈 기억을 바탕으로, '가장 소중한
것은 사람이다' 라고 인생의 방향을 재설정했다. 그녀에게 사람은 곧 돈이요, 돈이 곧 사람이다.

왜 여자들은 돈과 친하지 않을까? 아직까지 우리나라 여성들은 인생 및 재테크의 최종 목표가 '결혼'인 경우가 많다. 자신이 직접 발로 뛰어 경제적인 여유를 누리겠다는 마음보다는, 좋은 조건의 남편을 만나 여유있게 살고 싶다는 꿈이 큰 것이다. 실제로 많은 싱글 여성들의 당면한 재테크 목표는 곧 '결혼자금'이지 않던가. 결혼 이후에는 남편의 월급을 쪼개고 모아 내 집 마련, 자녀 교육, 뒤늦은 노후 자금 등을 해결하고 말이다. 그래서 싱글 여성들의 지출은 자격증, 외국어, 유학 등 자기 계발보다는 외모 가꾸기 등 단순 소비성 지출이 더 큰 비중을 차지한다.

하지만 요즘에는 결혼을 서른 전까지 후딱 해치워야만 하는 숙제가 아니라, 자신의 인생 계획에 따라 결혼의 시기와 여부를 결정하는 '골드미스족'들이 늘면서, 자기 계발에 관심을 갖고 이를 위한 넉넉한 자산 관리 계획을 짜는 사람들이 늘고 있다. 아쉬운 부분은, 꼬박꼬박 모아놓은 돈을 결혼에 왕창 소비하는 것보다는, 좀 더 어릴 적부터 자기 계발에 관심을 가지고 분산 소비를 했다면 더 좋았을 거라는 점이다. 싱글 여성들에게는 무엇보다 젊었을 때부터 자신의 목표를 확립하고 그것을 실천하기 위해 필요한 경제관념을 다지는 것이 중요하다. 재테크의 최종 목표를 결혼으로 잡고 시작하거나, 쓰고 남은 돈으로 시작하는 재테크가 아니라 작은 돈일지라도 계획된 잉여 자금으로 재테크를 시작해야 한다. 그만큼 경제에 대한 관심과 공부가 필요한 것은 두말하면 잔소리!

나만의 유쾌, 상쾌, 통쾌한 재테크 생활 수칙. **첫째, 자신의 일을 좋아해야 한다.** 꼭 '좋아하는 일만을' 찾아서 해야 한다기보다, 자신이 맡은 일을 가장 좋아하는 일로 만들어야 한다. 자신의 일을 좋아하면서 전문성을 갖추게 되면, 자연스레 남들보다 조금씩이라도 앞서게 되고, 그러면 돈을 절로 따라온다. 일을 귀찮아하지 말고 즐겨라.

둘째, 연애하는 마음으로 돈을 대해라. 사춘기 시절 좋아하던 사람이 생기면 좀더 일찍 일어나 씻고 꽃단장하고, 깔끔한 매무새를 유지하려고 긴장된 마음가짐을 가져본 적이 있을 것이다. 좋아하는 사람을 위해 더 좋은 모습을 보이려고 공부하고 꾸몄던 마음을 돈에도 똑같이 쏟아라. 관심을 갖고 공부하고 어떻게 하면 좀더 좋은 결과를 얻을까 하는 것은 연애에서뿐만 아니라 돈에서도 마찬가지다.

셋째, 잘 쓸 줄 알아야 한다. 간혹 언론 매체를 통해 부자가 된 사람들의 기사나 정보를 보면, 한푼도 쓰지 않고 악착같이 모으고 또 모아 부자가 되었다는 말이 있다. 하지만 지금은 그렇게 하다가는 자산을 모으기는커녕 소중한 인맥을 잃게 되는 경우가 더 많다. 나의 경우, 타인에게 마음을 쓰면서 다가가기 때문에, 상대방에게 소비하는 것을 아깝다고 생각한 적이 한번도 없다. 과소비는 자제하고, 자신의 건강과 즐거움을 위한 적절한 투자와 상대방과의 관계 유지를 위해 마음을 표현할 수 있을 정도의 씀씀이는 아까워하지 말아야 한다.

넷째, 자신만의 소소한 재테크 습관을 만들고 거기에서 만족감을 느껴봐

라. 적은 돈이지만 한 줄 한 줄 꾸준하게 늘어가는 통장 내역과 수익률, 나만의 돈 불리는 습관을 만들고 즐기면서 계획을 하나하나 이루어나가는 것에 만족감을 느낄 줄 알아야 한다. 돈이 돈을 낳는 '자산 불리기'가 아닌, 어릴 적 돼지 저금통에 한 푼 두 푼 모았던 기억을 떠올리며, 매일, 매월, 매년 조금씩 모아 종자돈이 되어가는 과정 자체를 행복한 보람으로 여겨라.

행복한 싱글 생활을 위한 돈과 재미있게 노는 비법. 재미있게 재테크를 하려면 우선 자신들의 최종 목표를 '결혼'에서 '자기 자신'으로 초점을 옮겨야 한다. 지금까지 안락한 생활환경에 대한 동경이나 노후의 빈곤에 대한 염려 때문에 결혼에 매달렸다면, 이제 자신을 위한 재테크를 실천함으로써 이를 보장받고 자신이 갖고픈 것, 하고 싶은 것까지 다 누리자. 미국 드라마에 등장하는 싱글녀들의 화려한 생활을 꿈꾸는 여성들에게 나는 항상 강조한다. '화려한 싱글'이 되기를 원한다면 자신의 노력에서 시작해야 하며, 누군가 건네준 부와 경제력이 아닌 자신이 계획하고 공부하고 실천한 재테크에서 그 탄탄한 기반을 갖춰야 한다는 것. 그렇게 되면 어떤 난관이 오더라도 흔들림 없이 담담하고 침착하게 다시 새로운 목표와 계획을 짤 수 있다.

또 한 가지 재미있는 얘기. 내가 만나온, 열심히 재테크를 해온 남성 클라이언트들은 한결같이 말한다. 자신이 만나고 싶은 여성은 부잣집 딸도, 돈 잘 벌고 돈 많은 여자도 아닌, 자신과 함께 재테크를 잘해나갈, 뚜렷한 계획과 목표를 갖고 있는 사람이라고 말이다. 그런 아내나 연인이 있다면 든든할 것이라며, 비단 자기 여자가 아니라도 멋있고 매력적으로 보인다고 한다. (특히, 재테크에 관심이 많은) 남성들의 여성 선호는 분명 바뀌고 있다.

부자가 되고 싶다면 돈과 연애를 해라! 연애를 하는 사람은 늘 밝고 건강하고 행복해 보인다. 부자를 꿈꾸는 사람 역시 마찬가지다. 내가 비록 지금은 부자가 아니지만 '부자의 꿈'을 갖고 있다면, 나와 소중한 이들과 가족의 행복한 미래를 생각하면 에너지가 샘솟지 않는가. 연애를 할 때와 마찬가지로 부자를 꿈꾸는 사람의 마음가짐은 반듯해야 한다. 누군가를 소유하기 위해 연애를 하는 게 아니라, 그와 행복해지고 싶은 마음으로 연애를 하듯이, 돈을 갖기 위해 부자가 되는 것이 아니라 행복해지기 위해 부자를 꿈꿔야 하는 것이다. 작지만 정성이 담긴 이벤트로 연인을 기쁘게 해주고 나 또한 행복해하는 것처럼, 재테크와 자산 관리를 위한 공부와 노력은 바로 나를 기쁘게 해준다. 연애를 하기 위해 상대에 대한 이해와 관심이 필요하듯, 부자가 되고 싶다면 부자가 된 이들의 노력을 배우려는 자세 또한 중요하다. 연애를 할 때 상대와의 해피엔딩을 꿈꾸듯, 부자가 되고 싶다면 돈 자체가 아니라 그 돈으로 행복해질 자신과 소중한 사람들의 미래를 꿈꿔라.

싱글, 영혼의 안식처를 찾아라

고독과 외로움을 극복하는 비법. 좋아하는 것들로 세상을 가득 채워보라. 그리고 가끔은 사는 데 지친 영혼을 위해 온전히 쉴 수 있는 시간을 마련해보라. 그곳에 눈부신 일상의 감동이 존재한다.

혼자 노는
여자는
있어 보인다

외로움이란 혼자 있는
고통을 표현하기 위한
말이고 고독이란
혼자 있는 즐거움을
표현하기 위한 말이다.
_존 러스킨

혼자 노는 여자는 있어 보인다. VIP석에 혼자 앉아 뮤지컬을 보는 여자는

왠지 특별해 보인다. 조금 특별한 스타일을 즐겨보라. 혼자서 즐긴다는 것,

남들에게 보이는 이미지보다는 이런 것이 자신에게 주는 힘이 훨씬 크다. 용

기 있는 여자가 된 듯한 느낌. 그러니, 가끔은 혼자 놀면서 특별한 사람이 된

듯한 느낌을 가져보는 것은 어떨까?

유치원에 입학한 후부터 우리의 일과는 시간표가 결정했다. 째깍 째깍, 지금은 양치질하는 시간, 밥 먹는 시간, 째깍째깍, 공부하는 시간, 쉬는 시간…… 사회에 나와선 눈 뜨자마자 급하게 회사로 쫓겨 가고, 사무실에선 상사 눈치, 잘나가는 동료와의 비교, 잘난 후배엔 주눅, 무리에서 밀려나면 끝장. 그 와중에 시간은 잘도 흘러가고, 하나의 일과에서 또다른 일과로 떠밀리듯 이동하는 사이, 사람들은 초침과 분침의 어느 길목에서 자신만의 시간을 잃어버렸다. 그래서 아무 계획 없는 휴일엔 무엇을 해야 할지 몰라 불안해한다. 남들의 눈을 의식하는 사이, 간섭받지 않을 자유도 놓쳐버렸다.

억울하다. 뭔가 속은 느낌.

그냥 박차고 나와라. 시작은 누구나 미약하다. 일로 인한 스트레스로 채워진 하루의 끝에 또다른 만남의 스트레스를 끼워 넣는 대신 처음으로 혼자 보는 영화를 택했던 날, 나는 직직 슬리퍼를 끌고 동네 앞 극장을 찾아 머쓱하게 두리번거리다, 슬며시 매표소에 다가가 "한 장이요"라고 속삭였다. 심야 상영관 안에 관객은 전부 다섯 명. 넥타이 차림의 남자 하나, 나이를 알 수 없는 묘령의 여인과 친구끼리 온 여고생 두 명, 그리고 나. 그런데 이상하게 생각하는 사람은 아무도 없었다.

그후로 영화는 어지간하면 혼자 보는 습관이 생겼다. 다른 사람과 굳이 시간을 맞출 필요 없으니, 아무 때고 그야말로 필 꽂히면 그만. 엔딩 크레디트가 올라가고 음악이 멈출 때까지 가만히 앉아 있다 기분에 취해 혼자 밖으로 나설 때의 느낌은 또 어찌나 근사한지.

세상은 아무것도 달라지지 않았다. 무리에서 벗어나 혼자 하루를 보낸다고 해서 기존의 관계나 질서가 무너지는 것도 아니었다.

편한 신발을 신고, 좋아하는 옷을 골라 입고선 약속에 늦을 걱정도 없이 특별히 무언가를 해야 한다는 강박관념도 없이, 그래서 경쾌하게 시작되는 하루의 움직임. 혼자 찾은 평일 낮의 텅 빈 놀이터, 한가로운 주말의 어느 골목길, 조용한 카페 안에는 어느 누구와도 타협할 필요 없는 절대자유가 있고, 흘러가는 1분 1초의 모든 시간이 지구상에 오로지 나만을 위해 존재한다. 굳이 공통된 화제를 찾을 필요도 없고, 쉴 새 없이 말을 꺼내지 않아도 좋다.

혼자만의 시간을 보낸 뒤엔, 다시 4,800만의 인파에 뒤섞여 지지거나 볶아가며, 어떻게든 살아갈 자신감과 여유가 생기기도 한다.

그러니, 가끔은 사는 데 지친 자신의 영혼을 위해 온전히 쉴 수 있는 시간을 마련해보라. 한 달에 단 하루라도 좋다. 사람들과 웃고 떠들며 분주하게 돌아다닐 땐 미처 볼 수 없었던 작고 예쁜 주변의 사물들을 발견할 때, 좋아하던 노래의 한 소절이 들릴 때 느끼는 기분 좋음 같은 것. 그런 사소한 일상의 여유를 누릴 권리, 그런 작은 행복쯤은 분명 누구에게나 존재한다.

초보자를 위한
혼자 놀기 가이드

01 붐비는 곳 대신 한산한 곳, 강남보다는 강북! 압구정이나 청담동 같은 장소는 남들은 모두 화려하게 꾸미고 즐겁게 사는데 나만 외톨이가 된 느낌을 준다. 유흥가 보다는 자연, 문화적인 요소 등 볼거리가 많은 구시가지나 시 외곽을 산책로로 삼을 것. 분주하게 돌아다닐 때는 미처 보지 못했던 생활의 유산을 발견할 수 있다.

02 혼자 할 수 있는 취미생활을 하나쯤 가져볼 것 자전거, 인라인 스케이팅, 꽃꽂이, 그림 등 생각해보면 혼자서 즐길 수 있는 취미는 꽤 많다. 새로운 것에 도전한다는 사실이 무료한 일상에 자극을 주고, 마음에 안정을 주는 효과가 있어 일석이조.

03 단골 카페 만들기 상수역, 삼청동 골목의 자그마한 카페들은 대부분 책을 비치 해두고 있는데다 혼자 오는 사람들을 위한 바 테이블도 갖추고 있어 혼자 머물기에 좋다. 반갑게 인사 나눌 수 있는 단골 카페 하나쯤은 싱글의 필수!

04 교통수단은 튼튼한 두 다리 보고 싶었던 전시회나 예술영화를 보기 위해 걸어 가는 동안, 예상치 못했던 새로운 것들을 발견할 수도 있다. 오랜만에 운동까지 됨 은 물론이다.

혼자 놀기
필수아이템

아무것도 하지 않고, 꼼짝도 하지 않고 혼자 가만히 있는다는 건, 혼자 놀기가 아니라 고문. 혼자만의 시간을 풍요롭게 해줄 물건들이 필요하다.

01 **카메라** 우리 동네 골목엔 어떤 비밀 장소들이 숨어 있는지 알려주는 사각 프레임. 이것만 있으면 심심할 겨를이 없다.

02 **돈** 될수록 넉넉하게 챙겨 원하는 것 마음껏 먹고 자신에게 투자하라.

03 **책과 노트** 채광 좋은 카페에서 향긋한 아메리카노 한 잔과 함께 읽는 책은 집에서의 그것과 확실히 다르다. 중간중간 떠오르는 생각들은 노트에 적어 간직하다.

04 **MP3** 느슨한 멜로디에 소프트한 음악은 휴일 낮 시간을 좀더 따뜻하게 만들어준다.

애인 고르듯
깐깐하게
책을 고르라

인생은 매우 짧고
그중에서도 조용한
시간은 얼마 안 된다.
우리는 그 시간을
가치 없는 책을 읽는 데
낭비하지 말아야 한다.
_존 러스킨

사람들은 베스트셀러를 좋아한다. 좀더 정확히 말하자면, '베스트셀러를 둘러싼 환경'을 즐긴다. 대형 서점들은 아예 베스트셀러 코너를 따로 만들어 운영하고 있으며, 그 면적을 점점 넓혀가는 중이다. 그래서 자신도 모르게 대형 서점에 가면 베스트셀러나 신간, 화제의 책을 모아놓은 코너만 훑고 나오는 경우가 종종 있다. 그러나 그것은 책을 고르는 자신만의 노하우를 가지기도 전에 다양한 책을 접할 좋은 기회를 놓치는 것이다.

얼마 전, 일로 알게 된 사람과 차 한잔을 마시며 이런저런 이야기를 나눈 적이 있다. 그녀는 내가 문화 방면의 기사를 쓴다는 걸 알고 이렇게 물었다.

"책 많이 읽으시겠어요?"

나는 솔직히 대답했다.

"그냥, 다른 사람 읽는 만큼만 읽어요."

말이 끝나기 무섭게 그녀가 또 이렇게 물었다.

"그럼 『다 빈치 코드』 읽어보셨죠? 저도 너무너무 재미있게 읽었어요. 한번 읽기 시작하니까 도저히 손에서 놓을 수 없더라고요. 긴박한 사건 전개며, 예수를 문화적 코드로 끌어들인 것하며, 정말 의미 깊은 작품인 것 같아요. 『연금술사』도 물론 읽으셨겠죠? 코엘료의 작품도 괜찮아요."

그녀는 내 대답도 듣지 않고 긴 말을 쏟아냈다.

"저, 『다 빈치 코드』 안 읽었는데요."

5초간 침묵이 흘렀다. 그녀는 마치 나를 사이비 기자라도 되는 듯 바라보며, 어색하게 대화의 주제를 바꿨다. 『다 빈치 코드』를 읽지 않아 그 순간은 좀 미안했지만, 『다 빈치 코드』가 이 세상 책의 전부도 아닌데 대화의 주제까지 바꿀 필요는 없는 일이었다.

몇 해 전 나라를 떠들썩하게 만들었던 한 방송사의 독서 캠페인 이후, 베스트셀러의 힘은 더욱 강력해졌다. 사람들은 화제가 되는 책에 관해 대화를 나누는 문화에 익숙해졌고, 거기에서 뒤처지지 않기 위해서 베스트셀러를 읽는다. 그래서 한 달에 꼭 몇 권의 책을 읽겠다는 다짐 속에서 베스트셀러는 참고 목록이 아닌 '필독서'로 자리 잡게 된다. 이럴 때 한번쯤 "나는 왜 베스트셀러만 읽지?"라고 자문해볼 필요가 있다. 혹시 거대한 '정신적 유행'의 선봉에 서 있는 베스트셀러가 당신의 독서 방향을 이상한 곳으로 틀어버리진 않았는지, 엉뚱한 곳으로 이끌지는 않는지 말이다.

국립중앙도서관이 2006년 12월에 발표한 국민 독서 실태 조사 결과를 보면 우리나라 국민들의 1인당 1년 평균 독서량이 11.9권으로 나타났다. 또한 지난 한 해 동안 "1권 이상 일반 도서를 읽었다"고 응답한 성인은 76퍼센트였고, 독서 시간은 평일 37분, 주말 34분인 것으로 밝혀졌다. 책을 구입하는 동기 중에는 "책의 내용을 중시하지만, 문학 도서의 경우 베스트셀러의 순위, 교양/실용 도서는 주변인들의 추천이나 화제에 따르는 경향"이 가장 두드러졌다. 따라서 대부분의 국민이 한 달에 겨우 한 권의 책을 읽을 뿐이고 그 속에 베스트셀러가 꽤 들어가 있다면 과연 자신의 안목으로 고른 책은 몇 권이나 될까라는 생각을 하지 않을 수 없다.

독서란 개인의 영혼을 풍요롭게 하고, 사회 전반에 활력을 불어넣는다. 하지만 그것의 가치가 더욱 빛나기 위해서는 자신에게 좀더 절실한 책을 찾아 읽을 줄 알아야 한다. 영국의 작가 서머싯 몸의 말처럼 "어떤 책을 즐겁게 읽기 위해서는 그 책이 직접적으로 당신에게 어떤 의미를 지니고 있어야 한다"는 것을 잊지 말아야 한다. 베스트셀러와 독서 캠페인, 일간지에서 추천하는 책이 내 영혼의 울림과 맞아떨어질 확률이 얼마나 될까? 그것도 고작 일 년에 읽는 책이라야 12권도 안 되면서 말이다.

"제가 책을 선택하는 유일한 기준은 '내가 좋아하는 책'이라는 거죠. 사회에 나온 뒤 뜻하지 않게 휴직이라는 걸 경험하면서 이런저런 책을 보다가 이윤기의『무지개와 프리즘』을 만나게 됐어요. 그게 시작이었습니다. 말하자면, 그림 맞추기 조각에서 결정적인 몇 조각이 던져진 거죠. 5년 동안의 그림 맞추기를 끝내고 났더니, 그리스 신화라는 큰 그림이 나타나더군요."『미토노믹스』의 저자 강상구 씨는 자신이 책을 선택하는 기준을 이렇게 밝혔다.

그의 말에 책을 고르는 몇 가지 원칙이 숨어 있다. 우선, 책 읽기는 즐거워야 한다. 끌리는 책, 마구 보고 싶어지는 책을 선택하기. 그리고 그 책을 몇 분간 뒤적거려봐야 한다(만약 인터넷상에서 고르고 있다면, 서평보다는 서문과 목록의 제목을 주의 깊게 보자). 그 안에 책의 방향과 작가의 소신이 요약되어 있다. 그러고 나서 목록을 훑어보면 대강 큰 줄기가 잡힌다. 또한 일정한 테마를 가지고 독서를 하는 것이 좋다. 자신이 평소에 관심이 있었던 분야, 이를테면 유명인물들의 자서전, 사진이 곁들여진 여행 에세이, 제3세계 소설이나 판타지소설…… 이런 식으로 범위를 좁혀 접근하는 것이다.

테마를 가지고 책을 읽다 보면 분명 그 안에서 좋아하는 작가가 생기게 마련이다. 그러면 또다시 그 작가의 책을 따라가보는 것도 좋다. 테마를 따라가든, 작가를 따라가든 독서가 단발이 아닌 일정하게 이어지는 하나의 맥락을 가지고 있을 때, 책 읽는 즐거움은 더 큰 쾌락으로 다가온다.

또 하나 책을 고르는 방법은 상황에 맞추는 것이다. "솔직히 저는 집에서 보는 책, 화장실에서 읽는 책, 지하철에서 보는 책이 다 따로 있거든요. 동시 다발적으로 몇 권의 책을 읽는 셈이지만 전혀 불편하지 않아요." 책을 손에 달고 다니는 회사원 주경희 씨는 집에서는 깊이가 있는 책을, 화장실에서는 짧은 문구로 쓰인 책, 지하철에서는 소설을 읽는다고 한다. 그러면 서점에 가서 책을 고르더라도 다양한 분야의, 집중도가 각기 다른 책들을 고를 수 있는 것.

그리고 소설처럼 줄거리를 따라 읽어야 하는 책이 아니라면, 반드시 완독해야 한다는 것도 일종의 강박관념이다. 부분적으로 자신에게 필요한 부분만 발췌해서 읽는 방법도 나쁘지 않다. 장서가로 널리 알려진 작가 이문열은, 언젠가 텔레비전 대담에서 자신의 독서 습관에 대해 이렇게 말했다. "반드시 모든 책을 처음부터 끝까지 독파하는 것은 아니다. 그렇게 읽지 못하는 책들은 목차, 서문, 전체적인 내용 들을 분명하게 파악해둔다. 그렇게 하고 나면, 당장은 아니더라도 필요할 때 어렵지 않게 읽고 활용할 수 있다." 동서고금을 넘나들며 광범위한 지적 스케일을 보여주는 그의 작품들은 이런 독서 습관이 토대가 되어 만들어진 것이다.

자신의 필이 꽂히는 대로 읽는 무계획의 독서 방식도 있다. 다양한 선택의 폭 중에서 자신의 취향을 발견해나가는 것도 재미있다. 끌려서 산 책들을 모아보면 자신이 책을 선택하는 구체적인 취향을 체크해볼 수 있다. 그리고 그렇게 선택한 책들이 두고두고 읽을 만큼 감동적이었다면, 그런 방식을 계속 활용하면 되고, 결국 큰 줄기를 이루는 테마가 그 속에서 드러나게 될 것이다. 책은 그 속에서 우리에게 또 다른 여행길을 안내하고, 우리는 그 안내에 충실히 따라가도 좋겠다. 그러나 일 년에 12권도 안 읽는 사람이라면 제발 베스트셀러라도 보자.

삶을 살아가는 방식이 다양하듯 독서의 방식도 여러 가지다. 그리고 자신의 영혼에 단비를 내려주는 한 권의 책을 찾는 것은 생각보다 쉬운 일이 아니다. 그럼에도 시행착오와 많은 시간을 투자해서 갖게 된 독서의 노하우는 분명 우리가 죽는 날까지 그 기능을 발휘하지 않을까? 지금이라도 늦지 않았으니, 자신이 무엇에 관심이 있고 알고 싶어하는지에 대한 고민을 시작해보자. 아니면 그냥 서점에 가서 서가에 있는 책들을 뒤적이며 필이 꽂히는 순간을 기다려보는 건 어떨까? 단지 쇼핑에서 물건을 고르듯 덥석덥석 집어들지는 말자.

마음에 바람 부는 날, 자서전을 읽자

좋은 책을 읽는 것은
가장 훌륭한 사람들과
대화하는 것과 같다.
_르네 데카르트

역사가 중요한 것은 과거의 경험이 현재와 미래의 등불이 되기 때문이다. 나

보다 먼저 인생을 살았거나, 다른 방식으로 살았던 사람의 인생 역시 참고서

가 된다. 자서전에는 교과서적인 교훈도 담겨 있고 다른 사람의 사생활을 훔

쳐보는 재미도 있으며 한참을 들여다봐야 느껴지는 은근한 감동도 있다. 약

도 제때에 쓰고 치료도 필요할 때 받아야 효과가 있고, 인생의 20대와 30대

에는 그때마다 다른 자서전 처방이 필요하다. 지금 당신이 꼭 읽어야 할 자

서전의 목록.

20대에 꼭 읽어야 할 자서전

무엇을 위해 살아야 하는지 궁금할 때 프랭클린 자서전(벤자민 프랭클린 지음)
발명가이자 미국 독립선언서 기초를 작성한 프랭클린은 20대에 이미 인생의 목표를 점검했다. 사람이 궁극적으로 추구하는 것이 무엇인지, 그리고 그것을 얻기 위해서는 어떻게 해야 하는지를 진지하게 묻는다. 벤자민 프랭클린은 이렇게 말한다. "소원을 말할 때는 조심하라, 이루어질지도 모른다." 우리는 삶의 목표를 다시 한번 진지하게 되짚어볼 필요가 있다. 나의 꿈은 정말 나에게 유익한 것인지, 나의 모든 것을 걸 만큼의 가치가 있는 것인지, 평생을 거기에 투자할 만한 것인지를 말이다.

당신의 인생에 열정이 필요할 때 체 게바라 평전(장 코르미에 지음)
세계적인 전기 작가 장 코르미에가 10년 동안 자료를 모아 써낸 체 게바라의 일대기는 젊은 날 의학도로서 질병의 치료보다는 세계의 모순을 치료하는 것을 우선으로 삼은 한 혁명가의 삶을 그리고 있다. 미남에 무엇 하나 남부러울 것 없는 인물이 혁명에 가담하면서 겪는 드라마틱하고 열정적인 삶은 커다란 흥미와 관심을 불러일으킨다. 삶이 무기력하게 느껴지고 무언가 새로운 것을 찾던 20대에게 체 게바라는 가장 성숙한 인간이자 새로운 우상으로 다가와 무미건조했던 젊은이들의 삶에 무한한 열정을 불러일으키기도 했다.

나를 응원해주는 누군가가 필요할 때 **그러니까 당신도 살아(오히라 미쓰요 지음)**
어른이 된다함은 세상은 늘 아름답고 행복한 곳만은 아님을 알아가
는 과정일지도 모른다. 그래서 우리는 때때로 생을 포기하고 싶을
정도로 절망적인 순간을 접하기도 한다. 그런 우리에게 『그러니까
당신도 살아』의 저자는 당신보다 더 괴로운 삶을 살아온 자신의 이
야기를 들려준다. 왕따, 야쿠자 두목의 부인, 호스티스, 그리고 사법
고시 합격. 오히라 미쓰요는 희망을 찾지 못해 죽음을 선택하려는
사람들에게 "나를 봐. 그러니까 당신도 살아!"라고 말한다. "죽을
용기가 있으면 살지……"라는 말은 누구나 쉽게 할 수 있다. 그러나
그런 상황을 극복하고 난 뒤에 "그러니까 당신도 살아"라고 한다면
그 말에는 귀기울일 필요가 있지 않을까.

내가 가진 환경이 답답할 때 **학문의 즐거움(히로나카 헤이스케 지음)**
뒤늦게 학문의 즐거움을 깨달아 인생에도 도통해버렸다는 늦깎이
수학자 히로나카 헤이스케의 인생 이야기. 끈기 하나로 이뤄온 주인
공의 노력과 인생이 존경스럽다. 인생은 한 번의 배팅으로 얻는 결
과가 아니라 성실로 짠 퀼트 작품과도 같다는 것을 알려주는 책이
다. 우리는 새로운 무엇인가를 시작할 때 너무 늦은 것은 아닌지 걱
정하고 결국 내가 원하는 것이 아닌 사회가 요구하는 것으로 방향을
전환한다. 근성이란 무엇인지, 묵묵히 자신의 길을 가는 데 도움이
되는 지침서다.

세상의 열정을 확인하고 싶을 때 **작은 별 통신(나라 요시토모 글·그림)**

쭉 찢어진 눈에 당돌하고 반항적으로 생긴 계집아이. 대체 왜 이런 그림에 열광하는지를 도무지 알 수 없어서 읽었는데, 읽은 만큼의 이해와 애정을 갖게 되었다. 재능을 살릴 줄 아는 열정과 도전. 이 두 단어는 마흔 살이 넘은 그에게 여전히 어울린다. 학비를 다 쏟아부어 홀로 여행할 수 있는 용기와, 단점보다는 장점을 보는 낙천적인 사고 덕분에 그의 그림이 생명력을 얻게 되지 않았을까. 재능만 믿고 아무 노력도 하지 않는다면 더이상의 발전은 없다는, 변하지 않는 진실을 깨닫게 해준다.

30대에 꼭 읽어야 할 자서전

내가 무능하다 느껴질 때 청춘 표류(다치바나 다카시 지음)

많이 배우지는 못했어도 우연히 접한 카메라에 반해 죽기 살기로 동물 사진을 찍는 사진작가, 일류 대학을 나왔지만 죽어도 넥타이는 매지 않겠다며 숲속 오두막에서 매 사냥을 하며 사는 수할치, 웨이터로 일하며 하루하루를 살다가 와인에 빠져 파리로 무작정 날아간 소믈리에, 정육점에서 최고로 고기를 잘 써는 공장장 등 개성이 넘치는 열혈 청춘들을 만나보면 이 땅의 청춘들이 잃어버렸던 패기, 당당함을 다시 찾을 수 있다. 평준화되기 어려운 보통 사람들의 삶을 밀도 있게 그려낸 에세이다. '부끄러움 없는 청춘, 실패 없는 청춘은 청춘이 아니다.'

주저앉고 싶을 때 스콧 니어링 자서전(스콧 니어링 지음)

그는 줄기차게 싸웠다. 최후의 순간까지 그는 비정한 산업주의 체제와 서양 문명의 야만성을 철저히 거부하며 쉬지 않고 저항했다. 하지만 그는 급진주의자이기 전에 분명 평화주의자였고 이 시대의 선각자임에 틀림이 없다. 스콧 니어링의 자서전은 다분히 정치적인 내용을 근간으로 하고 있지만 인간적인 면모가 너무도 충실하게 표현된 책이다. 책 속에 담긴 그의 좌우명과 단호한 결의가 드러난 유서만 보더라도 좀더 완벽한 인간으로 성장하는 과정인 30대에 기억해

둘 가치가 있는 내용을 담고 있다.

삶이 답답하고 어지러울 때 스스로 깨어난 자 붓다(카렌 암스트롱 지음)

역사상 가장 영향력 있는 인물 중 하나인 붓다의 삶과 철학이 소개
되어 있다. 붓다는 한 인간으로서 삶의 괴로움을 이겨내고 인간의
편협함과 이기주의를 넘어서 절대가치를 발견한 인물이다. 종교적
인물로서의 붓다가 아닌 한 평범한 인간으로서 그가 가진 철학과 가
치관은 오늘날 많은 번뇌와 고통을 안고 살아가는 우리들에게 스스
로 깨어나는 삶의 지혜를 알려준다.

내 마음대로 되는 것이 없다고 느낄 때 그 섬에 내가 있었네(김영갑 지음)

사진 하나에 영혼과 열정을 바쳤건만 어느 순간 셔터를 눌러야 할
손이 떨리기 시작하고 허리에 통증이 왔다. 그리고 김영갑은 루게릭
병이라는 사형선고를 받는다. 죽기 전 그는 퇴화하는 근육을 놀리지
않기 위해 폐교된 초등학교에 갤러리를 만든다. 우리는 건강함에도
불구하고 좌절하고 포기하고 싶을 때가 너무 많다. 그의 삶에 대한
애착과 열정이 너무 아름답다. 30대가 되면 승진이나 인간관계에
있어서 어려움이 커질 시기다. 포기하고 싶은 생각이 들 때, 그의 삶
의 열정을 들추어보자. 뿌리가 다른 고민이다.

미술관을
연인처럼
공략하라

예술은
사람의 마음으로부터
일상 생활의 먼지를
털어준다.
파블로 피카소

해외여행을 가면 반드시 들르게 되는 미술관. 그러나 그림을 어떻게 봐야 할

지 궁금하다. 한정된 시간 내에 좋은 작품들을 보고 싶은 마음은 간절하나

어찌 봐야 보다 효율적으로 볼 수 있는 걸까? 미술 평론가들에게서 힌트를

얻은 명화 감상의 지름길.

고대 로마 시인 호라티우스는 시와 미술을 비교하면서 이렇게 말했다. "어떤 작품은 혼자 보아야 좋고 또 어떤 작품은 여럿이 함께 보아야 좋다. 밝은 곳이 어울리는 작품이 있는가 하면 어두운 곳에서 보아야 제격인 작품도 있다. 한 번 보아서 좋은 작품도 있지만, 여러 차례 보아야 제 맛이 나는 작품도 있다." 호라티우스는 작품마다 감상법이 달라야 한다고 우리에게 충고한다. 가령 17세기 네덜란드 화가 베르메르의 그림 〈편지 읽는 여인〉은 혼자서 어두운 곳에서 여러 차례 보아야 제 맛을 느낄 수 있는 작품이다. 한편, 피카소의 〈게르니카〉 앞에 서면 마치 시각적 공습을 당하는 듯한 강렬한 체험 때문에 두 번 다시 쳐다보지 않아도 머릿속에 남는다. 이렇게 작품마다 감상법이 달라야하는 이유는 미술작품이 그것이 만들어진 시대와 정신을 담고 있기 때문이다.

그러나 각기 다른 개성을 지닌 미술작품이라도 그들에게 좀더 가깝게 다가가기 위한 첫걸음의 법칙은 있을 터. 미술 평론가 노성두는 초보자들이라면 미술관을 연인처럼 공략하라고 충고한다. 그가 들려주는, 예술의 미로에서 길을 잃지 않고 미술관을 연인처럼 공략하는 비법은 다음과 같다.

01 어느 정도 사전 지식은 갖고 가라

가고 싶은 미술관, 보고 싶은 작품을 미리 정해둔다. 미술작품은 아무도 몰래 숨겨둔 연인과 같다. 아름다운 연인이 나를 기다리고 있다고 생각하면 얼마나 짜릿한가. 연애편지를 쓰는 심정으로 작품에 접근하자.

02 미술작품만 보러 가지 마라

꼭 미술작품만 감상할 필요는 없다. 미술관에 들어가기 전, 미술관 전경과 안뜰, 미술관 바깥의 거리 풍경들을 디카에 부지런히 담는다. 미술관 카페테리아에 길게 줄을 선 사람들도 좋은 소재가 된다.

전시장에 들어가기 전에 미술관 안의 기념품점을 먼저 둘러보는 것도 좋은 방법. 이곳의 가장 중요한 전시품이 어떤 것인지, 어떤 기념품이 있는지 살펴본다. 그림엽서를 구입해도 좋다. 연인이 소중하다면 연인과의 추억도 함께 간직하도록.

03 전시장 분위기를 파악하라

미술작품들은 아무렇게나 걸려 있는 것이 아니다. 상설 전시 또는 기획 전시에서 가장 심혈을 기울이는 것이 작품을 배치하는 일이다. 나란히 걸린 작품들은 반드시 내적 연관성을 가지고 있다. 전시장을 둘러보는 동안 그들 사이의 관계를 파악하자.

미술관 안에서 나만의 연인에게 유난히 눈길을 주는 관람객이 있

다면 말을 걸어보아도 좋다. 미술을 사랑하는 사람 가운데 사기꾼
은 별로 없으니 안심해도 좋다. 그 사람으로부터 배워 들은 지식을
밑천 삼아 다른 사람들에게 자랑할 수도 있으니 일석이조다.

04 미술작품의 성장 과정을 들추어보라

당신의 연인도 처음에는 갓난아이였을 것이다. 어린 시절을 어떻게
보냈는지, 사춘기의 반항은 없었는지, 연인에 관한 시시콜콜한 모든
것이 궁금해진다.

미술작품 가운데 처음부터 미술관에 걸릴 목적으로 그려진 것은
거의 없다. 인문학자의 서재에, 추기경의 기도실에, 초상화 수집가
의 회랑에, 광장의 그늘진 벽면에 있던 것을 있는 대로 모은 것이다.
작품이 탄생하고 수백 년 동안 소유주를 바꾸어가면서 겪었던 수많
은 시선들을 함께 떠올리는 동안 당신의 궁금증이 하나씩 해소된다.

05 미술관에서도 지켜야 할 매너가 있다

모든 일에는 순서가 있다. 겉옷을 입고 나서 속옷을 입는 사람은 마
돈나밖에 없다. 변치 않는 호감을 가지고 때로는 터프하게 때로는
부드럽게 접근한다면 연인은 어느새 마음을 활짝 열어 보일 것이다.
미술의 얼어붙은 혀를 풀어주는 것은 바로 당신의 매너다. 연인의

눈앞에서 하품을 하거나 따분한 기색을 보이는 것은 큰 실례다. 또 무엇보다 시간에 쫓겨서는 안 된다. 미술관 관람은 1시간이면 충분하다고 말하는 사람도 있다. 그러나 시간을 아끼다가 뒤늦게 연인의 마음을 놓치고 후회하기 십상이다.

미술작품에 손을 대서는 안 된다는 것은 누구나 아는 상식이다. 섣부른 스킨십은 금물이다. 물론 야외 조형물 가운데에는 손으로 만져도 되는 것들이 더러 있다. 그렇다고 가까이 다가가지 말라는 뜻은 아니다. 아니, 가까울수록 더 좋다. 요모조모 뜯어보고 사랑하는 연인의 숨은 매력을 찾아내는 것은 당신만의 특권이다.

06 돈을 쓰는 것도 센스다

사랑하는 마음만 가지고는 부족하다. 고백으로도 모자란다. 연인에게는 아낌없는 투자가 필요하다. 미술관을 관람하고 나면 반드시 도록을 산다. 미술관 도록은 단순한 화집이 아니라 그 속에는 수준 높은 읽을거리들이 실려 있다. 당신의 연인에게 걸맞은 교양을 갖추고 싶다면 꼭 구입하는 것이 좋다.

"우리가 살면서 꼭 알아야 할 것은 아무도 가르쳐주지 않는다." 오스카 와일드의 말이다. 그러나 인생을 살면서 모든 것을 알 필요는 없다. 삶의 건조한 피부를 적실 한두 방울의 지혜면 충분하지 않을까? 삶의 지혜를 굳이 히말라야의 밤하늘이나 이집트의 사막에서 찾을 필요는 없다. 찾으려고만 한다면 우리 주변에서도 눈부신 감동들이 얼마든지 존재한다. 훌쩍 떠난 여행지에서든 지금 살고 있는 이곳에서든 햇살 가득한 오후의 미술관에서 그 눈부신 감동의 순간을 만끽해보는 것은 어떨까.

인생을 바꾸는
여행을 떠나라

때로 큰 생각은 큰 광경을
요구하고, 새로운 생각은
새로운 장소를 요구한다.
_알랭 드 보통

러시아의 영화감독 안드레이 타르코프스키는 일찍이 말했다. "일단 이 길을

선택했으므로 나는 이 길을 갈 수밖에 없다." 그러나 인생을 살다 보면 종종

의문이 든다. 이 길이 진짜 내 길이 맞을까. 그럴 때 우리는 지금까지의 삶을

여행 가방 안에 차곡차곡 챙겨놓고 짧은 궤도 이탈을 감행하곤 한다. 이미

누군가는 그 여행길에서 인생 2막의 표지판을 찾아냈다. 체 게바라, 하루키,

한비야가 그랬다. 지금 당신에게 인생을 바꾸고 싶은 간절한 소망이 있다면,

그들의 이야기에 주목해보자.

혁명가 체 게바라. 그가 가난하고 힘없는 사람들의 편에 서서 혁명을 꿈꾸게 된 발단은 23세 때 친구들과 함께 모터사이클을 타고 떠난 4개월간의 남미 대륙 횡단여행이었다. 안데스 산맥을 가로질러, 칠레 해안을 따라 사막을 건너는 만만찮은 여행은 처음부터 그리 쉽지 않았다. 그는 여행을 통해 정치적 이념 때문에 일자리를 잃은 사람들을 만나 현실의 불합리함을 알아갔고, 당시 의대생이었던 그는 나병을 전공하기 위해 남미 최대의 나환자촌 산파블로에 머물며 진심으로 인간과 소통하는 방법을 배웠다.

체 게바라에게 남미 대륙 횡단은 그 가치를 따질 수 없을 정도로 의미 있는 것이었다. 그는 여행을 마치고 이전의 삶으로 돌아갔지만, 그의 내부에는 불평등에 대한 분노와 지도자로서의 현명함이 싹트기 시작한다. "이번 여행은 내 생각 이상으로 많은 것을 변화시켰다. 난 더 이상 내가 아니다. 적어도 이전의 내 모습은 아니다."

우리는 여행을 위한 짐을 꾸리면서 어떤 운명의 예감에 휩싸인다. 그리고 그 예감은 비행기나 기차가 움직이기 시작하면서, 하나의 확신이 된다. 여행은 '기회'다. 기다리는 기회가 아닌 찾아나서는 기회. 그래서 여행은 종종 인생을 바꿔놓기도 한다.

무라카미 하루키의 유럽 생활 여행

1986년, 서른일곱의 무라카미 하루키는 빡빡한 원고 청탁과 강의에 지쳐 있었다. 이러다 아무 준비 없이 마흔을 맞아야 하나? 그는 막연한 두려움에 휩싸여 유럽행 비행기에 서둘러 올라탔다. 그리고 로마, 아테네, 스펫체스 섬, 미코노스, 시칠리아에서 '생활'하면서 3년을 보냈다.

하루키는 그 시간 동안 온전히 자신만을 위한 글쓰기에 몰두했고, 자연스러운 상황 속에서 두 편의 소설을 완성했다. 그중 한 편이 지금의 하루키를 만든, 하루키 신드롬의 근원지인 『상실의 시대』다. 하루키는 이 여행을 통해 작가로서의 전환점을 맞이했고, 치열하게 성장했다.

빌 게이츠의 아내, 멜린다의 아프리카 여행

마이크로소프트사의 공동 창업자이자 세계 최고의 부자인 빌 게이츠는 얼마 전 자선활동에 전념하기 위해서 일상적인 경영에서 물러날 것을 밝혔다. 그는 보건과 교육을 위해 자신과 아내가 함께 세운 '빌 앤드 멜린다 게이츠 재단' 일에 매진할 계획이라고 공식 선언했다.

"마이크로소프트의 성공과 더불어 나는 거대한 부라는 선물을 얻었다. 나는 이 거대한 부에는 막중한 책임이 따른다고 믿는다. 사회에 되돌려줘야 할 책임이 있고 건강과 교육 문제에 집중할 것이다."

빌 게이츠가 처음부터 기부 문화에 긍정적인 것은 아니었다. 하지만 1994년 지금의 아내인 멜린다와 결혼한 이후 그의 인생관은 많은 변화를 겪게 된다.

멜린다는 빌 게이츠와 결혼하기 전인 1993년에 아프리카 여행을 했다. 그녀는 거기서 가난에 고통받고, 한창 아름다울 나이에 신발 한 켤레 사서 신지 못하는 아프리카의 여인들을 보고 정신적인 충격을 받았다. 그녀는 충격을 받는 것에 그치지 않고, 그들을 돕고자 하는 신념을 현실로 만들었다. 2000년에는 남편을 설득해 저개발 국가들의 질병 퇴치와 빈민 구호를 위한 '빌 앤드 멜린다 게이츠 재단'을 설립했고, 어려운 이들을 위한 각종 장학 프로그램을 만들어 '자선의 여왕'이 되었다.

홍은택의 78일간의 미 대륙 자전거 횡단

워싱턴 특파원, 이라크전 종군기자로 활동하던 홍은택은 마흔을 넘긴 나이에 자전거로 미 대륙을 횡단하는 데 성공했다.

"마흔이 넘은 나이에 철저히 나를 느껴보고 싶어서 앞으로 해야 할 일이 아니라 하고 싶은 일을 하고 싶어서 자전거 여행을 선택했다."

그는 석사학위 졸업장을 받을 때 이런 생각을 했다고 한다. 이때까지 한번도 놀아본 적이 없다는 것. 대학을 마치고 군대 가고, 군대 제대하고 입사하고, 입사하고 14년 동안 일한 뒤에 유학을 했고, 유학을 하면서 프로듀서 일도 겸했다고 한다. "그래서 이제 일을 그만하고 한번 놀아보자. 그런데 어떻게 놀까 하고 생각하다 예전 책 쓸 때 자전거를 타고 록키 산맥을 오르던 사람들이 생각났다." 그는 78일간의 여행으로 새로운 자신을 만났다.

완전히 혼자가 되는 경험. 여행히는 동안 자전거는 열 개 주를 건 넜고, 대륙 분기선을 열네 번 통과했고, 페달은 150만 번쯤 돌렸고, 열한 번의 펑크가 났다고 한다. 자신감을 안고 돌아온 그는, 백수 상태로 여행을 떠났지만 지금은 오마이뉴스 인터네셔널의 편집국장으로 일하고 있으며, 자전거로 출퇴근을 하고 있다.

한비야의 65개국 오지 탐험 여행

요즘 젊은 여성들이 가장 닮고 싶어하는 사람으로 늘 다섯 손가락 안에 꼽히는 한비야의 명성은 그녀가 서른다섯에 잘 다니던 직장을 그만두고 훌쩍 떠난 6년간의 오지여행에서 시작되었다. '바람의 딸'은 세계 각국을 직접 발로 확인하듯 걸어서 세 바퀴 반을 돌았다. 라이따이한을 만났고, 아편을 피우는 아저씨, 돈과 먹을 것이 없어 울부짖는 아이들을 만났다. 섹시한 탱고를 추는 벼룩시장 무용수와 '누나, 콘돔 있어?' 하는 말라위 소년을 만났으며, 칠겹살의 시리아 여인의 알몸을 사우나에서 목격했다. 그녀는 책상 앞에 앉아서는 결코 만날 수 없는 사람들을 만났고, 기가 막힌 사건에도 휘말려보고, 씩씩하게 해결하기도 했다.

오지를 여행하며 그녀가 얻은 것은 바람 같은 자유로움이었다. 현재 월드비전 긴급구호팀장으로 일하고 있는 그녀. 늦게 시작한 대담한 여행을 실천으로 옮기지 않았다면, 지금쯤 그녀는 그저 마흔아홉 중년의 여인으로 살아가고 있지 않았을까.

빨래를 하기 위해 잠시 바르셀로나에 들렀다.

그리고 쓰러졌다.

한 템포
쉬어가는
일상의 행복함

" 부지런함이 삶의 미덕이라 생각했고, 무엇보다도
행복하게 살고 싶었다. 그런데 행복은 내가 떠나온
그 자리에 있던 방식 그대로 바르셀로나에도 존재
하더라. "

오 영 욱 본명보다 오기사로 더 유명하다. 대학에서 건축을 전공하고, 졸업 후 건
설 역군으로 일하면서 해외 도피 자금을 모았다. 잘 다니던 회사를 때려치우고 불쑥 떠남을 결정했고
그렇게 행복을 찾아 떠난 바르셀로나에서의 체류생활을 독특한 느낌의 글과 일러스트로 『오기사, 행
복을 찾아 바르셀로나로 떠나다』라는 한 권의 책에 담아냈다. 네이버 블로그 '행복한 오기사'
blog.naver.com/nifilwag'를 통해 감각적인 글쓰기와 그리기를 선보이고 있다.

2004년 여름, 나는 유럽 여행 중이었다. 회사를 그만두고 조금 호흡이 긴 여행을 하고자 한국을 떠난 지 1년 3개월째. 북미, 중미, 남미를 거쳐 아프리카 남부를 찍은 다음 유럽의 몇몇 나라를 떠돌고 있었다. 당시 열다섯 달에 걸친 세계여행을 계기로 좀더 유동적인 '집'의 가능성을 찾은 나는 막연하게나마 '살아보는 여행'을 꿈꾸고 있었다. 어차피 언젠가는 떠날 운명이지만, 그렇다고 단지 스쳐 지나가는 것도 아닌 그런 여행…….

바르셀로나의 이방인으로 살아보겠다고 마음먹은 건 무척이나 즉흥적인 선택이었다. 지도위를 정처 없이 방랑하다가 큰 기대 없이 문득 발을 디뎠던 곳, 바르셀로나. 바르셀로나에 도착한 지 스물네 시간이 채 지나지 않아 이곳에서 좀더 오래 머물고 싶다는 생각이 나의 모든 사고활동을 정지시켜버렸다. 아직도 누가 이유를 물어보면 선뜻 대답을 하지 못한다. 아마 '피'가 끌렸나 보다. 나는 다시 바르셀로나로 돌아오겠다는 결심을 하고 한국으로 돌아와 새로운 여행을 위한 짐을 꾸리기 시작했다.

아직도 눈이 내리던 마드리드 공항의 밤이 기억에 생생하다. 2월의 스페인은 제법 추웠는데 내륙 고원에 위치한 마드리드는 더욱 그랬다. 바르셀로나로 향하는 비행편을 기다리며 이국의 밤공기 아래 담배 한 개비를 연소시켰다. 공항 건물의 조명을 받으며 내리는 눈발 사이로 담배 연기는 한국에 두고 온 추억처럼 흩어지고 있었다.

세기의 건축가 가우디의 작품들을 볼 수 있고, 건축과 도시 환경이 발전되

이 돌도 모건
DREAM ISLAND HOTEL

SANTOPIN

어 있는 바르셀로나에서 살아본다는 것 자체가 구미가 당기는 일이었다. '좋은' 공간에 살며 내 오감을 그 공간에 맞춰 살고 싶었다. 공간을 디자인할 사람이 아파트 숲에서만 살아왔다는 것은 어쩐지 무엇인가 좀 결핍되어 있다는 느낌이 들었던 것이다.

　바르셀로나에서의 하루는 여유로웠다. 하루 네 시간의 어학원 일정(그것마저도 3분의 1을 빠졌던)만 제외하면 나머지는 자유 시간이었다. 틈만 나면 도시를 천천히 걸어다녔고, 열 군데 정도의 단골집을 만들 때까지 도시 곳곳의 카페들을 들어가봤다. 가끔씩 스케치북을 들고 나가 도시의 풍경을 그리기도 했다.

　그렇게 일 년이 지나고, 체류 비자의 유효 기간이 끝나가고 있었다. 겨울의 문턱에 서서 나는 '이제 시간이 다 됐으니 이젠 한국으로 돌아

가야겠지'라고 막연히 생각하고 있었다. 그러던 어느 날 집 근처 폼페우 파브라 대학 부속 디자인스쿨인 엘리사바에 공간 디자인에 대한 일 년짜리 마스터 과정이 있다는 이야기를 얼핏 듣게 되었다. '바르셀로나에서 두번째 여름을 맞이해보는 거야.' 즉흥적으로 '떠남'이 아닌 '머물기'를 선택한 나는 당장 디자인스쿨에 대한 정보를 찾고 마스터 과정 지원에 필요한 서류 등을 준비했다. 별로 나아지지 않은 스페인어로 에세이까지 작성한 후 지원서를 접수했고 한 달 후 합격 통지를 받았다. 그렇게 나의 바르셀로나 생활은 연장되었다.

오기사, 바르셀로나에서 행복을 찾다

부지런함이 삶의 미덕이라고 생각했고, 무엇보다도 행복하게 살고 싶었다. 그런데 행복은 내가 떠나온 그 자리에 있던 방식 그대로 바르셀로나에도 존재하더라.

●푸른 지중해 바닷가

집에서 느릿느릿 20분쯤 걸어가면 푸른 지중해 바닷가에 이르게 된다. 오랜 친구와 함께 하는 바다는 여유롭고 새로운 친구와 함께하는 바다는 설렌다.

●나만의 아지트

라발Raval 지구는 어둠을 좋아하는 고독한 영혼들에게 안식처가 되어준다. 컴컴한 골목 사이에서 보석처럼 빛나는 장소들의 유혹에 슬쩍 넘어가주거나 한가한 늦은 오후 레트라페릿 북카페를 찾는 것도 나쁘지 않다.

●남유럽식 커피 한 잔

설탕이 듬뿍 들어간 커피 한 잔이 모든 것을 해결해주는 것은 아니지만, 그 검은 액체가 입술에 닿는 순간만큼은 인생의 피곤함도 그나마 잠시 잊을 수 있다. 비 오는 날, 비릿한 비 냄새와도 어울린다.

싱글 예찬

ⓒ 2007 싱글즈 편집부

초판인쇄   2007년 10월 1일
초판발행   2007년 10월 8일

지은이   싱글즈 편집부
펴낸이   김정순
책임편집   이은정
교정교열   엄정원
펴낸곳   (주)북하우스
출판등록   1997년 9월 23일 제406-2003-055호

주소   413-756 경기도 파주시 교하읍 문발리 파주출판도시 513-8
전자메일   editor@bookhouse.co.kr
홈페이지   www.bookhouse.co.kr
블로그   blog.naver.com/bookhouse1
전화번호   031-955-2555
팩스   031-955-3555

ISBN   978-89-5605-205-2 03810

이 도서의 국립중앙도서관 출판도서목록(CIP)은 e-CIP 홈페이지(http://www.nl.go.kr/cip.php)에서
이용하실 수 있습니다. (CIP제어번호 : CIP2007002990)

판타스틱
싱글 독립백서

싱글즈 편집부 지음　싱글 예찬 별책부록

북하우스

03 싱글, 살림의 달인이 되다
싱글 살림의 중심

04 혼자서도 365일 인생이 즐겁다!
싱글들의 신나는 6대 놀이터

나는 내가 책임진다!

싱글 독립 만세

에디터 K, 독립하다

독립 전에 냉정히 체크해봐야 할 것

나에게 딱 맞는 독립공간은 어디일까?

이사 가는 날, 집주인과의 트러블에서 이기는 법률 상식

일러스트 최윤미

독립을 꿈꾸거나 독립 직전의 싱글들을 위한 조언

에디터 K, 독립하다

'혼자 살고 싶어'를 입버릇처럼 되뇌던 스물일곱의 겨울에 감행한 독립. 집 나가면 고생이라더니 그 말이 꼭 맞았다. 그러나 후회는 없다. 독립을 결심한 그 순간부터 독립 40일차까지, 내가 느끼고 겪고 알게 된 모든 것을 이곳에 모았다.

TEST 당신은 독립에 성공할 타입일까?

자신과 일치하는 것에 체크하시오.

☐ 집에 혼자 있어도 아무렇지 않게 하루를 보낸 적이 많다.

☐ 혼자 식당에 들어가서 밥 먹는 것이 아무렇지 않다.

☐ 부모님과 일상에서 있었던 일을 자주 이야기한다.

☐ 육체 노동과 관련된 아르바이트를 해본 적이 있다.

☐ 지금 나의 직업에 60퍼센트 이상 만족한다.

☐ 혼자 여행을 떠나본 적이 있다.

☐ 뭐든 했다 하면 중간은 갔던 것 같다.

☐ 결혼하지 않아도 행복할 수 있다고 생각한다.

☐ 잘 울지 않는 편이다.

☐ 목소리가 너무 큰 사람은 신뢰할 수 없다고 느낀다.

진단 방법 Yes라고 답한 것이 8~10개라면 A타입, 5~7개라면 B타입, 5개 미만이라면 C타입.

A타입 독립적인 마인드가 충분한 당신. 이미 독립적인 마인드와 자세로 쭉 살아왔기 때문에 독립생활에서 맞닥뜨리게 될 여러 가지 문제들을 능히 헤쳐 나갈 수 있을 것이다. 최소한 외로워서 힘들지는 않는 타입의 성격. 하지만 독립생활이 그저 의지나 성격만으로 유지할 수 있는 것은 아니라는 점만 기억하자. 요리법이나 청소법 등을 많이 익혀두면 도움 된다.

B타입 그럭저럭 독립적인 성향이 꽤 있지만 결정적인 상황이 닥쳤을 때 흔들릴 수 있는 타입. 힘들거나 외로울 때 당신의 곁에서 힘이 되어줄 한 사람만 존재한다면 당신의 독립생활은 성공적일 것으로 기대된다. 대신 물리적으로, 경제적으로 준비가 된 상황에서만 독립을 시도하는 것이 현명하다.

C타입 아무리 독립을 염원해왔다 하더라도 지금의 당신에게는 무리. 설사 독립을 한다고 해도 곧 눈물 흘리며 본가로 돌아가기 쉬우니 성공적인 독립 생활을 위해선 독립심부터 기르도록.

D-30 독립할까 vs 말까

쾌적하고 세련되었으며, 아무에게도 방해 받지 않는 공간에서 딱 1년만 살아보고 싶었다. 남들 하는 대로 따라 살다가 문득 뒤돌아보니 얼마 남지 않은 나의 20대. 그런 내게 추억 하나 제대로 만들어주고 싶었다. 1시간 반 가까이 걸리는 출퇴근 시간은 너무나 아깝고, 귀가가 늦어지기라 도 하는 날이면 살금살금 도둑고양이처럼 굴어야 하는 것도 이젠 지쳤다. 돈은 좀 깨지겠지만, 조금 용감해져보는 것도 나쁘지는 않으니까.

Mini Survey

독립해서 잘살고 있는 여자들의 '독립하면 이것이 좋다'
● 예상과는 달리 자기 관리에 더 엄격해지게 되었다.
● 시간에 구애 받지 않고 인맥을 확장시킬 수 있는 계기가 되었다.
● 남자친구와의 데이트 비용이 확실히 절약된다.
● 부모님과의 관계가 오히려 애틋해졌다.

독립에 실패한 여자들의 '독립하면 이것이 나쁘다'
● 집안일 하느라고 정작 해야 할 일을 못하게 되었다.
  밀린 빨래 때문에 피트니스 클럽을 못 가게 되는 상황처럼 말이다.
● 친구들의 아지트가 되어버린 내 집, 독립하기 전보다 나만의 시간이 더 줄어버렸다.
● 독립한 이후로는 쭉 집에서만 데이트해서 지겹다.
● 외로움을 잘 타는 성격이라 우울증에 빠졌다.
● 끼니를 안 챙겨 먹어서 순식간에 건강을 해쳤다.

D-15 독립 터전 고르기

K diary

집을 나가 살고 싶단 생각이 들 때마다 들어가보았던 했던 원룸 검색 사이트(oneroom.com)에 들어가 본격적으로 살 만한 집을 고르기 시작했다. 회사와 가깝지는 않지만 걸어서 5분 이내에 지하철역이 세 곳이나 있고 전망도 뛰어난 용산구의 복층 오피스텔에 자꾸 맘이 끌린다. 집을 처음 보러 간 날 가계약을, 이틀 후 계약을 해 나의 독립 프로젝트는 일사천리로 진행되었다.

집 고를 때 이것만은 꼭 체크!

STEP1 집 보러 가기 전

지역 선택 직장까지 한번에 가는 버스나 지하철이 있는 곳이 최고의 후보지. 발품 팔 시간이 없다면 인터넷 부동산 사이트를 적극 활용할 것. 하지만 사이트에 올라온 내용과 실제 내용이 일치하지 않을 수도 있고, 부동산 관련 문제가 없는지 확인하기 전이므로 마음에 드는 집이라고 해서 계약금을 들고서 집을 보러 다니는 일이 없도록 한다. 또 너무 여러 곳을 다니면 결정이 어려우므로 두세 곳 내외로 후보를 좁히는 게 좋다.

주거 형태 선택 본가에서 독립해 나오는 경우라면 가전제품을 새로 장만할 필요가 없는 풀 옵션 원룸이 제격. 그러나 독립생활이 처음이 아니어서 살림살이가 많은 경우라면 풀 옵션이 오히려 불리하다.

STEP2 집 보러 가서

집 안에서 체크할 것 낮 시간에 연장자를 대동하고 가는 것은 상식. 낮이라야 채광, 내부 구조 등을 꼼꼼하게 체크할 수 있고, 혼자 갈 경우 중개업소에서 집값이나 중개 수수료를 터무니없이 요구할 수 있기 때문이다. 환기, 소음도, 집의 방향, 천장의 청결도(창가나 벽, 장판 밑에 곰팡이가 있는 집은 절대 금물)를 비롯해 온수는 잘 나오는지 체크하자. 특히 소음도를 정확히 체크하려면 주로 집에서 지내는 시간대에 한번 더 들러보도록.

집 밖에서 체크할 것 '지하철에서 5분'이라고 표시되어 있다면 걸어서 5분인지, 버스로 5분인지 주변 교통을 확실히 체크할 것. 식료품점이나 슈퍼가 가까이에 있는지도 꼭 확인해본다. 늦은 밤에도 한

번 가보아 주변 환경을 살펴보아야 한다.

D-1 이사하기

K diary

풀 옵션 원룸이라 가져갈 것은 침구, 옷, 책과 CD, 간단한 가전제품이 전부. 포장이사를 하거나 용달차를 부르기엔 너무 약소한 짐이다. 퇴근 후 승용차 두 대에 짐을 나눠 싣고 손수 이사를 했다. 짐을 풀고, 중국 음식도 시켜 먹고, 청소를 마치니 이미 새벽 두 시다. 그토록 원했던 독립이었는데, 공기마저 낯설어 늦게까지 뒤척이다 잠이 들었다.

이사, 어떻게 하면 좋지?

짐을 손수 싼 후 승용차를 이용해 직접 나르는 법 큰 짐이 없고 이사할 곳이 지리적으로 너무 멀지 않다면 승용차 두어 대로 이사하는 것이 경제적이다. 친구나 가족의 도움이 필요 **장점** 가장 저렴하다. **단점** 생각보다 고생스럽다.

이삿짐 트럭만 이용하는 법 짐이 많지 않고 짐을 손수 꾸릴 시간이 있다면 추천할 만하다. 큰 짐의 경우 트럭기사가 운반을 도와주긴 하나 트럭만 필요한 것인지 도와줄 사람도 필요한 것인지 확실히 정하는 것이 좋다. 시내에서 움직이는 경우 트럭 비용만 4만원~7만원 선. **장점** 짐이 많지 않은 경우 경제적으로 이사할 수 있다. **단점** 포장이사 업체만큼 친절한 서비스를 기대할 순 없다.

포장이사 업체를 이용하는 법 손 하나 까딱하지 않고도 이사할 수 있는 포장이사. 그릇 하나까지 일일이 포장하므로 시간과 노력을 절약할 수 있지만 비용면에서 부담이 크다. 10여 평 정도의 원룸에 들어갈 짐을 기준으로 약 40여만 원. 손 없는 날, 주말이라면 비용이 추가된다. 성수기라면 한 달 전쯤 예약은 필수, 무료 방문 견적이 가능하므로 부담 없이 받아볼 것. **장점** 신경 쓸 것이 없다. 친절하고 안심할 만하다. **단점** 비용이 만만치 않게 든다.

새집 증후군에서 벗어나기

상쾌한 기분으로 새집으로 이사한 첫날. 코를 찌르는 고약한 냄새와 눈을 자극하는 매운 공기가 위협한다. 마트에만 가도 구할 수 있는 재료들로 새집 증후군에서 벗어나기.

Best 숯 나쁜 공기를 숯 안쪽의 구멍들이 흡착한다. 한 달에 한두 번은 흐르는 물에 씻은 후 말려 사용하는 것이 효과적. 1평당 2kg 정도의 숯을 두어야 효과를 볼 수 있다.

Good 쑥 소독 작용과 항균 작용이 뛰어나다. 그릇에 한 움큼의 쑥을 올린 다음 불을 붙인 뒤 20분간 쑥을 태우면 유해 물질이 날아간다.

So So 양파 양파를 2등분하여 구석구석에 놓으면 새집 냄새를 중화시켜준다. 크기가 작기 때문에 방 전체까지 효과를 볼 순 없다.

So So 녹차 티백 우려내고 남은 녹차 티백을 버리지 말고 종이컵에 담아 냄새가 날 만한 구석구석에 두면 유해한 공기를 흡입한다.

📦 포장이사 이용, 이것을 알아두자

신뢰성 있는 업체를 이용할 것 피해보상이행 보증보험 가입액이 5천만 원 이상인 곳.

방문 견적은 필수 세 곳 정도의 업체에서 견적을 받아보고 비교해볼 것.

귀중품은 손수 운반 귀중품이 분실될 경우 사후 처리가 복잡해진다.

물품 파손시 대처법 현장에서 피해 사실에 대한 확인서를 받아두는 것은 필수. 디지털카메라로 촬영해두는 것도 좋은 증거가 된다.

10 days later 막상 혼자 살아보니

K diary

아무에게도 방해 받지 않는다는 건 아무와도 대화하지 않는 것과 동의어. 새로 주어진 자유의 크기만큼 외로움이 커졌기 때문일까? 괜한 일을 저지른 건 아닌지, 이러다 얼마 못 가 독립을 포기하는 건 아닌지 걱정이 태산이다. 게다가 회사 동료 N의 집에 도둑 든 이야기까지. 그래도 일단 두 달만 버텨보자. 대학 때부터 자취를 해온 친구의 이야기를 들으며 마음을 다잡아본다. 지금 본가로 들어간다면, 나중에 독립의 '독' 자도 못 꺼낼 테니까.

혼자 살면서 깨달은 진실

이상한 소리의 출몰 분명 집엔 나밖에 없는데 어디선가 이유를 알 수 없는 소리가 불규칙적으로 들리는 일이 잦아진다. 가족과 함께 살 때는 무심하게 흘려보낼 수 있었던 소리도 겁이 난 탓에 민감해지는 거겠지만, 그 공포는 당해보지 않은 사람은 모른다. 도대체 어디서 나는 건지 알 수 없는 그 소리의 정체는 무엇일까? 혹시 내 귀에만 들리는 건 아닐까?

밥과 김치의 파워 이사하고 나서 처음 열흘 동안엔 집에 도착하면 도대체 무엇을 해야 할지, 어디에 앉아야 할지 몰랐다. 괜히 독립했나, 난 독립 체질이 아닌가, 이 집에 뭐라도 씌인 건 아닌가 한참 고민에 빠지게 되는 것도 당연했다. 하지만 며칠 후 본가에 들러 얻어온 김치와 양념불고기를 그릇에 담고, 햇반을 전자레인지에 돌려 처음으로 새집에서 밥을 해 먹던 저녁, 나는 깨달았다. 그 밍밍한 듯 구수한 밥냄새가, 엄마의 손맛이 배어 있던 신김치가 그동안 내 마음을 얼마나 편하게 해주었는지를. 그리고 집이 좀처럼 아늑하게 느껴지지 않았던 건 집에서 밥냄새가 나지 않았었기 때문이라는 걸 말이다. 그날 저녁 이후로 결심한 것은 바로 '밥을 해 먹자'는 것. 물만 잘 맞추면 밥 하는 것, 정말 쉽다. 잊지 말자, 독립필수품 1호는 작은 밥솥이다.

독립은 웬만하면 봄에 할 것 워낙 전망이 좋은 곳인데다 친한 친구가 근처에 살고 있어 무언가에 쫓기듯 급하게 계약한 것은 분명 실수였다. 단 며칠만 늦었어도 매물이 없을 거라는 부동산 중개업자의 말은 결국 현실이 되긴 했지만, 그렇다고 그 집만이 유일한 대안은 아니었으니 말이다. 서두르듯 마음의 준비도 제대로 하지 못하고 독립한 새집은 겨울에 춥기로 악명 높은 오피스텔. 주변에 높은 건물이 하나도 없어 전망이 좋은 것만 생각했지, 강풍이 사정없이 통유리를 내리칠 것이라고는 상상도 하지 못했다. 퇴근하고 돌아오면 외투를 벗지 못할 정도로 싸늘한 집, 보일러를 열심히 돌려 따뜻해지면 결국 난방비가 걱정되어 소심하게 온도를 낮추고 마는 악순환은 나의 첫 독립에 대한 뿌듯함을 반감시키고 말았다. 스스로 아주 강하다고 생각되지는 않는 예비 독립 싱글은 반드시 3월 이후 독립하기를.

14 days later 공과금 절약 아이디어

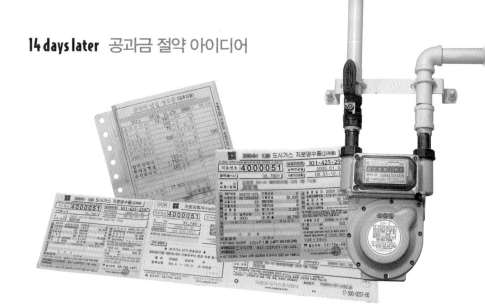

K diary

본가에서 살 때처럼 물을 막 흘려보내고, 가전제품은 켜두고, 난방은 한껏 올리는 식으로 한 달만 생활한다면 백발백중 피눈물을 흘리게 된다. 싱글이 선호하는 오피스텔의 경우 관리비는 관리비대로 많이 나오면서 아파트만큼 따뜻하지는 않아 속이 쓰리게 되므로 이런 점들은 각오하는 편이 좋다. 독립생활에는 자유만 있는 것이 아니다. 딱 그만큼의 책임이 요구된다는 것을 잊지 말자.

전기요금, 원리를 알면 답이 보인다

플러그를 빼두면 10퍼센트의 전력 소비를 막을 수 있고, 멀티탭 사용시 스위치를 오프 상태로 해두면 같은 효과를 볼 수 있다든지 하는 내용은 전기 절약의 기본. 하지만 전기세가 어떻게 산정되는지 알아둔다면 보다 똑똑하게 절약할 수 있는 길이 열린다.

한달 전기요금 = 제품의 1시간당 소비전력 × 제품을 사용한 날짜 × 제품을 사용한 시간

이를테면 난방이 제대로 되지 않아 새로 온풍기를 구입한다고 가정하자. 제품설명서에 나와 있는 소비전력이 900W이고, 20일 동안만 하루 2시간씩 사용한다면 이 온풍기가 소비할 전력은 900W×20×2h = 36000W = 36kWh가 된다(1kW는 1000W).

가정용 전기는 최초 50kWh까지는 1kWh당 33원씩 계산되므로, 36kWh×33원 = 1188원이 나온다. 즉 새 온풍기를 구입해서 한달 뒤 더 나올 것으로 기대되는 전기세는 1188원.

이런 식으로 제품 뒷면에 표기된 소비전력과 사용할 것으로 예상되는 한달간의 총 시간을 곱해 부과될 전기세를 계산하면 된다. 그러므로 항상 켜두어야 하는 냉장고를 제외하고는 반드시 플러그를 빼두고, 가급적 짧은 시간 동안 사용하고, 세게 틀지 않는 것이 절약 방법이다.

가전제품별 평균 소비전력 에어컨 1300W, 전자레인지 1200W, 전기난로 850W, 전기다리미 600W, 전기밥솥 500W, 헤어드라이어 100W, 세탁기 300W, 냉장고 300W, 선풍기 60W, 보온밥솥 50W, 텔레비전 80W

고수들의 에너지 절약 비법 BEST5

1 컴퓨터 모니터는 본체 다음으로 전력 소모가 많다.
  켜두면 45W, 스크린세이버 작동시 40W, 꺼두면 4W의 전력을 소모.
2 전기장판 아래 두꺼운 요를 깔아두면 보온 효과가 더 높아진다.
3 커튼만 잘 쳐도 방의 온도를 3℃ 정도 높일 수 있다.
4 TV는 화면을 어둡게 한 뒤 어두운 방에서 본다.
5 냉장고의 냉장실은 60퍼센트 이상 채우지 말되, 냉동실은 80퍼센트 가까이 채우는 것이 좋다.

40 days later 독립 그후

임차인은 억울해

임대차보호법, 부동산관리법? 몰라도 된다. 돈만 있으면 내 한 몸 누일 곳은 어디든 있다. 하지만 본인 소유의 집이 없는 입장에서 집을 구하다 보면, '참 세상은 돈 있는 사람 중심으로 돌아간다'는 생각이 수없이 든다. 실제로 이번 원룸을 알아보면서 알게 된 사실. 좀 싸다 싶은 매물이면 전입신고를 하지 않는 조건으로 입주해야 하는 경우였는데, 이유를 물어보니 세입자가 전입신고를 하고 들어올 경우, 임대인(집주인)이 국가로부터 받은 보조금 조의 수백만 원을 돌려줘야 한다는 것이었다. 하지만 전입신고를 하지 않은 세입자의 경우 만약 살고 있는 집이 경매에 넘어갈 경우 전세금을 돌려받을 수 없다는 것이 문제. 당장 싼 집을 얻으려다가 전세금을 날릴 수 있음을 잊지 말 것.

독립과 궁핍은 친구 사이?

보증금 1천만 원에 월세가 40만 원. 기본 관리비 8만 원에 각종 공과금을 합하면 55만 원은 훌쩍 넘어간다는 쉬운 계산을 왜 그땐 머릿속에 넣지 못했던 걸까? 독립에 대한 열망이 지나쳤던 나머지 '에잇, 돈 좀 풀지 뭐'라는 생각만 했지, 집에서 부모님과 살 때보다  정확히 얼마나 더 지출될 것인가에 대해서는 구체적으로 따져보지 못했음을 고백한다. 혼자만의 공간을 유지하기 위해 당분간은 예쁜 스니커즈도, 꼭 사고 싶었던 로모 카메라도, 해외 유명 DJ의 내한 파티도 포기해야 한다는 것은 슬프지만 감수해야 한다. 오피스텔은 평당 관리비가 5천 원선이고, 공과금은 별도다. 오피스텔 업무용 난방은 주거용 난방보다 1.5배가량 비싸다. 공과금 걱정에 괴롭다면 난방비 걱정 없는 봄에 독립하는 것이 좋다.

독립 40일, 나는 변했다

부끄러운 이야기지만, 나는 밥을 할 줄 모르는 스물일곱이었고, 세탁기를 돌려본 적도 없는 스물일곱이었다. 왜 만날 잡곡밥만 해 먹느냐고, 수건은 2단으로 개지 말고 3단으로 개달라고 엄마에게 투정 부릴 줄만 알았던 나였다. 그러나 독립생활 사흘째쯤 되던 날 알아버렸다. 딱딱하게 굳어버린 잡곡밥도 엄마의 사랑이었고, 엉성하게 개어져 침대 위에 개어져 있던 수건도 엄마의 정성이었다는 것을. 떠나오면 알게 된다. 내가 당연하다고 생각했던 많은 것들이 사실 당연한 것이 아니었다는 것을. 그 많은 것을 누릴 수 있게 해준 부모님의 존재 자체가 감사해야 할 부분이란 것을. 떠나온 지 40여 일, 나의 일상은 투쟁의 연속이다. 외로움과의 투쟁, 집안일과의 투쟁, 배고픔과의 투쟁, 돈과의 투쟁. 날 믿고 독립을 허락한 부모님에게 최소한 실망은 시켜드리지 않기 위해 일상에 열정을 보태고 또 보탠다. 320일 후, 그 낯익은 현관문 앞에 서서 이제 정말 어른이 되었다고, 철없어 못다 한 효도 이제부터 하겠다고 말하게 되는 그날까지.

독립 전에 냉정히 체크해봐야 할 것

1 매년 오르는 임대료를 마련할 수 있는가?

보통 1~2년을 기준으로 전세와 월세 계약을 하게 된다. 평수를 줄여 이사를 가거나, 월세로 바꾸지 않는 이상 올라가는 전세비 몫으로 1~2년짜리 단기 적금은 기본으로 들어야 한다. 그러지 않았다가는 재계약시 적금이나 장기 상품을 해약하는 사태가 벌어질 수도 있다.

2 자기 관리에 능숙한 편인가?

먹고 싶을 때 먹고, 자고 싶을 때 자고, 들어오고 싶을 때 들어오고, 야근하는 친구들은 내 집을 회사 근처 여관쯤으로 여기며 들락거리고, 부모님 눈치 안 보고 방 안에서 담배 피우고 술 마시고…… 독립 연차가 높아질수록 철저해지는 자기 관리는 독립 초기의 이런 방종함의 해악을 몸소 깨닫게 되기 때문이다. 유혹에 흔들리기 쉬운 사람이라면 독립보다는 가족의 통제 속에 생활하는 것이 장기적으로 자신의 삶에 유리할 수 있다.

3 강아지과가 아니라 고양이과인가?

강아지과의 사람보다는 고양이과의 사람이 독립 생활에는 더 적합하다. 혼자 있는 것을 잘 견디지 못하는 사람은 독립 후, 인간관계에 휘둘려 자기 페이스를 지키지 못하는 경우가 많다. 집에 혼자 있는 시간을 견디지 못할 것 같으면 그냥 가족들과 함께 사는 편이 정신건강에 이롭다.

4 집안일에 스트레스를 받지 않는가?

독립하면 주말에도 쉴 수가 없다. 세탁기 돌리고, 청소기 돌리고, 마트에 가서 생수와 과일이라도 사 와야 한다. 수선해야 할 옷은 세탁소로 보내고, 막힌 하수구는 뚫어야 하고, 재활용 쓰레기는 분리 수거해서 버려야 하고, 이불보와 베개보도 잊지 말고 빨아야 한다. 공과금 밀리지 않게 신경 써야 하고, 경비실에 맡겨진 택배도 찾아와야 한다. 단지 홀가분하게 내 멋대로 살고 싶다는 마음에 독립을 계획해서는 안 된다. 독립을 하면 자신이 직접 해야 할 일이 훨씬 더 늘어난다.

5 집을 구할 목돈이 있는가?

전세를 생각한다면 최소 5천만 원 이상이, 월세라면 보증금 5백만 원에 매달 30만 원 이상 낼 수 있는 경제력이 있어야 한다. 신축 건물, 경비 시스템, 주차장 유무, 옵션 범위 등까지 따지다 보면 전세 7천만 원 이상, 월세는 1천만 원에 60만~70만 원까지 올라간다. 시설이 좋은 신축 오피스텔일수록 월세가 높다. 여기에 집세뿐 아니라, 가구와 가전제품, 살림살이 등을 구입하는 데 드는 비용까지 생각해야 한다. 그러므로 그 정도의 목돈이 없다면 독립을 포기하는 편이 낫다.

6 생활비를 감당할 수 있는가?

원룸형 빌라는 보통 3만~5만 원의 관리비가 추가된다. 오피스텔이나 아파트는 평당 3천~5천 원 정도의 관리비가 부과된다. 17평 원룸 오피스텔이면 보통 5만~7만 원 정도의 일반 관리비가 나온다. 여기에 전기료, 수도료, 가스요금, 인터넷 사용료(3만 원대), 케이블 TV 사용료(1만~2만 원선)가 추가된다. 도시가스 난방을 한다면 10평 기준으로 매달 5만~8만 원, 에어컨이 있다면 매달 3만~5만 원은 나온다. 여기에 10만~15만 원 정도의 식료품비도 예상해야 한다. 물론 집에서 아무것도 안 해 먹을 수도 있다. 그러나 그럴 경우에도 외식비가 그만큼 추가된다. 여기에 월세를 끼고 있다면 월세 부담까지 매달 추가된다.

🎈 룸메이트와 같이 살기

전세를 얻을 목돈은 없고, 혼자 월세를 부담하긴 벅찰 때 룸메이트와 방 2개짜리 빌라나 아파트를 얻어 함께 사는 것을 생각해볼 수 있다. 룸메이트가 있으면 각자의 독립 생활을 유지하면서도 동거인이 있다는 안정감을 얻을 수 있는 이점이 있다. 그러나 저녁 몇 시 이후 손님은 집으로 데려오지 않기, 주말에는 함께 거실 청소하기, 번갈아가며 쓰레기 버리기 등 미리 생활원칙을 정해놓는 것이 중요하다.

잠깐! 전입신고를 할 때는 동거인이 아니라, 각자 세대주로 해야 한다. 그래야 건강보험료가 따로 부과된다. 룸메이트를 동거인으로 신고하면 건강보험료가 세대주에 포함되어 나온다.

나에게 딱 맞는 독립 공간은 어디일까?

예산별 분류

★ 7천만~8천만 원
1 강남 지역 오피스텔&원룸 전세
2 강북 지역 풀옵션 오피스텔 전세, 강북 대학가 지역 방 2~3개 20평형대 빌라 전세

★ 3천만~4천만 원
1 강북 지역 반지하 빌라 전세나 오래된 아파트 중 3천만~4천만 원에 월세 60만~70만 원
2 강북 대학가 3천만~4천만 원에 월세 30만~40만 원 풀옵션 오피스텔

★ 1천만 원 이하
1 강남 지역 오피스텔과 원룸 1천만 원에 월세 70만 원
2 강북 지역 오피스텔과 원룸 1천만 원에 월세 60만~70만 원
3 대학가 원룸촌의 원룸 5백만 원에 월세 30만~40만 원

지역별 분류

특징

강남구	학생이나 회사원만큼이나 유흥업소 종사자들도 많다. 평형은 실평수 10평형 안팎이 많고, 가구와 가전제품까지 풀옵션 방식으로 갖춘 원룸이 많다.
신림동&봉천동	예전에는 슬럼화 우려가 있는 원룸 주택들이 많았지만, 요즘은 각종 편의시설이 잘 갖춰진 신축 건물의 작은 평형의 원룸이 많다.
신촌&홍대	신촌은 교통이 편리하고 유흥가와 가까운 대학가라 젊은 직장인들에게 인기가 많다. 홍대 주변은 조용한 단독주택이 많고, 6호선 부근의 새로운 역세권에 신축 오피스텔이 많이 들어섰다.

시세

강남구   강남은 전세가 하늘의 별 따기다. 전세는 7천만 원부터이고,

월세는 1천만~2천만 원에 60만~70만 원 정도다.

신림동&봉천동   10평 풀옵션 원룸 전세가 4천만~6천만 원 선. 5~7평형 미니 원룸의 전세가 3천만 원,

월세는 5백만 원에 30만~45만 원 정도. 신축 건물일 경우는 이보다 1천만~2천만 원 더 비싸다.

신촌&홍대   원룸 전세는 5천만~7천만 원, 오피스텔 전세는 7천만~8천만 원 정도.

주택가가 많은 만큼 다양한 평수와 가격대의 빌라나 연립 등의 매물이 있다.

주거 형태별 분류

장점

원룸텔   비교적 임대료와 관리비가 저렴하다.

아파트   가정적인 분위기를 느낄 수 있고 가장 안전한 주거 형태라고 할 수 있다.

대체로 채광, 통풍, 조망이 오피스텔이나 원룸텔보다 낫다.

오피스텔   각종 편의시설이 주변에 잘 갖춰져 있다.

아파텔   오피스텔과 같은 편의시설을 거의 똑같이 누릴 수 있으면서 관리비 부담이 적다.

단점

원룸텔   주차장이 불편하고 보완시설이 떨어진다. 건물간 거리가 좁기 때문에

창문 등에 방범 시설과 가리개 창이 설치되어 있는지도 잘 살펴봐야 한다.

아파트   일반 관리비가 가장 비싸다. 가정집이 대부분이라 낮 시간과 주말에는 소란스러울 수 있다.

오피스텔   전용 면적이 50퍼센트대가 대부분이라 17평형이라고 해도 실평수는 10평 정도이고,

관리비 부담이 높은 편이다. 창문이 적어 통풍이 불편하다.

아파텔   가정집이 많이 입주를 하기 때문에 간혹 소란스러울 수 있다. 공급이 적어

원하는 지역에 집을 찾기 힘들다.

이사 가는 날,
집주인과의 트러블에서
이기는 법률 상식

내 집이니까 내 맘대로 식의
주인 앞에서 두손 두발 들었던
싱글들이여, 그동안 몰라서
당할 수밖에 없었던 전세자의
권리를 당당하게 요구하라!
이사 갈 때 집주인과의 싸움에서
이길 수 있는 법률 상식을
알아보자.

Q 세를 올리려는 집주인에게 그렇게는 못 하겠다고 하니 나가라고 합니다. 세를 올리려면 몇 개월 전에 통보해줘야 하지 않나요?

전세 계약 기간이 만료되기 6개월에서 1개월 전에 집주인이 계약 연장에 대해 전세자에게 별다른 의사를 표시하지 않았을 경우에는 전과 동일한 조건으로 전세 계약이 갱신된 것으로 간주한다. 당연히 전세자의 권리를 요구할 수 있다.

Q 계약이 만료되기 전에 주인이 바뀌면 계약을 해지할 수 있고 보증금도 받을 수 있다고 하던데, 사실은 어떤가요?

계약 기간 중에 집주인이 바뀌게 되면 새로운 집주인과의 계약 승계를 거부하고 중도 해약할 수 있는 선택권이 있다. 이때는 계약기간 도중이라도 보증금을 반환할 수 있는 권리가 있는데, 단 새로운 집주인이 아니라 기존의 집주인을 상대로 청구해야 한다.

Q 이사를 갈 때 주인에게 수선 유지비를 돌려달라고 했더니 그런 게 어디 있느냐며 못 돌려주겠다고 해요.

수선유지비는 청구할 수 있습니다. 이사 오기 전부터 있었던 수도관이나 가스보일러 고장으로 들어간 수리비용은 받을 수 있다. 단, 임차인의 과실이나 부주의로 인해 생긴 고장이 아닐 시에만 요구할 수 있다. 영수증은 꼭 지참하고 있어야 권리가 유효하다는 점도 잊지 말자.

Q 계약기간을 채우지 못하고 전세방을 뺐어요. 보증금을 요구했더니 계약 기간이 만료되지 않았다며 주인이 보증금의 일부를 제했습니다.

계약기간 이전에 임대차계약을 해지하기 위해서는 임대인과의 합의가 필요하다. 합의의 일환으로 일부 금액을 덜 받는다거나 새로 들어오게 되는 임차인을 구하는 데 소요되는 중개수수료를 임차인이 부담하는 방식으로 협의할 수 있다. 설득이 필요할 것 같다.

부동산 관련법, 이것만은 알고 가자

1 계약서 신분증과 도장을 지참하고 부동산 중개인, 임대인, 임차인이 함께 계약서를 작성한다. 이때 등기부 등본을 함께 확인한다. 등기부가 위조 또는 변조된 것일지 의심이 간다면 직접 등기부 등본을 열람해서 확인할 것. 등기부 등본은 대법원 인터넷 등기소 (http://www.iros.go.kr)에서 간단하게 열람, 출력이 가능하다. 특약사항에는 도배, 장판, 수리 등을 이사 들어가기 전에 해주기로 집주인이 약속한 내용이나, 잔금을 치를 때 등기부 등본상 변동이 있으면 계약을 무효로 하고, 임대인은 임차인에게 계약금을 반환한다 등의 문구를 적는다.

2 등기부 등본 등기부에 가압류, 가등기, 경매등기, 저당권 등이 있는지 확인해야 한다. 저당권이 많이 잡혀 있는 집은 가급적 계약을 피하는 게 좋다. 계약서를 쓸 때와 잔금을 치를 때, 전입신고를 할 때도 각각 등기부를 열람해 변동 사항이 없는지 확인해야 한다. 근저당과 전세금 등의 총액이 시세의 70퍼센트를 넘지 않아야 집이 경매에 넘어가더라도 전세금을 돌려받을 수 있다. 예를 들어 3천만 원의 근저당이 잡혀 있는 시세 1억5천만 원의 오피스텔에 7천만원 전세를 들어간다면 1억5천만 원의 70퍼센트가 1억5백만 원이고, 근저당 3천만 원과 전세금 7천만 원을 합한 금액은 1억 원이므로, 안전하다고 볼 수 없다.

3 확정일자 확정일자는 그 날짜에 임대차계약서가 존재한다는 사실을 증명하기 위해 계약서에 공신력 있는 기관에서 확인인을 계약서에 기재하는 것을 말한다. 쉽게 말해서 확정일자를 받아놓으면 나중에 집주인이 그 집으로 대출을 받아 변제하지 못해 경매에 넘어가더라도 먼저 배당을 받을 수 있다. 동사무소에서 전입신고를 하면서 함께 받으면 된다. 수수료는 600원이다. 계약서를 분실하면 확정일자를 받은 사실을 증명하기 어렵게 되므로 계약서를 잘 보관해야 한다.

4 전세권 설정 강남권 오피스텔은 전입신고를 하지 못하게 하는 경우가 많다. 이유는 주인들이 자신의 오피스텔이 주택으로 간주돼 세금이 부과되는 것을 막기 위해서다. 이런 경우에는 전세권 설정을 해야 한다. 전세권 설정을 하게 되면 전입신고를 하지 않아도 법적인 보호를 받을 수 있다. 단, 확정일자는 집주인과 상관없이 혼자 가서 받을 수 있지만, 전세권 설정은 집주인 동의와 인감증명서가 필요하다. 전세권 설정을 하려면 20만~30만 원의 수수료가 드는데, 비용을 누가 부담할 것인지에 대해서도 미리 언급해야 한다.

5 전입신고
이사한 날로부터 14일 이내에 신분증을 지참하고 동사무소에서 가서 전입신고를 한다. 원룸 건물에는 간혹 문에 있는 호수 배열과 등기부 등본상의 호수가 다른 경우가 많다. 그럴 경우에는 동사무소에서 건축물관리대장을 확인해서 법적인 호수를 정확하게 기입해야 한다.

02

프로급 요리사를 꿈꾸며

싱글 부엌의 핵심 기술

생초짜들을 위한
부엌 기본기 다지기

싱글 살림이 편해지는 조리 도구 & 주방 가전

의외로 편리한 도구들

금속 주방 집게
김치를 꺼낼 때 손에 묻히는 것이 싫다면 집게를 사용하면 편리하다. 쥐포나 오징어 구울 때도 좋다.

크기별 밀폐용기
밀폐용기는 크기별로 구비해두는 것이 좋다. 미니 사이즈는 밥을 1인분씩 담아두고, 작은 사이즈는 반찬을, 그리고 중간 사이즈(4컵 분량)는 자투리 야채를 담아둔다.

지름 20cm 이상 큰 볼
무침을 할 때는 작은 그릇보다 큼직한 볼에 넣어 무치면 편리하다.

손잡이 달린 망
국수를 삶아 건질 때 그리고 찬물에 헹구어 사리 지어 물을 뺄 때는 망이 꼭 필요하다. 한쪽으로 길게 손잡이가 달린 것을 사용하면 편리하다.

튀김 젓가락
튀김을 할 때뿐만 아니라 국수를 삶을 때, 야채 삶을 때 등 뜨거운 냄비나 팬 위 손을 가까이 대어 조리해야 할 때는 길이가 긴 튀김 젓가락이 아주 유용하다.

지름 15cm 냄비
싱글들은 지름 15cm 정도의 작은 냄비가 적당. 가끔 사용하는 큰 것 하나 정도 더 구비해둔다.

양끝이 둥근 뒤집개
부침개를 할 때 주로 사용하는 뒤집개는 양끝이 둥글고 날카롭지 않은 것이 사용하기 편리하고 프라이팬을 보호하기에도 좋다.

지름 20cm 프라이팬
지름 20cm 정도의 프라이팬이 유용하다. 하지만 생선을 통째로 구울 때나 많은 요리를 할 때는 큼직한 프라이팬이 적당하다.

30×20cm 나무 도마
도마는 나무 도마를 사용하는 것이 좋고, 발이 달린 도마를 사용할 때는 소리가 울려 그다지 실용적이지 않다. 30×20cm 크기가 사용하기 적당하다.

과도와 식도
칼은 많이 구비해둘 필요는 없다. 일반적으로 사용하는 식도와 과도 하나씩만 있으면 충분하다.

필러
감자나 고구마, 셀러리 등의 껍질을 벗길 때 편리한 필러. Y자 모양으로 생긴 것이 야채를 길게 편으로 썰 때에도 활용할 수 있어 한결 유용하다.

끝이 사선으로 된 나무 주걱
볶음요리를 할 때는 나무 주걱을 사용하면 한결 부드럽고 프라이팬 보호에도 좋다. 끝이 사선으로 된 것을 고른다.

있으면 아주 편리한 것들

양은 냄비
라면을 가장 맛있게 끓일 수 있는 것이 양은 냄비. 양은 냄비는 물이 빨리 끓어 바쁜 시간 국이나 찌개를 끓일 때도 아주 편리하다.

거름망(뜰채)
튀김을 할 때나 국을 끓일 때 위에 뜨는 잡물을 제거할 때 활용하면 좋은 뜰채. 적은 양의 국물을 거를 때 사용해도 편리하다.

으깨기
감자나 고구마, 달걀 등을 으깨어 샐러드나 샌드위치 소를 만들 때 숟가락이나 국자를 활용하는 것보다 으깨기를 사용하는 것이 편리하고 시간도 절약된다.

계량 스푼
요리책의 레시피 대부분이 작은술, 큰술로 표시되기 때문에 요리책을 참고하여 요리할 때는 계량 스푼이 유용하다. 요리의 맛을 제대로 내기 위한 필수 아이템.

오징어 구이 석쇠
맥주 안주를 위해 오징어를 구울 때 오징어가 말리지 않아 골고루 구울 수 있다. 쥐포를 구울 때도 타지 않아 좋은 아이템.

주방 타이머
혼자 사는 사람들은 주방 타이머는 필수. 음식을 불에 올려두고 잠시 다른 일을 하거나 급한 볼일이 생겼을 때 타이머를 켜두면 아주 유용하다.

채소용 밀폐용기
여유 있는 시간, 채소 몇 가지 손질해서 밀폐용기에 담아두면 바쁜 시간 채소를 따로 손질하지 않아도 좋다. 밑부분이 올록볼록 물 빠짐이 좋은 야채 전용 밀폐용기를 사용한다.

전자 저울
요리를 잘하지 못해 요리책을 참고하는 경우가 많다면 전자 저울은 필수. 요리책에는 대부분 용량 표시가 많으므로 요리에 자신 없는 사람은 전자 저울을 준비한다.

의외로 편리한 도구들

무선 주전자
성격이 급한 사람들에게 딱 좋은 무선 주전자. 채 2분도 걸리지 않아 바쁜 아침 시간 등에 편리하다.

블렌더
생과일 주스를 만들어 먹기 좋은 믹서는 주스뿐만 아니라 마늘 다질 때, 깨 갈 때 등 주방 살림에 아주 유용하다.

튀김기
감자나 돈가스, 만두 등 튀김을 자주 해 먹는다면 튀김기를 사용하는 것이 편리하다. 기름이 튀지 않고 시간 조절되어 요리하면서 다른 볼일도 볼 수 있다.

후딱 요리해도 제맛 내는 맛간장 만들기

조림이나 볶음, 간장을 이용한 소스를 만들 때는 우리가 일반적으로 사용하는 진간장은 맛도 진하고 짠맛도 강한 편이다. 데리야키 소스처럼 볶음이나 조림의 맛을 한층 살려주는 맛간장을 만들어보자. 남들은 모르는 나만의 요리의 풍미를 살려주는 맛간장 만들기.

재료 간장 1컵, 물 1/2컵, 양파 1/4개, 마늘 1쪽, 가츠오브시 3큰술, 소금·설탕 약간씩

1 양파와 마늘은 깨끗이 손질하여 잘게 다진다.
2 냄비에 분량의 물과 간장을 붓고 약한 불에서 5분 정도 끓이다가 양파와 마늘을 넣는다.
3 간장이 한소끔 끓으면 가츠오부시와 소금, 설탕을 넣고 약한 불에서 30분 정도 더 끓인다.
4 ③의 간장은 면보에 걸러 식힌 후 병에 담아 냉장 보관한다.

🉑 맛간장 이렇게 이용하자

맛간장을 만들 때는 기호에 따라 청양고추로 매콤한 맛과 향을 살리거나 월계수 잎으로 향을 더해도 좋다. 냉장고 속 자투리 채소나 버섯을 넣고 끓여도 상관없다. 대신 국물 요리에 활용할 맛간장이라면 단맛을 적게 내는 것이 포인트. 맛간장은 감자조림, 고기조림, 볶음 등의 요리에 간장 대신 사용하면 한결 부드러운 감칠맛을 낼 수 있다. 또한 샤브샤브 소스나 샐러드 드레싱을 만들 때도 짠맛이 강하지 않아 일반 간장을 사용하는 것보다 한결 맛 좋은 소스를 만들 수 있다. 채소 국물을 우려내고 물을 섞어 만든 간장이기 때문에 오래 두고 사용하려면 냉장 보관했더라도 일주일에 한 번씩 끓이거나 2주 이내에 먹는 것이 좋다.

맛있는 요리의 기본, 국물 내기 5가지

국이나 찌개를 끓일 때, 샤브샤브, 어묵 등의 국물을 낼 때, 조림이나 볶음을 할 때는 대부분 생수를 사용하는데, 생수 대신 멸치나 버섯, 자투리 채소 등을 활용해서 만든 국물을 사용하면 요리의 맛도 살릴 수 있고 빠르게 조리할 수 있다. 미리 만들어 냉장고나 냉동고에 보관해둔다.

표고버섯 국물

재료 물 6컵, 마른 표고버섯 1컵,
다시마(사방 10cm 크기) 1장, 대파 약간,
소금 약간

1 마른 표고버섯은 흐르는 물에 씻은 뒤
  생수에 잠시 담가 살짝 불린다.
2 냄비에 분량의 물을 붓고 불린
  표고버섯을 넣어 끓인다.
3 국물이 한소끔 끓으면 다시마와 대파를
  넣고 푹 끓이다 건더기는 건지고
  소금으로 간한다.

다시마 국물

재료 물 5컵, 다시마(사방 10cm 크기)
1장, 무 약간, 국간장 1큰술

1 다시마는 젖은 면보나 젖은 키친타월로
  표면의 흰 가루를 닦는다.
2 다시마를 물에 불려 미끈거림을 약간
  뺀다.
3 냄비에 분량의 물을 부어 끓이다
  다시마와 무를 넣고 팔팔 끓인 뒤
  건더기는 건지고 국간장으로 간한다.

쇠고기 육수

재료 물 6컵, 쇠고기(양지머리 또는 사태)
300g, 양파 00개, 대파 1/3뿌리, 마늘
2쪽, 청양고추 1개, 국간장 1큰술

1 쇠고기는 기름기를 말끔히 제거하고
  찬물에 넣어 핏물을 충분히 뺀다.
2 냄비에 분량의 물을 부어 끓이다가
  쇠고기와 준비한 야채를 모두 넣어
  끓인다.
3 중간에 뜨는 거품은 제거하고 쇠고기의
  핏물이 나오지 않을 때까지 푹 삶은 후
  건더기는 건지고 국간장으로 간한다.

★국물을 낸 후 건더기를 모두 건져내고 국물은 면보에 한 번
걸러야 맑다. 국물은 차게 식힌 후 냉동 혹은 냉장 보관한다.

다포리(멸치) 국물

재료 물 6컵, 디포리 12마리(국멸치
20마리), 청주 00큰술, 국간장 1큰술

1 디포리는 마른 팬에 볶아 비릿한 맛을
  없앤다.
2 냄비에 분량의 물을 붓고 끓으면
  디포리를 넣어 끓인다.
3 국물에 청주를 넣어 잡내를 없애고 맛이
  충분히 우러나면 건더기는 건지고
  국간장으로 간한다.

채소 국물

재료 물 6컵, 냉장고 속 자투리 채소,
청양고추 1개, 청주 1큰술

1 분량의 물을 냄비에 붓고 냉장고 속
  자투리 채소를 넣어 끓인다.
2 국물이 한소끔 끓으면 청양고추를 넣고
  5분 정도 끓인 후 불을 끈다.
3 뜰채를 이용해 건더기는 모두 건지고
  청주를 넣어 잡내를 없앤다.

국물을 보관하는
아이디어 2

다양한 재료로 맛을 낸 국물은 보관만
잘 하면 아주 편리하게 사용할 수 있다.
하지만 냉동 보관한다고 해도 오래 두고
사용하는 것은 금물. 너무 많이 만들어
두는 것보다 적당량 만들어서
한두 달 내에 사용하는 것이 좋다.

우유팩에 담아 냉동하기

국물을 냉동 보관할 때 밀폐용기에
담아두어도 좋지만 사용할 때는 해동하여
사용해야 하는 번거로움이 있다.
하지만 우유팩에 담아두면 냉동실에서
꺼내어 우유팩을 잘라내기만 하면
사용할 수 있어 한결 편리하다.
국물 요리에 사용할 국물은 우유팩에
담아두자.

아이스 큐브에 담아 냉동하기

아이스 큐브를 이용해서 냉동하면 적은
양의 국물이 필요할 때 아주 유용하게
사용할 수 있다. 냉국을 만들 때 얼음 대신
사용하면 국물이 싱거워지지 않아 좋고,
조림이나 소스를 만들 때처럼 적은 양이
필요할 때 한두 개씩 꺼내어 사용할 수
있어 좋다.

음식과 재료, 오래 보관하는 법

혼자 사는 사람들의 가장 큰 문제는 바로 먹는 것보다 버리는 것이 더 많다는 것. 피하는 방법은 두 가지다. 하나는 효과적으로 쇼핑하는 것, 하나는 효과적으로 보관하는 법.

1 감자와 양파는 실온에서 보관

감자나 고구마, 양파 등의 뿌리채소는 냉장 보관하지 않아도 된다. 신문지로 싸서 바구니에 담아 바람이 잘 통하는 실온에서 보관하는 것이 좋다.

2 배추와 오이는 신문지로 싼다

배추와 오이, 파 등을 냉장 보관할 때는 비닐봉지에 담아두면 공기가 통하지 않고 습기도 차기 쉬워 금세 무른다. 비닐봉지나 랩으로 싸는 대신 신문지로 싸두면 오래 보관할 수 있다.

3 대파는 손질하여 보관하면 편리

대파는 요리에 많이 쓰이기 때문에 떨어지지 않게 구비해두는 것이 좋다. 대파를 보관할 때는 깨끗하게 손질하여 반 자른 후 기다란 밀폐용기에 담아둔다. 밑에 물 빠짐 받침이 있는 밀폐용기를 활용한다.

4 남은 반찬은 지퍼백에 보관

조림이나 볶음 등 남은 반찬은 냉동 보관해두면 비빔밥이나 볶음밥을 할 때 활용하면 요긴하다. 상차리기 귀찮은 날, 간단하게 먹고 싶은 날에는 남은 반찬을 활용한 일품 밥 요리를 해보자.

5 밥은 1인분씩 담아 냉동해둔다

밥을 지은 후 전기밥솥에 그대로 두지 말고 작은 밀폐용기에 1인분씩 담아 바로 냉동 보관하였다가 전자레인지에 데워 먹으면 금세 한 밥처럼 부드러운 맛을 느낄 수 있다. 햇반처럼 비상용으로도 그만.

6 자투리 채소는 작게 썰어 냉동

감자나 양파, 당근, 파 등 사용하고 조금씩 남은 자투리 채소는 그대로 냉장고에 넣어두면 상하기 십상이다. 작게 썰어 밀폐용기에 담아 냉동하였다가 볶음밥 할 때 사용하면 요긴하다.

7 남은 김치는 모아둔다

김치는 먹을 만큼만 덜어서 먹는 것이 맛있게 먹는 가장 좋은 방법. 하지만 이렇게 먹더라도 남는 김치는 모아두었다가 김치찌개나 김치볶음으로 활용한다.

8 생선은 소금을 살짝 뿌려 냉동

요즘은 생선을 따로 손질할 필요 없이 구입시 깨끗하게 손질해주므로 보관만 잘 하면 된다. 구입한 생선은 찬물에 깨끗이 씻고 소금을 살짝 뿌려 밀폐용기에 담은 후 냉동 보관하면 오래 두고 먹을 수 있다.

9 국거리 고기는 한 번에 먹을 양만큼씩 싸서 보관

국거리 고기는 구입 후 작게 썰어서 한 번 사용할 양만큼 덜어 랩으로 감싼다. 이것을 밀폐용기에 담아 냉동 보관하면 편리하게 사용할 수 있다.

10 남은 국은 냉동 보관한다

국은 한 번 끓이면 보통 두세 번 먹을 양만큼 끓이는데, 한 번 먹고 잘 먹게 되지 않는 국은 밀폐용기에 담아 냉동 보관해둔다. 국 끓이기 귀찮은 날 꺼내어 데우기만 하면 요긴하게 먹을 수 있다.

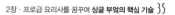

마트에서 장 보고
10분 만에 뚝딱 만드는
초간단 요리

초간단 마트표 바캉스 요리

휴가 가면 항상 삼겹살만 구워 먹는 사람, 요리하기 귀찮아 주변에 있는 음식점을 순례하는 사람들을 위한 맛있는 제안. 거창한 요리 이름과 사진만 보고 '절대 따라 하지 못할 것 같아' 라며 지레 겁먹지 말 것. 모든 재료는 마트에서 구입 가능하고, 정말 따라 하기 쉽다.

허브 복분자 폭찹 립구이

재료 돼지고기립(돼지갈비) 2덩어리, 양파 1개
소스 복분자 60ml, 삼겹살 양념 1병, 물엿 50ml, 허브맛소금 1작은술
만드는 법 1 볼에 소스 재료를 넣고 잘 섞은 다음 갈비를 넣어 고루 바른 후 30~50분 정도 둔다. 립은 뼛속까지 잘 익지 않기 때문에 뼈가 닿는 부위까지 칼집을 넣는 것이 중요하다.
　　　　　 2 ①의 립의 살코기 부분에 칼집을 촘촘히 넣어준다. 양파는 2~3cm 두께로 잘라낸다.
　　　　　 3 ②의 립과 양파를 그릴에 천천히 구워 노릇해지면 가위로 토막을 낸 후 다시 구워낸다.

스위트 칠리 해물구이

재료 새우(중하) 8마리, 오징어(몸통) 1마리, 가리비 관자 2~3개, 대합 80g, 청피망 · 홍피망 1개씩, 레몬즙 1큰술, 쿠킹 포일 약간
소스 스위트 칠리 소스 4큰술, 굴소스(국산) · 올리브오일 1큰술씩
만드는 법 1 해물은 흐르는 물에 1~2회 정도 씻어내고 레몬즙을 살짝 뿌려낸다.
　　　　　 2 관자는 반으로 잘라내고 대합은 조갯살만 뽑아낸다.
　　　　　 3 소스를 잘 섞어서 해물에 고루 바르고 포일에 감싸 구워낸다.

통삼겹 매실 고추장 구이

재료 통삼겹살 1덩어리(1kg 정도), 마늘 2~4쪽, 양파 1~2개, 쿠킹 포일 약간

소스 매실즙 3큰술, 고추장 2큰술, 다진 레몬껍질 1/2개분, 황설탕 2큰술

만드는 법 1 볼에 소스 재료를 넣고 잘 섞은 후 상온에서 약 5분 정도 숙성시킨다.

2 통삼겹살 중간중간 칼집을 깊숙이 넣는다. 마늘은 반으로 잘라놓고 양파도 껍질째 반으로 잘라낸다.

3 쿠킹 포일을 두 겹으로 접고 사각틀을 만든 다음 올리브오일을 두르고 마늘, 양파를 앞으로 넣고 노릇하게 구워질 때까지 구워낸다.

4 통삼겹살에 소스를 충분히 바르고 상온에서 약 15~25분간 숙성시킨 후, 약한 불에서 속까지 익을 때까지 구워낸다. 소스를 발라 초벌구이하고 다시 구워내면 타지 않는다.

호박고구마 양갱

재료 호박고구마 3개, 버터 1작은술, 생크림 3큰술, 조린 밤 4~6개, 빙수용 팥 팥앙금 150g

만드는 법 1 호박고구마는 껍질을 벗긴 다음 쪄서 으깨어 뜨거울 때 버터를 넣어 섞어준다.

2 버터가 잘 섞이면 생크림을 넣고 버무려 식힌 후 조린 밤을 넣는다.

3 면보자기(또는 행주)에 고구마를 적당량 올리고 그 위에 팥앙금을 얹은 후 보자기로 감싸서 동그랗게 뭉친다.

10분 만에 뚝딱! 1천원 만찬

단돈 1000원으로 준비한 재료와 초간단 조리법에 영양까지 고려한 나를 위한 만찬. '일요일 오후, 뭘 해 먹을까' 고민하지 말고, 정성이 듬뿍 담긴 요리와 멋들어진 세팅으로 자신에 대한 사랑을 표현해보는 것은 어떨까? 왜냐하면 난 소중하니까.

영양만점 두부스테이크

두부 1/3모
400원

+

느타리버섯 10개
500원

+

시금치 10개
300원

= 1200원

재료 + 소금 · 후춧가루 약간씩
소스 시판 스테이크 소스 2큰술, 토마토케첩 3큰술, 설탕 1/2작은술, 녹말물 1큰술, 물 1컵

만드는 법 1 두부는 물에 씻어 1.5~2cm 두께로 썬 다음 소금과 후춧가루를 약간 뿌려 둔다. 키친타월에 올리고 수분이 빠지면 올리브 오일을 두른 프라이팬에 노릇하게 지져낸다.

2 깨끗이 손질한 느타리버섯과 시금치는 흐르는 물에 씻어 올리브 오일을 두른 팬에 느타리버섯, 시금치 순으로 볶다가 소금과 후춧가루로 간을 한다.

3 냄비에 녹말물을 제외한 소스의 재료를 한데 넣어 끓이다가 녹말물을 부어 농도를 조절한다.

4 ①의 두부 위에 ②의 느타리버섯과 시금치를 얹고 ③의 소스를 뿌려 완성한다.

point 1 녹말물을 부을 때는 약한 불에서 재빨리 저으면서 풀어줘야 멍울이 생기지 않는다.
2 시금치는 반드시 나중에 넣고 볶아야 잎이 문드러지지 않는다.

초간단 갈릭 페퍼론치노 스파게티

스파게티면 150g
300원

마늘 7쪽
300원

페퍼론치노 7개 또는
마른 붉은 고추 2개
500원

= 1100원

재료 + 올리브 오일 4큰술, 소금 · 후춧가루 · 버터 약간씩

만드는 법　**1** 마늘은 깨끗이 씻어 뿌리를 제거하고 얇게 편으로 썬다.
　　　　　　페퍼론치노는 꼭지를 떼고 반을 갈라 씨를 제거한다.
　　　　2 끓는 물에 스파게티면과 소금 약간, 올리브 오일을 한 방울 떨어뜨린 후 7분간 삶는다.
　　　　3 프라이팬에 올리브 오일을 두르고 마늘, 소금, 후춧가루를 넣고 약한 불에서 볶는다.
　　　　　　마늘색이 변하면 페퍼론치노를 넣고 마늘이 노릇해질 때까지 볶는다.
　　　　4 ③에 삶아낸 스파게티면을 넣어 3분간 버무리고 소금과 후춧가루로 간을 하면 완성된다.

point　**1** 페퍼론치노는 우리나라의 붉은 고추 같은 이탈
　　　리아의 식재료로, 매운맛을 살리고 싶을 때는
　　　페퍼론치노 대신 붉은 고추를 둥글게 썰어 넣
　　　는다.
　　2 마늘을 구울 때는 약한 불에서 천천히 볶아 향
　　　을 내는 것이 좋다.

입맛 돋우는 참치 케일 쌈밥

 + = 1300원

참치 통조림 1/2통   케일 10장
500원   800원

재료 + 밥 1공기, 다진 마늘 1/2작은술, 참기름 · 통깨 · 후춧가루 · 소금 약간씩

간장겨자 소스 겨자 1작은술, 다진 양파 1/4개, 식초 · 꿀 1큰술씩, 간장 2큰술, 설탕 1/2작은술

만드는 법 **1** 참치는 키친타월에 올려 기름을 뺀다.

2 끓는 물에 케일을 넣고 살짝 데친 다음 차가운 물에 헹군다.

3 기름을 뺀 참치에 분량의 재료를 섞어 만든 간장겨자 소스를 넣고 살살 섞는다.

4 참기름, 통깨 1/2큰술, 소금으로 양념한 밥을 케일 위에 올려놓고, ③의 참치를 적당량 올린 뒤 싼다.

point 케일 같은 녹색 채소는 끓는 물에 살짝 넣었다가 뺀다는 기분으로 숨만 죽으면 꺼내는 것이 좋다. 너무 익히면 물러지거나 색이 누렇게 변할 수 있다. 또 반드시 뚜껑을 열고 데쳐야 한다.

입맛대로 고르는 마트표 와인

언제부턴가 마트에 가면 한 번쯤 기웃거리게 되는 와인 코너. 하지만 수많은 제품 앞에서 내 입맛에 맞는 와인을 골라내기란 하늘의 별 따기다. 홈플러스, 이마트, 킴스클럽 등 대형마트 와인 바이어들이 강추한 종류별 와인 리스트.

드라이 와인

● **문야 멜로 카버네** 과실맛이 듬뿍 배어 있으며 끝 맛이 드라이해 느낌이 깔끔하다. 적당한 산도와 타닌으로 음식과 함께 부담 없이 즐기기에 적합한 와인이다. 호주산.

● **보네가스 프리바다 말벡** 무겁지 않아 마시기에 부담이 없으면서 감칠맛이 난다. 향이 깨끗해 가족 파티나 친구들 모임에서 부담 없이 즐길 수 있다. 아르헨티나산.

● **블랙추크** 달콤하고 주이시하며 복숭아, 감초 맛이 난다. 우아한 느낌이 코끝에 풍성하게 남는 와인으로 끝 맛은 타닌이 깔끔하게 긴 여운을 준다. 호주산.

● **모스카토** 강하지는 않지만 지속성 있는 기포가 유쾌함을 주며, 청포도 본연의 향긋한 풍미를 지니고 있어 누구나 쉽게 음용할 수 있다. 이탈리아산.

● **화이트 진판델 2001** 일찍 수확한 포도의 싱그런 느낌을 잘 살린 와인으로 신선한 여러 과일 맛들이 나는 것이 특징. 스파이시한 중식, 멕시코 요리에 잘 어울린다. 미국산.

미디엄 드라이 와인

스위트 와인

부르고뉴 피노누아 밝고 고운 루비 색상을 띠며 잘 익은 체리, 로즈베리와 약간의 스모크 향이 느껴진다. 우아한 느낌의 와인으로 바로 즐기기에 적합하다. 프랑스산. ●

빠나로즈 풍부한 중간 보디로 끝 맛이 입 안에서 오래 남는다. 초콜릿, 블랙베리, 체리의 단맛과 향이 나서 달콤하다. 스페인산. ●

웰러스 스위트 기존 웰러스와 다르게 깊고 부드러운 맛이 일품. 첫 맛은 부드럽고 끝 맛은 깔끔하다. 약간의 타닌이 있어 육류 요리와 잘 어울린다. 호주산. ●

후다닥! 急안주 만들기

혼자 사는 싱글에겐 갖가지 당황스러운 순간이 있기 마련. 특히 갑자기 찾아오는 손님들의 대접이 그러하다. 이럴 땐 냉장고 속 재료를 이용해 간편하면서도 맛있는 안주를 만들어보자. 상황에 따른 센스가 돋보이는 안주 리스트.

갑자기 친구들이 들이닥쳤을 때 15분
친구들이 찾아와 맥주 한잔 하려는데 안줏거리가 없다.

재료(2~3인분) 새우(중하) 15마리, 오이 · 당근 · 셀러리 1개씩, 소금, 후춧가루, 레몬즙, 식용유

소스 플레인 요구르트 1개, 오이 1/4개, 소금 1작은술, 꿀 1큰술

　　　　1 오이를 잘게 다져 소금을 뿌려 재워놓고, 쪽파는 슬라이스한다. **2** 절인 오이의 물기를 제거하고 플레인 요구르트에 쪽파와 함께 넣고 섞는다.

만드는 법 1 새우는 껍질을 제거하고 소금, 후춧가루, 레몬즙을 뿌려 한쪽에 놓는다. **2** 오이와 당근, 셀러리는 스틱 모양으로 잘라놓는다. 비트는 껍질을 제거한 후 스틱 모양으로 자르고 나서 물에 한 번 담갔다가 건져낸다. **3** 중간 불로 달군 팬에 식용유를 두르고 새우를 골고루 익힌다. **4** 준비된 채소와 새우를 딥과 함께 내놓는다.

남자친구, 처음으로 초대한 날 20분
남자친구를 초대해 분위기를 잡고 싶다면 와인과 함께 베이컨으로 감싼 알감자구이를 준비하자.

재료(15꼬치) 알감자 15개, 베이컨 15줄, 쪽파 1줄, 붉은 파프리카 1개, 소금 1큰술, 전분 3큰술, 사워크림 75ml

만드는 법 1 냄비에 알감자가 잠길 정도의 물과 소금을 넣고 10∼15분간 삶는다. **2** 익은 감자를 식힌 후, 전분을 살짝 바른 베이컨을 이용해 돌돌 말아준다. **3** 준비한 베이컨 감자를 팬에 넣고 베이컨이 노릇해질 때까지 익힌다. **4** 베이컨 감자에 꽂이를 꽂고, 알감자 크기로 자른 파프리카를 꽂아 접시에 담는다.

어른들을 초대한 날 15분

격식이 갖춰진 차림이 필요한 날. 영양과 맛을 동시에 만족시켜줄 수 있는 날치알 쌈을 준비해보자.

재료(3∼5인분) 오이 1개, 당근 1/2개, 적채 1/8통, 양파 1/4개, 홍피망 1/2개, 무순 25g, 팽이버섯 1팩, 깻잎 10장, 상추 6장, 간장 3큰술, 와사비 1큰술, 김 10장, 날치알 300g

만드는 법 1 야채들은 약 7cm 길이로 자른 후 1mm 크기로 채썬다. **2** 무순과 팽이버섯은 씻어 물기를 제거한 후 뜯어 놓는다. **3** 상추와 깻잎은 물기를 제거하고 0.3cm 크기로 채썬다. **4** 접시에 날치알을 담고 ①, ②, ③의 야채를 돌려 담은 후 김과 함께 와사비 간장을 곁들여 낸다.

집들이 하는 날 10분

잡채나 불고기 대신 레몬 마요네즈 소스 게맛살 카나페를 준비하자.

재료(18쪽) 게맛살 8개, 오이 1/3개, 양파 약간, 레몬 1/2개, 마요네즈 4큰술, 방울토마토 6개, 버터 약간

만드는 법 1 게맛살은 가늘게 찢어놓고 채소들은 1.5cm로 채썰어 레몬즙을 뿌려 준비한다. 방울토마토는 3등분한다. **2** 볼에 맛살과 채썬 채소를 넣고, 레몬즙과 마요네즈를 넣고 섞는다. **3** 빵은 적당한 크기로 자른 후 버터를 발라 구워내고, 그 위에 토마토와 게살을 올려 접시에 담는다.

싱글들의 **3대 비상식량**

싱글들의 비상식량, 달걀 요리

아무리 냉장고 텅텅 비워두고, 햇반과 식당밥으로 연명하는 게으른 싱글이라도 냉장고에 달걀은 있게 마련. 싱글들의 비상식품인 달걀은 폼 나는 요리로 변신 가능하다. 간단한 재료, 손쉬운 요리법으로 스타일리시하게 변신한 달걀 요리 레시피.

강래인의 프렌치 에그

재료(2인분) 달걀 5개, 토마토 1/2개, 베이컨 3줄, 식빵 1장, 작은 양파 1
개, 감자 1/2개(100g), 양송이 5개, 다진 마늘 1큰술, 올리브
오일 5큰술, 소금·후춧가루 약간씩

만드는 법 1 식빵은 주사위 모양으로 사각썰기하고, 베이컨은 작게 자른
다. 토마토는 조금 두껍게 슬라이스한다. 감자는 주사위 모
양으로 자른 후 미리 볶아 반쯤 익혀둔다.

2 양파는 다지고, 양송이는 껍질을 벗겨 슬라이스한다.

3 팬을 달군 후, 베이컨과 식빵을 넣고 중간 불에서 황갈색이
날 때까지 볶는다.

4 ③에 양파, 양송이, 감자를 넣고 양파가 투명해질 때까지 볶는다.

5 볼에 분량의 달걀을 푼 후, 다진 마늘을 넣고 소금, 후춧가루로 간을 한다.

6 불을 약하게 줄인 후, 준비한 야채 볶은 것에 달걀 푼 것을 넣어 달걀이 반쯤 익으면 토마토를 넣
고 반으로 접은 후 접시에 담는다.

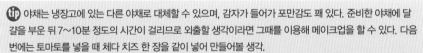

tip 야채는 냉장고에 있는 다른 야채로 대체할 수 있으며, 감자가 들어가 포만감도 꽤 있다. 준비한 야채에 달
걀을 부은 뒤 7~10분 정도의 시간이 걸리므로 외출할 생각이라면 그때를 이용해 메이크업을 할 수 있다. 다음
번에는 토마토를 넣을 때 체다 치즈 한 장을 같이 넣어 만들어볼 생각.
단, 치즈를 넣을 때는 소금 양을 조금 줄여 간을 조절해야 할 듯. 기름을 너무 많이 사용하지 않도록 주의할 것.

강래인(압구정 친친 주방장)

싱글들에게 꼭 필요한 정말 간단하고 폼 나는 레시피의 달인. 처음부터 요리를 어려워하지 말고, 일단 시도해
보는 것이 맛있는 요리를 만들 수 있는 비결.

김진주의 게살 달걀볶음밥

재료(2인분) 달걀노른자 2개, 밥 1공기, 당근 1/4개, 잘게 썬 파 $2\frac{1}{2}$큰술, 브로콜리 적당량, 소금 · 후춧가루 약간씩, 식용유 적당량

소스 달걀흰자 1개, 양념한 게살 2큰술, 닭고기 육수 180ml(물로 대체 가능), 잘게 썬 파 $2\frac{1}{2}$큰술, 다진 생강 1큰술, 전분 $2\frac{1}{2}$큰술, 청주 · 소금 · 후춧가루 약간씩

만드는 법 **1** 찬밥 한 공기에 식용유를 약간 넣어 고루 섞은 후 전자레인지에 넣고 살짝 데운다. 이 과정을 거치면 밥알이 알알이 흩어져 잘 볶아진다.

2 당근은 잘게 다지고, 파는 흰 부분과 파란 부분을 잘게 썰어 준비한다.

3 브로콜리는 소금을 약간 넣고 끓는 물에 데친 후 찬물에 식혀 적당한 크기로 자른다.

4 식용유를 충분히 두르고 달군 팬에 당근, 파 , 브로콜리를 넣고 볶은 후 풀어둔 달걀노른자를 넣어 반쯤 익힌다.

5 스크램블 하듯 달걀을 잘 저어 덩어리가 지게 만든 다음 밥을 넣어 볶고 소금, 후춧가루로 간한다.

6 냉동 게살은 해동시켜서 물기를 짠다. 비린내가 없어지도록 생강즙을 넣고 버무린다.

7 소스는 팬에 식용유를 두르고 게살, 파, 생강, 청주, 육수를 분량만큼 넣고 소금, 후춧가루로 간을 한 뒤 전분으로 농도를 맞추고 달걀흰자와 참기름을 넣는다.

8 볶은 밥 위에 소스를 끼얹어 서브한다.

tip 냉동 게살은 대형마트나 백화점에서 한 팩 1만 원 정도에 구입 가능. 양이 꽤 많아 냉동실에 보관했다가 게살 수프를 만들어볼 생각. 귀찮아서 뜨거운 밥을 바로 볶았더니 밥알끼리 달라붙어 모양이 예쁘지 않았다. 조금 번거롭더라도 꼭 그 과정을 거쳐야 할 듯.

김진주(Upton Dr. 쿠킹스튜디오 실장)

동양의 소박한 재료와 서양의 심플한 요리법을 절묘하게 믹스한 레시피를 선보인다. 평소 대형 마켓이나 백화점 식품코너를 둘러보는 것이 요리 안목을 키우는 데 도움이 된다는 것이 그녀의 지론.

한지혜의 일식 달걀찜

재료(2인분) 달걀 2개, 새우 2마리, 표고버섯 1개, 푸른색 야채(달걀물에 찐 밤이나 맛살을 넣어도 좋다) 적당량, 다시마 우린 물 1½컵, 소금 1/2작은술, 미림 1작은술, 간장 1작은술

만드는 법 1 다시마는 찬물에 1~2시간 불려두고, 표고버섯도 물에 담가 불려놓는다. 새우는 머리와 껍질, 내장을 제거한다. 달걀은 젓가락으로 잘 푼 뒤, 체에 걸러 달걀 끈 등의 불순물을 제거한다.

2 다시마 우린 물에 분량의 소금, 미림, 간장을 넣은 후 풀어놓은 달걀과 잘 섞는다.

3 찜통에 용기를 먼저 넣고 살짝 데운 후 준비한 달걀물을 붓는다.

4 센 불에서 2분 정도 찌다가 약한 불로 줄여 10분 정도 찐 후, 위에 장식할 새우와 표고버섯, 야채를 올리고 다시 불을 1분 가량 세게 하고(뚜껑을 열어 찜기의 온도가 내려갔기 때문) 약한 불에서 5분 가량 찐다.

일식 달걀말이

재료(2인분) 달걀 4개, 다시마 우린 물 3큰술, 미림 1½큰술, 설탕 1작은술, 간장 · 소금 1/2작은술씩, 식용유 적당량

만드는 법 1 다시마 우린 물에 분량의 미림, 설탕, 간장, 소금을 넣고 잘 섞는다. 달걀은 젓가락으로 잘 푼 뒤, 체에 내려 불순물을 제거하고 ①과 섞는다.

2 팬에 식용유를 약간 두르고 달걀을 조금씩 나눠서 부어가며 살살 말아준다. 만 달걀을 위쪽으로 밀고 나머지 여백은 식용유를 묻힌 키친타월로 기름을 묻힌다. 다시 달걀을 붓는데, 말아둔 달걀말이와 잘 달라붙도록 살짝 들어올려 붙인다. 이 과정을 반복해서 달걀을 말아준다.

tip 불의 세기와 시간만 잘 지키면 진짜 일식집에서 파는 것처럼 폭신폭신한 달걀찜을 만들 수 있다. 달걀말이는 절대 쉽지 않다. 일단 제일 약한 불로 요리하고, 식용유가 많으면 달걀 기포가 생긴다. 한 번에 많은 양의 달걀을 부으면 동그랗게 말리지 않고 끊어지므로, 조금씩 부어 반쯤 익었을 때 말아야 한다.

한지혜 (wine&dne 쿠킹스튜디오 실장)

정통 일식을 공부, 보기에도 좋은 예쁜 컬러의 깔끔한 요리에 능통하다. 일식 달걀말이와 달걀찜은 일단 한 번 배워두면 두고두고 활용할 수 있는 알짜배기 기본 요리.

더 이상 찬밥 취급하지 마라! 찬밥의 화려한 변신

🔵 찬밥 이렇게 보관하세요

밥을 지은 후 바로 한김만 빼고 1인분씩 비닐팩이나 밀폐용기에 담아 냉동
보관한다. 이렇게 만들어놓은 밥은 끼니때마다 냉동실에서 꺼내어
실온에서 해동한 뒤 전자레인지에 데우면 바로 지은 밥처럼 먹을 수 있다.
밥을 식혀서 보관하면 수분이 빠져나가 딱딱해지기 때문에 데워도 맛이 없다.
그런 밥을 전자레인지에 데울 때는 물을 한 숟가락 정도 넣는다.

찬밥전

재료 찬밥 1공기, 실파 2뿌리, 달걀 1개, 검은깨 1/2 큰술, 통깨 1큰술, 소금·참기름 약간씩

만드는 법 **1** 찬밥은 전자레인지에 살짝 데운다. **2** 밥에 통깨, 소금, 참기름으로 간한 후 달 걀 푼 것과 송송 썬 실파를 넣어 잘 섞는 다. **3** 팬에 기름을 두르고 밥을 동그랗게 전 부칠 때의 모양으로 올린다. **4** 앞뒤로 노릇하게 눌러가면서 부친다.

닭고기덮밥

재료 찬밥 1공기, 닭고기 안심 2조각, 죽순 30g, 다진 파 약간, 양파 1/4개, 통마늘 1쪽, 달걀 1/2개, 녹말물 1/2큰술, 소금·흰 후춧 가루·맛술 약간씩

소스 국간장 1큰술, 맛술 1/2큰술, 가다랑어 육수 2/3컵, 설탕 2작은 술, 맛술 1작은술, 소금 약간

만드는 법 **1** 닭고기는 맛술, 소금, 흰 후춧가루를 뿌려 재워둔 후, 달 궈진 팬에 노릇하게 구워 어슷하게 썬다. **2** 죽순은 살짝 데쳤다가 납작하게 편으로 썬다. **3** 팬에 기름을 두르고 저 민 마늘을 볶다가 채썬 양파와 죽순을 볶은 후 소스 재료 를 넣어 끓으면 약한 불에 조리다가 소금으로 간한다. **4** 죽순에 간이 배면 달걀을 넣고 녹말물을 잘 섞은 후 불을 끄고 참기름을 넣는다. **5** 찬밥을 데워서 담고 닭고기를 올 린 후, 그 위에 ④의 죽순을 올리고 다진 파를 뿌려 낸다.

홍합죽

재료 찬밥 1/2공기, 홍합살 50g, 다진 당근 1/2큰술, 다시마 우린 물 2컵, 국간장 1큰술, 실파 약간, 참기름, 소금 · 깨소금 약간, 양념(다진 파, 다진 마늘, 국간장, 맛술, 깨소금, 후춧가루 약간씩)

만드는 법 **1** 홍합은 옅은 소금물에 흔들어 씻은 후 잡티를 제거하고 살을 잘라 양념해두고, 당근은 잘게 다진다. **2** 달군 냄비에 참기름을 두르고 양념한 홍합을 넣어 볶다가 당근을 넣어 볶는다. **3** ②에 찬밥을 넣고 덩어리를 풀면서 다시마 우린 물을 붓는다. **4** 센 불에서 한번 끓어오르면 국간장을 넣고 약한 불로 낮추고 냄비에 눋지 않도록 저어가며 끓인다. **5** 밥알이 풀어지도록 푹 익을 때까지 끓인 후 먹기 전에 소금과 깨소금을 넣어 간한다.

콩나물 김치 국밥

재료 다시마 우린 물 2컵, 찬밥 1/2공기, 김치 100g, 콩나물 50g, 다진 마늘 1/2작은술, 대파 약간, 국간장 1큰술, 소금 약간

만드는 법 **1** 콩나물은 깨끗이 씻어 물기를 뺀다. **2** 김치는 속을 털어내고 송송 썬다. 대파는 어슷하게 썬다. **3** 냄비에 다시마 우린 물을 붓고 끓으면 김치와 마늘을 넣어 한소끔 끓인다. **4** ③에 찬밥과 콩나물을 넣고 뚜껑을 덮은 후 끓으면 국간장을 넣는다. **5** 국물 맛이 우러나면 다진 대파를 넣고 소금으로 간을 한다.

싱글들의 만년 친구 볶음밥

냉장고에 남아 있던 모든 음식 재료를 넣고, 프라이팬에 달달 볶으면 근사한 일품 요리로 완성되는 볶음밥. 만들기 쉬운데다가, 재료에 따라 다양한 깊은 맛을 낼 수 있는 것이 볶음밥의 묘미. 기본기부터 업그레이드 버전까지 볶음밥의 모든 것을 알아보자.

기본 중의 기본 김치볶음밥

재료(2인분) 밥 1½공기, 묵은김치 1½컵, 고추장 1작은술, 다진 마늘 1작은술, 김칫국물 3큰술, 후춧가루 약간, 달걀 1개, 참기름 약간

만드는 법 **1** 묵은김치는 국물을 꼭 짠 다음 잘게 썰어 고추장을 넣고 미리 버무려 놓는다.

2 팬에 기름을 두르고 다진 마늘을 넣고 볶다가 미리 양념해둔 김치를 넣고 함께 볶는다.

3 다른 팬에 기름을 약간 두르고 밥을 넣어 볶다가 ②의 김치볶음을 넣고 잘 섞어준 후 김칫국물을 넣고 조금 더 볶는다. 참기름을 약간 넣어 마무리한다.

4 식성에 따라 달걀 프라이나 날달걀을 곁들여 함께 비벼 먹는다.

🔟 맛있는 볶음밥의 기본기

볶음밥에는 찬밥이 제격 갓 지어 수분과 찰기가 많은 밥보다는 냉장고에 두었던 찬밥으로 만드는 것이 훨씬 맛있다. 찬밥은 밥알에 수분이 증발되어 기름과 더 잘 섞이기 때문.

밥과 재료를 따로 볶을 것 밥과 재료를 모두 한 프라이팬에 넣고 볶으면 비빔밥처럼 죽이 되어버린다. 밥과 재료를 따로 볶은 뒤 섞어야 뭉치지 않고 맛을 확실하게 살릴 수 있다.

냉동실에 넣었던 밥은 전자레인지에 돌린다 냉동실에 넣어 두었던 밥으로 볶음밥을 만들 때는 먼저 식용유를 약간 넣어 잘 섞은 후 전자레인지에서 2~3분 정도 돌려 요리할 것. 밥이 해동되면서 딱딱하게 뭉쳐 있던 밥알이 알알이 풀어지는 일석이조 효과.

담백한 달걀 맛 중국식 볶음밥

재료 밥 1½공기, 다진 당근 1큰술, 다진 피망 1큰술, 다진 표고버섯 1큰술, 대파(흰 부분) 10cm 정도, 달걀 1개, 양념(맛술 1작은술, 간장 1/2작은술, 소금 약간, 후춧가루 약간)

만드는 법 1 둥글게 파인 팬에 기름을 넉넉히 두르고 팬이 뜨겁게 달궈지면 잘 풀어놓은 달걀을 넣고 국자로 계속해서 둥글게 젓는다. 이렇게 해야 달걀이 뭉치지 않고 잘게 부서진다.
2 달걀이 완전히 익기 전에 밥을 넣고 잘 섞는다.
3 달걀과 밥이 고루 섞이면 파를 제외한 나머지 야채를 모두 넣고 볶다가 맛술, 간장, 소금, 후춧가루로 간한다.
4 마지막에 송송 썬 파를 넣고 살짝 볶아 접시에 담아 낸다.

바다의 영양 해물볶음밥

재료 밥 1½공기, 갑오징어 1마리, 칵테일새우 7~8개, 홍합 10개, 붉은 파프리카 1/2개, 피망 1/2개, 양파 1/4개
소스 토마토케첩 5큰술, 우스터소스 1큰술, 칠리소스 2큰술

만드는 법 1 오징어는 깨끗이 씻은 뒤 칼집을 넣어 끓는 물에 살짝 데친 후, 먹기 좋은 크기로 잘라 준비한다.
2 손질한 새우와 홍합은 끓는 물에 2초만 담가 살짝 데친다.
3 야채는 깨끗이 씻어 한입 크기로 썬 후, 기름을 두르고 센 불에서 재빨리 볶는다.
4 야채를 볶은 프라이팬에 준비한 해물과 소스를 넣고 함께 볶는다.
5 다른 팬에 기름을 두르고 밥을 볶다가 ④를 넣고 골고루 섞이도록 볶는다.

건강까지 챙기는 멸치 땅콩볶음밥

재료 밥 1½공기, 멸치볶음 4큰술, 땅콩 4큰술, 잘게 썬 실파 1큰술, 양념
(간장 1½큰술, 설탕 1/2큰술, 통깨 약간)

만드는 법 1 팬에 기름을 두르고 밥을 볶다가 멸치볶음과 땅콩을 넣고 잘
섞는다. 이때 땅콩은 볶아서 껍질을 벗긴 것을 넣어야 고소
한 맛이 업그레이드된다. 만약 생땅콩밖에 없다면 기름을 두
르지 않고 프라이팬에 가장 약한 불로 은근하게 볶는다.
2 양념으로 간을 맞춘 후, 불을 끄고 실파와 통깨를 넣어 잘 섞
는다. 멸치볶음의 간에 따라 간장의 양을 조절해야 하므로,
미리 간을 본 뒤 볶음밥에 간을 한다. 참기름을 살짝 넣어 고소한 맛을 더한다.

새콤달콤 태국식 파인애플볶음밥

재료 밥 1½공기, 달걀 1개, 칵테일새우 7~8개, 붉은 파프리카 1/4개, 피
망 1/4개, 양파 1/4개, 파인애플 슬라이스 1개, 양념(피시소스 2큰술,
다진 마늘 1작은술, 설탕 1작은술)

만드는 법 1 양파와 붉은 파프리카, 피망은 다지듯 작게 썰고 파인애플도
한입 크기로 썬다.
2 팬에 기름을 두르고 야채를 먼저 센 불에서 살짝 볶다가 칵
테일새우와 파인애플을 넣고 함께 볶는다.
3 다른 팬에 기름을 두르고 잘 풀어놓은 달걀을 넣고 젓다가,
완전히 익기 전에 밥을 넣어 함께 볶는다.
4 달걀과 밥이 완전히 섞이면 ②와 양념을 넣고 함께 볶아 접시에 담아 낸다. 피시소스가 없을
때는 까나리액젓이나 멸치액젓을 사용해도 되며, 대신 양을 적게 할 것.

자연 건강차로 미인 되자

주말에 잠깐 시간을 내서 홈메이드 티를 한번 만들어보자.
재료는 물론 만드는 법도 간단해서 정말 손쉽게 만들 수 있다.
일주일에서 열흘 정도 숙성시킨 후에 맛보는 홈메이드 티,
정성이 담긴 특별한 느낌과 맛을 즐길 수 있다.
또한 건강까지 챙길 수 있어 일석이조.

자연 건강차 만드는 법

보석처럼 예쁜 레드 컬러 석류차
재료 석류 2개, 설탕 1컵 **만들기 1** 석류는 쪼개서 한 알씩 뗀다. **2** 석류알에 설탕 양의 2/3를 넣고 버무려서 병에 담고 맨 위에 나머지 설탕을 덮어 밀봉해 두었다가 10일 정도 지나서부터 빨간 시럽을 따라서 뜨거운 물에 타서 마신다.

달콤한 모과 향을 마신다 모과차
재료 모과 1개, 설탕 1컵, 꿀 1/4컵 **만들기 1** 모과는 길이로 4등분한 다음 얇게 썰어 씨를 골라낸다. **2** 모과를 꿀에 버무리고 모과-설탕-모과-설탕 순으로 담아 맨 위에 설탕을 듬뿍 덮는다. 두고 먹을 생각이라면 설탕과 모과를 같은 양으로 해야 부패하지 않는다. 랩을 씌우고 뚜껑을 덮어서 10일 정도 두었다가 마신다.

비타민 C가 듬뿍 든 건강차 레몬차
재료 레몬 2개, 설탕 · 꿀 1/3컵씩 **만들기 1** 레몬은 소금으로 문질러 닦은 다음 물기를 걷고 얇게 썬다. **2** 레몬을 꿀에 버무려서 레몬-설탕-레몬-설탕 순으로 담고 밀봉한다. 10일 정도 두었다가 뜨거운 물에 타서 마신다.

약이 되는 건강차 생강차
재료 생강 100g, 꿀 · 설탕 1/2컵씩 **만들기 1** 생강은 1쪽씩 떼어 깨끗이 씻는다. 껍질을 벗기고 얇게 썰어 물에 헹궈 녹말기를 씻어내고 마른 면보자기에 펴놓고 물기를 걷는다. **2** 생강을 꿀에 버무려서 병에 담고 위에 설탕을 덮어 10일 정도 두었다가 뜨거운 물에 타서 마신다.

감기 예방과 치료의 효과 유자차
재료 유자 4개, 설탕 3/4컵, 꿀 1/4컵 **만들기 1** 유자는 소금으로 문질러 씻어서 끓는 물을 끼얹어 소독한 후 얇게 썬다. 썰면서 씨는 골라낸다. **2** 유자를 꿀에 버무린 다음 유자-설탕-유자-설탕 순으로 담고 맨 위에 유자가 보이지 않을 정도로 설탕을 덮는다. 랩을 설탕 표면에 닿게 덮은 다음 뚜껑을 덮어서 10일 정도 두었다가 마신다.

물처럼 항상 마시면 좋은 건강차 7

1 피곤하고 스트레스 많이 받는 직장인
⇨ 구기자차
한 잔을 마시면 그만큼 수명이 연장된다는 말이 있는 건강장수차인 구기자차. 허약한 몸과 마음을 보양해주므로, 항상 피곤하고 스트레스 많이 받는 직장인에게 강력 추천한다. 단 감기에 걸렸거나, 몸에 열이 많아 추위를 잘 타지 않는 사람, 소화기관이 약해서 설사를 자주 하는 사람은 피할 것.

2 요즘 들어 부쩍 몸이 허약해진 사람
⇨ 둥굴레차
신선들이 먹는 음식이라 했을 만큼, 자양 강장 효능이 탁월한 둥굴레. 팔다리 쑤심, 식은땀, 입이 바싹바싹 마르는 증상에 효과가 있다. 부쩍 몸이 허해졌다는 생각이 든다면 꼭 한 번 끓여 먹어보길.

3 너무 말라 고민인 사람
⇨ 오가피차
근육과 살을 튼튼하게 하는 오가피차는 너무 말라 고민인 사람에게 적당하다. 오가피를 장복하면 신체의 기를 돋우고, 남자의 정력을 좋게 해주는 효과가 있다. 혼자 먹지 말고 남자친구랑 같이 먹으면 좋을 듯.

4 감기를 달고 사는 사람
⇨ 감잎차
비타민 C가 풍부할 뿐 아니라, 흡수율이 높아 그 어떤 비타민 제제를 섭취하는 것보다 효과가 좋다. 비타민 C는 신체 면역력을 높여주는 효과가 있어, 겨우내 감기를 달고 사는 사람이라면 감잎차가 제격. 약산성인 감잎차는 알칼리성 식품인 커피나 녹차와는 상극이다.

5 아침에 얼굴과 몸이 많이 붓는 사람
⇨ 옥수수 수염차
이뇨 작용이 뛰어난 옥수수 수염차는 아침에 많이 붓는 사람, 신장이나 방광이 좋지 않은 사람이 마시면 큰 효과를 볼 수 있다. 이 밖에 혈압을 떨어뜨리며, 전립선 비대증의 치료에도 탁월한 효과가 있다.

6 시력이 점점 나빠지는 사람
⇨ 결명자차
눈을 밝게 해준다는 뜻의 결명, 이름처럼 시력이 갑작스레 떨어지거나 눈병이 난 사람에게 좋다. 찬 성질의 결명자는 저혈압이나 설사가 있는 사람에게 맞지 않으며, 하루에 3잔 이상 마시는 것은 피할 것. 따뜻하게 마시는 것도 좋지만, 차게 마시는 것이 맛이 더 좋다.

7 혈압으로 인한 성인병이 걱정되는 사람
⇨ 두충차
녹차보다 비타민 C가 더 많고, 혈압을 낮춰주는 성분이 들어 있는 두충차를 장복하면 성인병을 예방할 수 있다. 양기를 돋워 혈을 잘 돌게 하므로 기가 허한 사람이 먹기에도 적당하다. 차를 끓이고 남은 것은 목욕제로 사용하면 피부가 촉촉하고 부드러워진다.

허브티 제대로 즐기는 법

허브티는 종류가 매우 많을 뿐 아니라 그 종류마다 맛과 향이 가지각
색. 따라서 자칫하면 한 종류의 허브티를 마셔본 뒤 허브티 전체에 대
한 선입견이 생길 수 있다. 종류별로 다양하게 먹어본 뒤 자신의 입맛
에 잘 맞는 허브티를 고르는 것이 좋다.

for beginner **허브티 초보자를 위한 추천 차** 우선 가장 대중적인 허브티는 캐모마일과 페퍼민트. 두 차
모두 향과 맛이 강해 무난한 종류는 아닐 수 있겠으나 허브티 중에 가장 인기가 많은 차이기도 하다. 향과 맛이
모두 은은해서 마시기 좋은 허브티는 라임 블러섬, 레몬 버베나, 허브 칵테일과 루이보스 등을 추천한다. 루이
보스는 요즘 여러 가지 효능이 알려지면서 인기를 끌고 있으며, 맛이 무난해 차뿐 아니라 물 대신 먹기에도 좋
다. 이 밖에도 신맛을 좋아한다면 하이비스커스나 로즈힙 등 붉은빛이 나는 허브티를, 달콤한 맛과 향을 원한
다면 과일을 넣고 블렌딩한 스트로베리프루츠나 레몬프루츠, 레드베리즈 등의 허브티를 추천. 우리가 많이 알
고 있는 라벤더나 로즈메리 등은 차로 마시기에 썩 좋은 편이 아니므로 초보자가 마시기에는 적당하지 않다.

how to infuse **허브티 제대로 마시기** 허브티의 장점은 우리는 방법이 쉽다는 것. 정해진 룰에 크게 얽
매이지 않고, 상황에 맞춰 각자 스타일대로 우리면 된다. 머그컵 또는 티포트에 찻잎을 적당량 넣고 뜨거운 물
을 부은 뒤 3~5분 정도 우려 찻잎을 걸러내고 마신다. 찻잎은 보통 1잔에 1티스푼을 넣는 것이 기준인데, 이
또한 각자의 입맛에 맞게 양을 조절할 수 있다. 차가 빨리 우러나지 않는 과일 조각이나 말린 열매가 들어간 허
브티는 5분 이상 우려야 제 맛을 낼 수 있다. 찻잎이 잘게 잘린 티백은 빨리 우러나기 때문에 2분 정도로도 충
분하고 티백은 한 번만 우려야 한다. 사용할 포트와 잔을 미리 뜨거운 물을 부어 데워 놓으면 차가 빨리 식지 않
아 맛있는 차를 오랫동안 즐길 수 있다.

물 대신 마시는 홈메이드 아이스티

물 대신 마실 수 있는 것은 17차뿐이 아니다. 시원한 냉차가 간절해지는 여름. 유자, 매

유자에이드

유자는 사과, 바나나의 칼슘 함유량
의 10배이며, 과일 중 칼슘이 가장
많은 레몬과 비슷한 양을 함유하고
있어 많이 먹으면 골다공증 예방에
도 효과적이다.

재료 유자청이나 유자차즙 40ml,
생수 200ml, 얼음 적당량
만들기 생수에 유자청을 넣고 잘 섞
은 다음 마지막에 얼음을 넣는다.

매실에이드

매실에 풍부한 구연산은 몸의 피로
물질인 젖산을 분해시켜 몸 밖으로
배출시키는 작용을 해서 어깨 결림,
두통, 요통 등에 효과적. 좀처럼 피로
를 느끼지 못하고 체력이 좋아진다.

재료 매실청 30ml, 생수 100ml,
얼음 적당량
만들기 생수에 매실청을 넣고 녹을
때까지 잘 섞은 다음 얼음을 넣는다.

자몽에이드

피부의 긴장을 풀어주고 혈액순환
을 안정적으로 도와주는 자몽. 아드
레날린의 배설을 돕는 비타민 C가
들어 있어 스트레스 해소에도 효과
적이다.

재료 핑크 자몽 주스 200ml, 자몽
과육 100g, 탄산수 100ml
만들기 자몽 과육에 주스와 탄산수
를 섞어 잘 저어준다.

곤 등 천연과일과 허브티로 간단하게 만들어 먹을 수 있는 홈메이드 아이스티.

로즈그린 아이스티

장미는 비타민 C가 레몬의 17배. 몸 안의 활성산소와 스트레스를 동시에 해소시켜줘 공복에 마시면 변비에도 효과적이다.

재료 로즈그린 티백 1개, 생수 400ml, 얼음 적당량
만들기 미지근한 물에 로즈그린 티백을 넣고 2~3분 정도 우려낸 다음, 얼음을 넣어 마신다.

페퍼민트 허브 아이스티

감기 예방과 소화를 돕는 페퍼민트. 진정 효과도 있어 스트레스가 쌓이기 쉬운 직장인에게 좋은 차다. 식후나 취침 전에 마시면 더욱 좋다.

재료 페퍼민트 티백 1개, 생수 400ml, 얼음 적당량
만들기 페퍼민트 티백을 넣고 천천히 우린 다음 얼음을 넣는다.

레몬 아이스워터

비타민 C가 풍부해서 피로 회복과 미용에 효과적. 세균에 대한 저항력을 높여주는 효과도 있기 때문에 감기 예방에도 좋다.

재료 레몬즙(생과일) 3큰술, 레몬 슬라이스 1~2개, 생수 200ml, 얼음 적당량
만들기 생수에 레몬즙을 넣고 잘 섞은 다음 레몬 슬라이스와 얼음을 넣어 마신다.

과일로
나만의 센스
발휘하기

손님을 위한 배려, 과일 예쁘게 썰어 담기

오랜만에 내 집을 찾은 손님에게 과일 한 접시 낼 때, 그다지 예쁘지 않은 모양으로 내는 것보다 남들과 다른 모양새로 담아 내면 대접받고 있다는 좋은 느낌을 받을 것이다. 손님을 위한 작은 배려가 될 수 있는 과일 예쁘게 담는 간단한 노하우.

사과 사과 껍질로 귀엽게 모양 낸다

1 사과는 깨끗이 씻어 물기를 제거한 후 껍질째 8등분 한 후 가운데 씨가 있는 부분을 잘라낸다. **2** 사과의 양 끝에서부터 가운데 방향으로, 가운데 약 1cm 정도 남기고 껍질이 떨어지지 않도록 깎는다.

오렌지 한입에 먹기 좋은 크기로 자른다

1 오렌지는 흐르는 물에 한 번 씻고 껍질을 면보로 깨끗이 닦은 후 세로로 작은 것은 4등분, 큰 것은 6등분 한다. **2** 각각의 조각을 1cm 두께로 잘라 부채꼴 모양을 만들고 접시에 담을 때는 지그재그로 담는다.

바나나 어슷썰어 두 조각씩 예쁘게 포갠다

1 바나나는 약간 덜 익은 듯 살캉거리는 것을 선택하여 무르지 않도록 끝을 칼로 자른 후 껍질을 벗긴다. **2** 껍질을 벗긴 바나나는 사선으로 어슷썰기한 후 두 조각씩 엇갈리게 포개고 먹기 편하도록 꼬치를 꽂는다.

멜론 바이킹 배 모양으로 잘라 담는다

1 멜론은 껍질째 반으로 자른 후 길게 초승달 모양으로 8등분한 후 가운데 씨를 긁어낸다. **2** ①의 멜론은 반 자르고 양쪽 뾰족한 끝에서부터 가운데 방향으로 껍질을 깎은 후 그 위에 과육을 올린다.

귀차니스트의 여름 과일 손질 & 보관법

1 참외는 신문지로 싸두기

참외는 수분이 많은 과일이라 그냥 두면 수분이 증발해버려 맛과 향, 당도가 떨어진다. 이때 신문지나 종이로 참외를 싸서 그늘지고 시원한 곳에서 보관을 하면 참외의 고유한 맛을 떨어뜨리지 않으면서 오래 두고 먹을 수 있다. 가끔 신문지에 물을 뿌려주는 것도 좋은 방법이다.

2 남은 수박에는 레몬즙

먹고 남은 수박은 껍질은 잘라 버리고 과육만 먹기 좋게 잘라서 레몬즙을 살짝 뿌려준다. 그런 다음 밀폐용기에 넣어 냉장고에 넣어두면 과육의 맛이 상하지 않으면서 장기간 보관해두고 먹을 수 있다. 화채를 만들 때는 수박에 화이트 와인, 탄산수, 통조림 귤을 넣고 섞으면 된다.

3 키위는 상온에서 냉장고로

상온에 이틀 정도 뒀다가 냉장고로 옮겨서 보관하는 것이 가장 좋다. 키위를 빨리 익혀 먹고 싶을 때는 사과와 함께 비닐봉지 안에 넣어두면 된다. 완전히 다 익은 키위는 냉장고에 넣어두면 2주 이상 보관이 가능하다.

4 망고는 유산지로 싸두기

과육이 단단한 망고는 냉장고에 넣지 말고 유산지로 한 번 싼 후 랩으로 싸서 상온의 시원한 곳에서 보관하는 것이 좋다. 망고를 손가락으로 살짝 눌렀을 때 부드러운 느낌이 들고 달콤한 향이 나면 가장 맛이 좋다.

5 포도는 먹기 직전에 씻기

씻지 말고 물기 없는 상태 그대로 냉장고에 넣어두는 것이 좋다. 포도는 먹기 직전 씻어 먹는 것이 가장 좋은데 포도를 씻을 때는 송이를 작게 잘라서 찬물로 씻어야 농약을 완전히 씻어낼 수 있다. 먹다 남은 포도는 냉동실에 얼려 먹어도 맛있다.

6 딸기는 꼭지를 따지 말 것

간혹 딸기를 씻을 때 소금물로 닦는 경우가 있는데 이는 잘못된 상식이다. 딸기를 소금물을 사용해 씻으면 삼투압현상이 일어나 표면에 묻은 농약이 딸기 속으로 스며들고, 딸기 안의 수용성 성분이 밖으로 나오게 되기 때문이다. 딸기를 씻을 때는 소쿠리에 담아 꼭지를 따지 않은 채 흐르는 물에 세 번 정도 씻은 후 랩이나 비닐을 씌워 보관하는 것이 정석. 먹을 때까지 꼭지를 따지 않는 것이 중요하다.

03

싱글, 살림의 달인이 되다

싱글 살림의 중심

화장대&서랍장 정리정돈의 기술

옷장이 가벼워지는 수납 프로젝트

천 한 장으로 방 안 분위기 확 바꾸는 법

귀차니스트 싱글들을 위한 청소&설거지 비책

이토록 간단한, 최소한의 공구 활용법

화장대 & 서랍장 정리정돈의 기술

서랍장 위 화장대 정리

매일 사용하는 화장품이나 메이크업 제품, 헤어드라이어 등은 오픈 수납하는 것이 편리하다.
화장대 위를 깔끔하게 정리하기 위해서는 적절한 수납 도구가 필수.

매일 사용하는 기초 스킨케어 제품과 메이크업 제품, 자주 사용하는 미용 제품은 화장대 위에 주르르 늘어놓으면 어수선하고 청소하는 것도 불편하다. 깔끔하게 정리하여 바구니에 담고 오픈 수납한다.

립스틱이나 립글로스는 여러 개 있어도 좋아하는 컬러 몇 개만 사용하게 된다. 자주 사용하는 립스틱과 립글로스는 컵에 담아두면 흩어지지 않고 사용하는 것도 편리하다.

메이크업 브러시는 전용 케이스에 넣어두면 잘 사용하게 되지 않는다. 길이가 좀 긴 컵에 담아 오픈 수납하면 쉽게 꺼내 쓸 수 있어 좋다.

면봉이나 화장솜은 뚜껑이 있는 케이스에 담아두면 먼지가 앉는 것도 막을 수 있고 사용하기도 편리하다.

서랍에 넣어두자니 자리를 많이 차지하고, 그렇다고 꺼내두자니 어수선한 헤어드라이어는 바구니나 상자를 하나 마련하여 수납하는 것이 깔끔하다. 서랍장 혹은 화장대 위에 올려두면 사용하는 것도 편리하다.

액세서리 및 작은 생활용품 수납

화장대의 맨 위쪽 서랍은 액세서리나 자주 사용하지 않는 화장품 등 자잘한 살림을 수납하면 요긴하다.
작은 살림을 하나의 서랍에 수납해야 하므로 박스나 상자 등을 크기별로 준비하는 것이 좋다.

박스나 바구니를 활용할 때 깊이가 깊지 않은 것을 활용하면 2단으로 쌓아 수납할 수 있다. 수납할 아이템에 따라
딱 맞는 상자와 바구니를 마련하여 수납 공간을 최대화한다.

빅 사이즈 액세서리가 유행이기 때문에
긴 목걸이를 적어도 두세 개쯤은 가지고
있게 마련. 하지만 빅 사이즈 액세서리는
액세서리 보관함에 넣어두기 부담스럽다.
작은 바구니나 상자를 마련하여 따로
수납한다.

튜브나 팩, 작은 용기 등에 담겨 있는 샘플
화장품은 서랍을 어수선하게 만드는
주범이다. 서랍 속에 작은 상자 하나
마련해두고 샘플 화장품만 모으는 용도로
활용하면 좋다.

가까운 곳이든 먼 곳이든 1박 이상 여행을
갈 때 필수품은 화장품 파우치다. 여행용
화장품을 꺼내고 넣는 것이 불편하지
않도록 아예 화장품 파우치를 따로
마련해서 파우치째 수납한다.

매니큐어나 향수 등은 한 곳에 모아서
정리한다. 작은 상자를 바구니 속에 넣으면
종류별로 나누어 수납하기도 좋고,
흐트러지는 것도
방지할 수 있어
편리하다.

목걸이, 반지, 팔찌 등의 액세서리는 하나의
상자에 담아두는 것보다 칸막이가 있는
플라스틱 상자에 종류별로 나누어 수납하면
찾기 쉽다.

선글라스는 한 곳에 모아 상자에 담는 것이
좋은데, 선글라스 길이와
딱 맞는 상자를
구비하는 것이
수납 포인트.

옷장이 가벼워지는 수납 프로젝트

01 신발장 속에 넣어두기에도 자리가 마땅치 않은 롱부츠는 깨끗하게 손질한 후 기다란 바구니에 넣어 옷장 맨 윗칸에 넣는다. 수납할 때는 반드시 신문지를 길게 말아 부츠에 끼워 넣는다.

02 공간을 많이 차지하는 빅 숄더 백은 옷걸이를 이용해서 옷장 한쪽 봉에 걸어두는 것이 가장 좋은 방법.

03 외투나 트렌치코트, 긴바지, 원피스 등 긴 옷은 밑단이 구겨지지 않도록 거는 것이 포인트. 긴 옷을 걸 수 있도록 봉이 하나만 설치되어 있는 스페이스를 활용하자.

04 벨트, 모자, 클러치 백 등 패션 액세서리는 걸이용 패브릭 선반을 활용해서 종류별로 수납한다.

05 옷 먼지 제거용 롤테이프는 옷장에 넣어두고 수시로 사용하면 실용적이다.

06 자주 쓰는 캐주얼 모자는 패브릭 선반 한 칸에 두세 개씩 모아 수납한다.

07 선글라스는 보통 서랍에 넣어 보관하나 옷을 입을 때 함께 매치할 수 있도록 옷장에 넣어두는 것도 좋다.

08 벨트는 돌돌 말아서 패브릭 선반에 넣으면 깔끔하다.

09 클러치 백이나 파우치 등 흘어지기 쉬운 작은 가방도 패브릭 선반에 수납하여 깔끔하게 정리하면 찾아보기 쉽다.

10 챙 넓은 모자 등 형태가 망가지기 쉬운 모자는 수납할 곳이 마땅치 않다. 모자 상자 하나 두면 그 역할을 한다.

11 패브릭 상자 몇 개가 있으면 옷장 정리가 깔끔해진다. 지난 옷을 깨끗하게 세탁하여 넣어두면 좋다.

12 머플러는 돌돌 말아 최대한 구김이 가지 않도록 하는 것이 좋다.

13 멋쟁이들의 패션 소품인 스타킹은 깔끔하게 접어지지도 않고 흘어지기 쉬운 아이템이다. 하나씩 묶고 컬러별로 나눈 다음 패브릭 주머니에 넣는다.

14 철 지난 옷은 세탁 후 반드시 박스나 바구니 혹은 잘 사용하지 않는 여행용 가방에 담아 옷방 맨 위에 올린다. 여름옷을 수납할 때는 잘 접은 후 차곡차곡 세워서 수납하면 한결 많이 수납할 수 있다.

15 박스 하나만 있으면 가방 수납이 쉽다. 잘 세워지지 않는 가방이나 자주 사용하지 않는 가방은 박스에 넣어 선반 위에 올린다. 박스 위에는 자주 사용하는 가방을 수납할 수도 있다.

16 패브릭 가방은 걸어두는 것보다 박스에 넣어 보이지 않게 정리하는 것이 깔끔하다. 패브릭 가방 외에 박스에 넣어두어도 그다지 무리 없는 가방은 박스 안에 넣도록 하자.

17 재킷이나 블라우스, 점퍼 등의 상의는 모아서 걸어둔다. 비슷한 컬러별로 묶어서 걸어두면 옷을 입을 때 한결 편리하게 찾아 입을 수 있다.

18 두꺼운 옷걸이를 사용하면 옷을 많이 걸 수 없으므로 세탁소용 가는 철사 옷걸이를 사용한다. 니트나 무거운 상의 등 어깨 자국이 생기기 쉬운 옷을 걸 때는 옷걸이 양쪽에 작은 수건을 말아서 건다. 또한 캐미솔 등 어깨가 끈으로 처리되어 있는 옷은 양쪽 옷걸이를 위쪽으로 구부려 걸면 흘러내리지 않아 편리하다.

19 청바지는 걸어두면 옷걸이에 자리를 많이 차지하므로 접어서 옷장 선반 위에 올려두는 것이 편리하다. 접어서 차곡차곡 쌓아도 좋고, 하나씩 돌돌 말아 쌓아두어도 편리하다.

20 가을, 겨울에는 니트류의 옷을 많이 입는다. 자주 입는 니트는 접어서 서랍에 넣어두기보다 구겨지지 않게 돌돌 말아 바구니에 세워두자.

21 상의나 하의를 나누어 걸 수 있도록 두 개의 봉이 상하로 되어 있는 시스템 옷장. 밑부분은 스커트나 반바지 등의 하의만 모아 걸어둔다. 바지는 바지대로, 스커트는 스커트대로 걸거나 컬러별로 나누어 거는 것이 편리하다.

천 한 장으로 방 안 분위기 확 바꾸는 법

딱히 약속도 없는 따분한 일요일 오후, 30분만 투자하면 내 공간에 새로운 분위기를 낼 수
있다. 자투리 천 한 장으로 늘 사용하던 소품을 새롭게 연출하는 리폼 아이디어를 만나보자.

지겨운 서랍장에 패브릭 붙이기

가구는 자주 바꾸게 되는 것이 아니므로 오래 사용하다 보면 좀
지루하게 느껴지기도 한다. 이럴 때 패브릭 한 장이면 가구를 새롭게
변화시킬 수 있다. 서랍장 앞부분에 자투리 천을 붙여보자. 서랍
사이즈에 맞게 잘라 스프레이 접착제로 붙이기만 하면 끝.

머그컵에 천을 둘러 화분이나 꽃병으로 활용

작은 꽃이 예쁜 화초하나 장만했는데, 마땅한 화분이 없을 때는
머그컵을 활용하자. 평범한 머그컵에 봄 느낌 물씬 풍기는 예쁜
천을 머그컵 사이즈보다 작게 접어 두르고 끈으로 묶는다. 꽃
화분 하나 살짝 끼워 넣으면 모양 예쁜 어느 화분 못지않다.

나무판에 천을 붙여 갤러리처럼 활용하기

큰직한 나무 판자에 색다른 감각의 패턴이나 컬러의 패브릭을 붙인다.
천을 붙일 때는 스프레이 접착제를 이용하면 편리하다. 소파 뒤, 침대 뒤
등 어느 공간이든 원하는 공간에 세워두기만 하면 새로운 분위기를
연출할 수 있다. 판자가 없다면 벽면에 직접 붙여도 좋다.

기분 좋아지는 수건 리폼

샤워나 세안 후, 그리고 가볍게 손 씻은 후 등 수건을 사용하는 시간은
기분이 좋아지는 시간이다. 늘 사용하는 수건이 예뻐진다면 아마 그
시간은 더 즐거워질 듯. 수건 밑단에 천을 덧대어 박음질하면 평범한
수건이 특별해진다. 집을 찾은 손님에게 내놓기에 좋은 아이템이다.

귀차니스트 싱글들을 위한
청소 & 설거지 비책

그릇 때, 말끔하게 제거하는 설거지 방법

기름때 제거 밀가루

기름이 묻고 먼지가 앉아 까맣게 변해버린 프라이팬이 건강을 해칠 것만 같다. 프라이팬이나 냄비 안에 밀가루를 1/2작은술 정도 뿌린 후 종이타월로 닦고 물로 헹구면 기름때가 말끔히 제거된다는 사실을 기억하시라.

another 소주 프라이팬이나 냄비를 약한 불에서 약간만 달군 후 소량의 소주를 부은 타월로 닦으면 비교적 깨끗해진다.

물때 제거 식초

유리컵이나 주전자에 잘 생기는 물때는 물을 마실 때나 끓일 때마다 찜찜한 느낌이 들게 한다. 이럴 땐 버리지 말고 소금과 식초를 이용할 것. 소금과 식초 섞은 다음, 칫솔에 묻혀 문지르면 깨끗해진다.

another 감자껍질 주전자에 생긴 물때의 경우 감자껍질을 물과 함께 넣고 끓이면 깨끗하게 세척된다. 감자껍질 안에 함유된 녹말 성분이 물때를 말끔히 없애준다.

오래 묵은 때 제거 무나 당근

그릇을 오래 쓰거나, 설거지를 오랫 동안 하지 않으면 지우기 힘든 묵은 때가 생기기 마련. 이럴 땐 무나 당근 조각에 주방 세제를 묻혀 닦는다. 만족할 만큼 묵은 때가 흠집 없이 벗겨진다.

another 주방 세제 큰 냄비에 세척할 그릇과 물, 주방 세제를 떨어뜨린 후 10~20분 정도 삶는다. 삶은 후 그릇을 꺼내 타월로 닦으면 말끔해진다.

그릇에 밴 냄새 제거 푸른 잎 채소

생선이나 카레 등 향이 강한 음식물을 용기에 담아놓으면 냄새가 쉽게 배어 빠지지 않는다. 해결방법은 푸른 잎 채소를 잘게 썰어 그릇에 넣고 뚜껑을 덮어 하루 정도 놓아두면 냄새가 말끔히 가신다.

another 식빵 같은 방법으로 식빵에 식초를 조금 묻혀서 그릇에 넣고 하루 정도 뚜껑을 닫아놓으면 냄새는 사라진다.

싱글을 위한 초간단 청소법

청소를 좀더 간편하고 빠르게 할 수는 없을까? 그렇다고 기왕 하는 청소 대충 할 수도 없는 일…… 시간 없는 혹은 귀차니스트들을 위한 효율적인 청소 노하우.

침구나 커튼은 소재에 따라 세탁 혹은 청소 방법을 달리해야 패브릭이 망가지지 않는다. 실크의 경우에는 반드시 드라이클리닝을 해야 하고, 면 소재라면 물빨래를 한다.

침구 면 소재의 침구는 햇빛 좋은 날 물세탁을 깨끗이 하여 햇빛에 건조시키는 것이 가장 좋은 방법. 이불은 솜과 커버를 분리한 뒤 솜은 햇빛에 널어 습기를 없애고, 커버는 침대 커버와 함께 세탁한다. 반드시 햇빛에 말려 소독한다.

커튼 방 안에 먼지가 풀풀 날리지 않게 하기 위해서는 평소에 먼지라도 털어내는 것이 좋다. 방 청소를 하기 전에 먼저 방망이로 커튼의 먼지를 털어낸다. 청소기를 사용할 때 커튼의 먼지도 함께 빨아들이는 것도 좋은 방법.

화장품, 액세서리 등 자잘한 소품이 많아 먼지가 쌓이기 좋은 장소. 먼지를 자주 닦아내는 것이 좋지만 그렇게 하지 못하는 경우가 많다. 대신 청소하기 쉽게 평소에 잘 정리해두는 것도 도움이 된다.

1 화장대 위의 화장품과 자잘한 소품은 몽땅 큼직한 바구니나 트레이에 덜어낸다. **2** 청소기로 먼지를 제거하고 물걸레를 이용해서 남아 있는 화장품 얼룩이나 더러움을 닦아낸다. **3** 작은 트레이나 바구니에 매일 사용하는 화장품과 자주 사용하는 소품만 담아 화장대에 올린다. **4** 클렌징 티슈 사용 후 그냥 버리지 말고 화장대를 슬쩍 닦기만 해도 화장대는 한결 깔끔하고 청결하게 유지할 수 있다.

주방 청소

주방은 음식물 찌꺼기나 기름때, 음식물 흔적 등 잘 관리하지 않으면 다른 공간에 비해 쉽게 더러워진다. 음식물 쓰레기는 제때 제때 버리고, 음식을 만든 후에는 기름때와 음식물의 흔적을 바로 닦아내는 것이 주방을 청결하게 유지할 수 있는 비결.

1 세제와 수세미로 닦는 것이 좋지만 이런 방법은 귀찮기 그지없다. 이럴 때 확실하면서도 가장 손쉬운 방법은 티슈 타입의 세제를 사용하는 것. 세정력이 좋아 찌든 때를 쉽게 닦을 수 있다. 2 볶음이나 튀김 등의 음식을 하다보면 기름을 흘리기 십상인데, 기름기를 깨끗하게 제거하려면 밀가루를 사용한다. 키친타월로 기름기를 한 번 닦고 밀가루를 뿌려 기름을 흡수시킨 뒤 행주로 닦는다. 3 가스레인지는 스프레이식의 전용 세제를 뿌린 후 행주나 수세미로 닦아내

기만 하면 말끔해진다. 4 싱크대 배수구는 음식물 찌꺼기로 인해 냄새가 나기 쉽다. 배수구 망에 찌꺼기가 쉽게 생기지 않도록 하는 전용 볼 하나라도 끼워두자. 5 스테인리스스틸 소재의 싱크대는 얼룩이 쉽게 생긴다. 세제로 닦는 것이 귀찮을 때는 감자 껍질을 활용해보자. 감자 껍질로 싱크대를 문지르고 물을 뿌리면 얼룩이 말끔히 지워진다. 6 주방 타일 사이사이에 낀 때는 주방용 세제를 활용한다. 키친타월에 주방 세제를 듬뿍 묻혀 더러움이 심한 타일 위에 붙여놓기만 해도 타일 사이의 더러움이 확실하게 제거되어 청결한 주방을 만들 수 있다.

욕실 청소

물 사용이 잦은 욕실은 물때와 곰팡이가 끼기 쉬우므로 평소에 환기를 시켜 습하지 않게 한다. 이미 자리 잡은 곰팡이나 물때는 오래 두면 잘 지워지지 않으므로 조금 생겼을 때 빨리 처리하자.

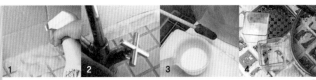

1 자기 전 전용 세제를 뿌린 후 다음 날 아침 샤워할 때 물만 뿌리면 말끔해진다. 2 곰팡이가 심할 경우에는 솜이나 휴지에 락스를 적셔 곰팡이가 있는 부분에 붙여둔다. 다음 날 솔에 세제를 살짝 묻혀 살살 문지르기만 해도 쉽게 곰팡이를 제거할 수 있다. 3 변기 안쪽이나 욕실 구석 등 닦기 어려운 곳은 버리는 스타킹을 막대기에 돌돌 말아서 중성 세제나 락스를 묻혀 닦으면 쉽다. 솔보다 잘 닦일 뿐만 아니라 버리는 스타킹도 재활용할 수 있어 일석이조. 4 머리카락 등으로 인해 욕실 배수구가 막히는 경우가 있다. 이럴 때는 배수구에 베이킹 소다와 식초를 각각 1컵씩 붓고, 거품이 생기면 뜨거운 물을 부어 막힌 것을 뚫어준다. 5 크린스틱 스펀지에 세제가 묻어 있어 물만으로도 청소가 가능하다. 스펀지는 교체 가능. 6 프리미엄 막대 밀대의 삼각형 모양은 구석진 곳과 둥근 곳의 청소까지 편리하게 한다. 엠보싱 점착 청소포와 극세사 청소포는 일반 청소포에 비해 한결 깔끔하게 먼지를 제거하는 것이 특징.

집 안 곳곳 지독한 악취 제거법

평소에도 그렇지만 여름에는 조금만 방치해도 집 안 곳곳에서 나는 악취로 숨쉬기가 힘들다.
늘 상쾌하고 쾌적한 싱글 룸을 위한 악취 제거 노하우.

화장실

1 화장실에 숯 놓기 나쁜 냄새를 없애기로 유명한 숯. 작은 바구니에 숯을 여러 개 담아서 화장실 안에 비치해두면 탈취 제거뿐 아니라 벌레의 접근도 막아준다.

2 변기에 탄산음료 붓기 변기에서 냄새가 난다면 탄산음료나 맥주를 붓고 내려보자. 변기에서 나는 미묘한 악취가 사라지는 효과가 있다.

3 표백제 사용하기 시판되는 락스 중에는 세제와 배합되어 악취 제거에 효과적이다. 락스를 넣고 30분 정도 지난 뒤 물을 내리면 냄새가 깨끗이 사라진다.

4 크린스틱 이용하기 일회용 스펀지에 세제가 묻어 있어 쓱쓱 문질러주고 물만 내리면 되는 제품이 있다. 아주 간단하게 변기 청소를 할 수 있는 제품. 스펀지는 교체 가능하다.

5 세정제 넣어두기 이도저도 귀찮다면 변기에 시판 세정 제품을 넣어두자. 손에 묻지도 않을 뿐더러 비닐째 그냥 넣어두기만 하면 되니까 정말 간편하다.

행주

1 레몬 넣고 삶기 행주를 삶을 때 레몬이나 달걀 껍데기를 넣고 삶아보자. 갖가지 냄새를 풍기는 행주의 악취를 제거하고 좋은 향을 남긴다.

2 전자레인지에 돌려서 사용하기 젖은 상태로 있으면 냄새가 나기 마련인 행주. 하지만 삶기도 어렵다면 전자레인지를 이용해 행주를 바싹 말려 사용하는 것이 좋다. 행주 냄새가 나지 않아 주방이 쾌적해진다.

3 락스에 담그기 뭐니 뭐니 해도 행주는 락스에 자주 담가서 사용하는 것이 가장 좋다. 행주 전용 락스를 이용해 자주자주 소독해주자.

싱크대 하수구

| 식초와 뜨거운 물 붓기 하수구에 식초를 붓고 뜨거운 물을 흘려보낸다. 식초에 있는 살균 효과와 악취 제거 효과로 냄새가 사라진다.

2 녹차 티백 넣어두기 입 냄새 제거, 습기와 곰팡이 제거에 효과적인 것으로 알려진 녹차. 녹차 티백 몇 개를 수채통 안에 넣어두는 것만으로 간단하게 효과를 볼 수 있다.

3 분말 세정제 이용하기 가루 타입으로 된 배수구 세정제를 이용하는 것도 하나의 방법. 가루를 붓고 물을 흘려보내면 거품이 일어나 알아서 물때가 제거된다.

4 볼 제품 넣어두기 음식물 찌꺼기가 잘 생기지 않도록 해야 악취가 제거된다. 볼 제품을 넣어두면 찌꺼기가 끼는 것을 예방해주는 효과가 있다.

5 배수구 캡 씌우기 배수구 입구에 살균 및 세정 성분의 알갱이가 들어 있는 캡을 끼워두기만 하면 뽀득뽀득하고 청결한 싱크대를 유지할 수 있다.

음식물 쓰레기

| 냉동실에 얼리기 음식물 쓰레기를 바로 버릴 수 없다면 지퍼락에 담아 냉동실에 얼려두는 것이 좋다.

2 녹차가루 뿌리기 음식물 쓰레기를 담아놓는 그릇에 녹차가루를 뿌려두면 녹차의 탈취 효과로 냄새가 어느 정도 줄어드는 효과가 있다.

3 전자레인지에 건조시키기 음식물 쓰레기 냄새의 주범은 수분. 음식물 쓰레기를 지퍼락 등에 넣어 전자레인지에 돌리면 수분을 건조시켜두면 냄새가 나지 않는다.

4 냄새 제거 스프레이 뿌리기 악취가 나는 곳마다 냄새 제거 효과가 있는 제품을 뿌려주면 세균이 제거되고 좋은 향을 낸다.

이토록 간단한, 최소한의 공구 활용법

아무것도 안 하고 지낼 수 있다면 좋겠지만 혼자 살다 보면 못 박을 일도 생기고 형광등 갈아야
할 일이 생기기도 한다. 딱 이 정도만 갖추고 있으면 간단한 못질부터 선반 달기까지 알아서 척
척 할 수 있다. 누구나 할 수 있는 최소한의 공구 활용법.

액자를 걸 때

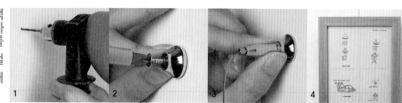

1 전동 드릴을 이용해 액자를 걸고자 하는 곳의 천장 바로 밑부분에 구멍을 뚫는다. **2** 못으로 볼트를 고정시킨
다. **3** 화랑식 걸이의 와이어줄을 벽면에 고정된 볼트에 돌려 끼운다. **4** 액자 뒷면에 와이어를 건다.

커튼봉을 달 때

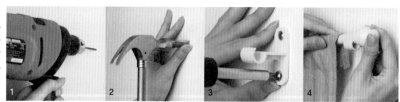

1 커튼봉을 지지할 브래킷을 달 위치에 드릴로 구멍을 뚫는다. **2** 구멍을 뚫은 곳에 플라스틱 앵커를 끼운다. **3** 나
사못을 이용해 브래킷을 고정한다. **4** 커튼을 끼운 커튼봉을 브래킷에 끼운다.

선반을 달 때

1 선반에 드라이버를 이용해 까치발을 고정시킨다. **2** 구멍 뚫을 위치를 표시한다. **3** 구멍을 뚫고 드라이버로 선
반을 고정시킨다. **4** 양쪽을 모두 고정시키면 완성.

04

혼자서도 365일 인생이 즐겁다!

싱글들의 신나는 6대 놀이터

강남

가로수길 | 청담동 | 도산공원

강북

이태원 | 홍대입구 | 가회동&삼청동

Karel

가로수길 끝에 위치한, 하얀색 외관에 빨간 차양이 예쁜 카렐에 들어가면 눈을 어디에 둬야 할지 모를 정도로 주방용품과 인테리어 소품이 빼곡하다. 아기자기한 소품들은 모두 일본 수입 제품으로, 일본의 가정 소품은 모두 있다고 보면 된다. 상품 회전률이 빨라서 언제 들러도 새로운 제품을 만날 수 있다.
영업시간 11:00~19:00(일요일 휴무) **아이템&가격대** 법랑 용품 1만~10만 원 **문의** 02-3446-5094

가로수길
프로젝트

Karel

Look at Me

← 압구정동

예화랑

미래와 희망
산부인과

MY FAVORITE

Good to see you~

Alley ANTIQUE

MY FAVORITE

비주얼적인 책과 오브제적인 요소가 있는 아동 장난감, 빈티지한 장난감을 만끽할 수 있는 공간. '안 팔려도 내가 가지고 있으면 그만' 이라는 마인드로, 주인 스스로가 보았을 때 재미있는 장난감만 가져다놓는다.
영업시간 11:00~19:30
아이템&가격대 장난감 2천~1백10만 원, 책 2만~50만 원 **문의** 02-544-9319

일러스트 이철민

가로수길 프로젝트

핑크색 불을 밝히는 간판, 커다란 통유리 외관만으로는 이곳의 정체가 판단이 서지 않지만, 일렬로 늘어서 있는 청주병이 일본식 다이닝 바임을 알려준다. 모던한 실내 공간과 조용한 공간 배치로 여성들을 배려했다. 안주는 담백하고 깔끔하다.

영업시간 월~수 18:00~01:00(목 ~02:00, 금 ~03:00, 토 ~24:00) **메뉴&가격대** 마구로 타타키 1만9천 원 **문의** 02-544-3210

grandmother

아라비아 궁전처럼 꾸며진 외관부터 호기심을 불러일으키는 와인바. 패션 디자이너인 여사장이 할머니가 될 때까지 간직하고 싶다는 컨셉트로 시작한, '와인과 음식이 있는 곳' 이다. 그루브하고 몽환적인 음악을 귓가에 머금고, 코끝에 맴도는 향을 느끼며, 편안한 소파에 몸을 기대어 기분 좋은 상상을 하기 좋은 곳.

영업시간 18:00~02:00 **메뉴&가격대** 쇠고기가지찜 1만5천 원 **문의** 02-544-7411

신사동 →

정든집

오뎅바가 전통 일본식을 지향하는 요즘, 이곳은 십여 년 전 우리나라의 선술집, 시골학교의 모습에 더 가깝다. 오뎅 종류만 8가지가량 되고, 동치미 국수는 그 맛이 뼛속까지 시원하므로 꼭 맛보길 추천. 저녁이면 정든집에 엉덩이를 붙이고 뜨끈한 오뎅 국물에 술잔을 기울이는 사람들로 '정' 겹게 붐빈다.

영업시간 18:30~02:00 **메뉴&가격대** 오뎅 1천 원, 동치미국수 4천원 **문의** 02-3443-1952

grandmother
nué
KUAI 19
Linz
The Ballet Flat Shop

The Ballet Flat Shop

1989년 디자이너 제인 윙크워스에 의해 론칭된, 5백여 가지의 디자인을 가지고 있는 플랫 슈즈 전문 브랜드 '프렌치솔'과 루시 초이가 선보인 '런던솔'을 살 수 있는 국내 유일의 오프라인 숍. 여자라면 누구나 가지고 있는 발레 슈즈에 대한 환상을 충족시켜줄 수 있는 디자인의 플랫 슈즈를 가장 예쁜 공간에서 만끽할 수 있다.

영업시간 10:30~19:30(일요일 휴무) **아이템&가격대** 플랫 슈즈 20만 원대 **문의** 02-549-3691~2

가로수길

신사동 가로수길에는 은근한 멋이 있고, 맛있는 음식이 있고, 독특한 옷과 소품이 있다. 우레탄이 깔린 초록색 길은 어떤 신발을 신고 걸어도 폭신폭신 기분 좋기만 하다.

how to get there 지하철 3호선 신사역 하차. 안세병원 사거리 방향으로 직진. TBWA 건물 사이로 좌회전.

학4동거리

디자이너스 클럽

belle vue

greEAT

Cafe T

Cafe T
'T-entertainment'에서 운영하는 카페.
지하의 레코딩 스튜디오에서는 김윤아와
박정현이 녹음 중이고 2층의 사무실에는
롤러코스터가 회의 중일지도 모른다. 잘생긴
청담동 피플 덕에 일단 눈이 즐겁고 푸짐한
샌드위치와 커피에 입도 즐겁다.
영업시간 10:00~22:00 **메뉴&가격대**
샐러드 1만4천 원 **문의** 02-2107-5999

마라케시

Antonio

NEWSROOM

A.O.C
A.O.C
서직작가 김용호의 레스토랑.
오리엔탈 스타일의 프라이빗한
공간과 미니 테라스도 좋지만
무엇보다 흡족한 건 1만2천원대의
세트 메뉴. 게다가 이 메뉴를
토요일까지 즐길 수 있다는 사실.
영업시간 12:00~02:00
메뉴&가격대 파스타와
리조토 1만~2만 원 선.
문의 02-541-9260

mi piace

● 홈스테드 커피

duplex

프로젝트 건물 '달링 스페이스' 4, 5층에
자리잡은 갤러리 라운지. 차를 마시면서
자유로운 분위기에서 작품도 감상할 수 있어
감성 충전을 원한다면 꼭 한 번 들러볼 것.
공항 라운지를 연상시키는 독특한 실내
디자인 역시 이탈리아 디자이너 빅토리오
카빌리의 작품이다.
영업시간 11:00~23:00(일요일 휴무)
메뉴&가격대 커피 7천 원 선
문의 02-548-8971

S bar

청담동을 둘러싼 수많은 소문과 사건의 근원지였던 곳.
긴 터널 구조의 독특한 인테리어와 붉고 어두운 조명은
낸시 랭 등 숱한 파티 마니아들을 열광하게 했다.
음악을 들으며 기볍게 칵테일 한잔 마시기에 좋다.
영업시간 18:00~04:00 **메뉴&가격대** 롱아일랜드
아이스티 1만5천 원, 디마레 샐러드 3만5천 원
문의 02-546-2713

서쪽 청담동

패션과 문화의 트렌드 메카 청담동 언덕길을
걷다보면 눈에 띄는 독특한 인테리어의
건물들과 갤러리, 카페, 레스토랑 등을
찾을 수 있다.

how to get there 압구정역에서
갤러리아백화점 방향으로 향하는 버스를 타고
백화점 앞에서 하차, 디자이너스클럽 쪽으로
내려와 '홈스테드 커피'에서 좌회전하면 카페와
레스토랑 골목이 시작된다.

vechia & nuovo

웨스턴 조선의 베키아 앤 누보 델리의
청담동 분점. 이곳의 풍성한 샌드위치와
치즈 케이크는 다른 곳과 비교 자체가
불가능! 청담동 언덕배기에 위치한 데다
매장도 작지만 찾아갈 가치가 있다.
영업시간 10:30~21:00
문의 02-317-0397

vechia & nuovo

bloom

bloom

앤티크로 장식된 테라스 카페. 유럽식 가정집
분위기의 실내와 앞마당엔 아기자기한 소품과
꽃이 예쁘게 꾸며져 있어 커플이나 여자 손님들이
많이 찾는다. 테라스에서 샐러드나 파스타로
간단히 식사하는 것이 단골인 꽃미남 배우
강동원식 스타일이라고.
영업시간 11:00~03:30 **메뉴&가격대**
날치알이 듬뿍 담긴 블룸식 알밥 1만6천 원
문의 02-3446-3676

갤러리아

OGAの厨房

오뎅바에 대한 도산공원식 럭셔리한 해석. 전망 좋은 공간에서 와인만큼 미려한 60종의 사케와 제대로 된 일본 요리를 맛볼 수 있는 다이닝 바. 일본에서 5년 이상 경력을 쌓은 셰프들의 손맛을 보면 오뎅 하나에 4천 원이라는 눈물 나는 가격에도 불구하고 쌈짓돈이라도 털어 또 찾게 된다. 1만~2만 원대의 요리 메뉴도 양도 푸짐한 편이니 너무 겁먹을 필요는 없을 듯.
영업시간 11:30~02:00(15:00~17:00 브레이크 타임) **메뉴&가격대** 오뎅 스키야키 2만7천 원, 오뎅 샐러드 1만2천 원 **문의** 02-514-0058

OGAの厨房

PINK SPOON

이름에 맞춰 인테리어는 물론 메뉴판까지 온통 핑크 세상인 태국음식 레스토랑. 핑크 커튼이 드리워진 타원형 룸에 앉으면 마치 공주님이라도 된 듯한 기분이다. 태국 리조트풍 요리에 와인을 한 잔 곁들여 태국에 대한 향수를 달래보자.
영업시간 12:00~01:00 **메뉴&가격대** 메인 메뉴(1만~2만 원 선) **문의** 02-514-0745

서상영숙

느리게 걷기

GORILLA IN THE KITCHEN

PINK SPOON

Recipe

한적한 골목에 있는 작은 레스토랑.
특별한 인테리어도 없는 데다 메뉴는 오직 한 가지, 코스 요리만 진행되는데 그럼에도 불구하고 믿고 찾게 되는 건 그만큼 맛이 정직하기 때문. 예약 받은 만큼만 재료를 구입하기 때문에 예약은 필수.
영업시간 12:00~22:00(15:00~17:00 브레이크 타임) **메뉴&가격대** 2만 원(점심), 3만 원(저녁) **문의** 02-543-0277

Les Chiots

Recipe

도산사거리

EPISODE 2

BUONA SERA

'스타세라'의 세컨드 레스토랑으로 바로 옆에
붙어 있다. 이탈리안 아이스크림 젤라토와
화덕에서 직접 구운 피자가 유별나게 맛 좋은 곳.
피자를 먹는 내내 식지 않도록 미니 양초로
데워주고, 원할 땐 언제든 테이크아웃과 배달
주문도 가능하다. 지붕이 열리는 테라스에 앉아
여유롭게 이탈리안식 만찬을 즐겨볼 것.
영업시간 11:30~23:30(15:00~18:00
브레이크 타임) **문의** 02-543-8373

뽀뽈라레

나세라

MOU

Aard

Grand Ciel

뽀뽈라레

아담하고 소박한 이곳에선
토스카나풍 요리를 묵묵히
내어온다. 주방이 오픈되어
있고 화덕이 아닌 오븐에서
굽는데도 피자 맛이 좋다. 특히
인기 있는 메뉴는 날치알 크림
파스타. 향신료의 사용을
줄이고 우유와 치즈 대신
생크림만을 사용해 느끼하지
않고 담백하다.
영업시간 12:00~22:00
메뉴&가격대 파스타와 피자는
각각 1만~2만 원대
문의 02-544-0447

Les Chiots

제대로 된 바비큐 그릴 요리를 맛볼 수 있는 곳.
레쇼에서는 호텔보단 저렴한 가격에 셰프가
테이블까지 서비스해주며 소믈리에 김형욱
씨의 도움을 받아 그릴 요리에 와인까지
취향대로 곁들일 수 있다. 햇살이 들어오는
넓은 창이 있는 테라스와 정갈하게 꾸민 내부
인테리어도 기분 좋은 만찬을 즐기기에 제격.
영업시간 18:00~02:00 **메뉴&가격대** 바베큐
3만6천 원 **문의** 02-517-0746

도산공원

가로수길을 사이에 두고 호젓이 들어선
카페와 레스토랑에서 도산공원의 푸른 숲을
바라보며 한 템포 쉬어 가보면 어떨까.

how to get there 압구정역 2번 출구로 나와
현대아파트 앞 버스정류장에서 녹색버스
3422번을 타고 도산공원역 하차.

씨네 씨티

what the book?

our place

DAISY

버거킹®

천상(天翔)

일본인들도, 일본 유학생들도 도쿄를 그대로 옮겨놓은 것 같다고 평가하는 이자카야. 이는 인테리어 디자이너이자 음식 컨설팅을 하는, 60세가 넘은 일본인 코디네이터 마에다 씨 덕분이다. 안주는 자그마치 1백 가지, 술은 30가지가 넘는다. 온돌식 방은 바닥이 뜨끈하다. **영업시간** 10:30~05:00(14:00~18:00 브레이크 타임) **메뉴&가격대** 서천닭날개 1만3천 원, 고마다래 참치 1만8천 원 **문의** 02-749-2224

← 한남동

천상

라면 81번옥

ARVORIC

smokey sa

이태원

외국인들이 직접 운영하는 레스토랑도 많고 외국인 관광객들로 항상 붐비는 곳. 단일민족으로 살아온 우리들에게는 언제나 별천지같다.

how to get there 지하철 6호선 이태원역 하차. 이태원역을 중심으로 좌우 녹사평역-제일기획 건물 사이가 모두 볼거리.

smokey saloon

미국식 햄버거 전문점으로 한입으로는 도저히 베어 먹을 수 없을 듯한 두께의 햄버거들을 맛볼 수 있다. 특히 그릴에 구워낸 두꺼운 패티는 육즙이 정말 풍부해 보기만 해도 흐뭇하다. 햄버거에 들어가는 소스 등을 모두 주인이 직접 개발했다. 압구정에 2호점을 오픈했다. **영업시간** 11:30~21:30 **메뉴&가격대** 빅이일랜더버거 8천9백원, 스모키버거 8천9백 원, 볼케이노버거 9천5백 원 **문의** 02-795-9019

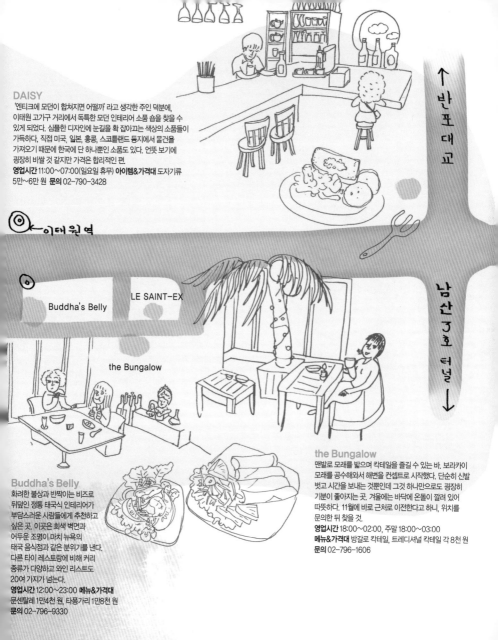

DAISY

'엔티크에 모던이 합쳐지면 어떨까' 라고 생각한 주인 덕분에, 이태원 고가구 거리에서 독특한 모던 인테리어 소품 숍을 찾을 수 있게 되었다. 심플한 디자인에 눈길을 확 잡아끄는 색상의 소품들이 가득하다. 직접 미국, 일본, 홍콩, 스코틀랜드 등지에서 물건을 가져오기 때문에 한국에 단 하나뿐인 소품도 있다. 언뜻 보기에 굉장히 비쌀 것 같지만 가격은 합리적인 편. **영업시간** 11:00~07:00(일요일 휴무) **아이템&가격대** 도자기류 5만~6만 원 **문의** 02-790-3428

↑ 반포대교

→ 이태원역

남산 3호 터널 →

LE SAINT-EX

Buddha's Belly

the Bungalow

the Bungalow

맨발로 모래를 밟으며 칵테일을 즐길 수 있는 바. 보라카이 모래를 공수해와서 해변을 컨셉트로 시작했다. 단순히 신발 벗고 시간을 보내는 것뿐인데 그것 하나만으로도 굉장히 기분이 좋아지는 곳. 겨울에는 바닥에 온돌이 깔려 있어 따뜻하다. 11월에 바로 근처로 이전한다고 하니, 위치를 문의한 뒤 찾을 것
영업시간 18:00~02:00, 주말 18:00~03:00 **메뉴&가격대** 방갈로 칵테일, 트레디셔널 칵테일 각 8천 원 **문의** 02-796-1606

Buddha's Belly

화려한 불상과 반짝이는 비즈로 뒤덮인 정통 태국식 인테리어가 부담스러운 사람들에게 추천하고 싶은 곳. 이곳에는 회색 벽면과 어두운 조명이 마치 뉴욕의 태국 음식점과 같은 분위기를 낸다. 다른 타이 레스토랑에 비해 커리 종류가 다양하고 와인 리스트도 20여 가지가 넘는다.
영업시간 12:00~23:00 **메뉴&가격대** 문센탈레 1만4천 원, 타퐁가리 1만8천 원 **문의** 02-796-9330

S
N

홍대입구역

6번   5번

oh~

알라또레

B-Boy 전용 극장

한국영화
아카데미

●하나은행   ●커피 빈

← 극동방송국

홍대 대문

홍대입구

수많은 트렌드 거리 중 가장 개성 있고
비주류로 통하는 홍대. 그곳에서는 주류문화에 속하지 않으려는
젊은이들의 열린 사고를 엿볼 수 있다.

how to get there 홍대입구역 6번 출구로 나와 홍대 정문으로 향한다.
정문에서 산울림극장 쪽이나 극동방송 방향의 골목골목을 자세히 살펴볼 것.

알라또레
정통 웰빙 이탈리안 음식을 맛볼 수 있는 곳. 깔끔한 실내
인테리어와 시원한 분수대, 이국적인 테라스가 음식의 맛을
더욱 살려준다. 매일 아침 생면을 뽑는 것으로 일과를
시작한다. 음식에 들어가는 허브도 직접 재배한다.
영업시간 12:00~22:00(15:00~17:00 브레이크 타임)
메뉴&가격대 파스타&리조토 1만~2만5천 원, 피자
1만3천~1만5천 원 **문의** 02-324-0978

와비사비

스테레오

삼화철물점

Market m

tea terrace

LOOP

Market m

취재 중에 우연히 발견한 소품 가게. 미국, 일본, 태국, 폴란드,
중국, 터키, 인도, 코스타리카 등 세계 곳곳을 돌아다니며 발견한
제품을 판매한다. 모든 제품은 주인이 직접 여행하면서 모은
소품이라는 점이 독특하다. 1층에는 다양한 소품이 진열되어
있고 2층엔 주인이 직접 디자인한 옷들도 있으니 꼭 들러보자.
영업시간 12:00~23:00 **메뉴&가격대** 캔 코카콜라 전화기
1만7천 원, 티셔츠 1만9천 원 **문의** 02-337-4769

꽃집

산울림 소극장

이리카페

창조의 아침

카카오 붐

쌈지스페이스

젊은 예술가들의 활동을 후원해온 (주)쌈지가 자사의 창고를 개조해
운영하는 복합문화공간. 1, 2, 3층은 갤러리로, 4, 5, 6층은 작가들의
창작 공간으로 이용되고 있다. 독특하고 다양한 전시와 공연이
궁금하다면 한번쯤 들러보자.
영업시간 11:00~19:00 **문의** 02-3142-1693, 4

포스트 극장

쌈지스페이스

...운
...리어

쌈지
스페이스

S / **N**

나비도 꽃이었다 꽃을 떠나기 전에는
몽환적인 분위기와 인도풍 인테리어가 돋보이는
곳이다. 삼삼오오 친구들끼리 모여 앉아 자유롭게
놀기 좋다. 가운데 물이 흐르고 있어 독특한 분위기를
한층 더 고조시킨다. 좌식이어서 어디든 앉으면
자리가 된다.
영업시간 월~목 18:00~03:00, 금 · 토
18:00~05:00 **메뉴&가격대** 맥주 5천~6천 원
문의 02-338-4879

닛폰거리
홍대 주차장 골목을 일명 닛폰거리라고 한다. 역시
홍대스러움이 물씬 풍기는 액세서리나 원조 일본
스타일을 연출할 수 있는 아이템들이 즐비하다.
여느 곳에서는 볼 수 없는 숍들이 인상적인 곳.

● **바이더웨이**

어머니와 고등어
예쁘고 멋진 레스토랑에 질렸다면 어머니와
고등어를 추천한다. 시간 맞춰 울리는 낡은
괘종시계 소리가 정겹게 느껴지며 마치
할머니댁에 놀러온 기분이다. 짭조름한
고등어는 밥도둑이라는 말이 절로 나올 정도.
영업시간 12:00~21:30(일요일은
13:00~22:30) **메뉴&가격대** 안동 간고등어
정식(2인분 기준) 1만8천 원
문의 02-337-0704

어머니와 고등어

Asian Wok

나비도 꽃이었다
꽃을 떠나기 전에는

● 세븐일레븐

It's Good!

← 극동방송국

삼거리 포장마차
D수줍거나
머뭇거리거나
가슴 덜리거나

360일파

bar다

로베르네 집

로베르네 집
홍대에는 저마다 개성이 뚜렷한 가게가 즐비하다.
76년생 여자 미술가 두 명이 자신들의 작업실 아래
재미있는 공간을 마련해 탄생한 로베르네 집.
갤러리 바의 형태를 갖추고 있어 전시회나 설치미술,
사진전 등이 열린다.
영업시간 18:00~02:00 **메뉴&가격대** 맥주
3천~6천 원, 나초 8천 원 **문의** 02-337-9682

넛폰거리

로보

오블리크

그릭조이
캐나다에서 그리스 음식점을 경영했던
주인이 그리스인 할머니에게 직접
요리법을 전수받아 그리스 본토 맛을
재현하고 있다. 넉넉한 웃음으로 맞아주는
주인은 조리부터 서빙까지 손님들에게
마음으로 대접하는 것이 모토. 지중해를
옮겨놓은 듯한 실내 벽화가 인상적이다.
영업시간 11:00~22:00 **메뉴&가격대**
수블라키 6천 원, 무사카 8천5백 원
문의 02-338-2100

그릭조이

Asian WOK
푸드스타일리스트 정신우가 운영했던
'나비섬'이 아시안 웍으로 재탄생했다.
생일날 예약후 방문하면 주인이 직접
만든 바나나 케이크를 준다. 한가한
시간에는 타로점도 봐준다고 하니 꼭
한 번 들러보자.
영업시간 화~목 16:00~01:00
금~일 16:00~03:00 **메뉴&가격대**
토마토 해물 치즈 볶음 1만9천5백 원
문의 02-332-7087

**홍대
놀이터**

● **크리스피 도넛**

산울림 소극장

● **스타벅스**

in cloud

인클라우드
친구들과 수다 떨기 좋은 곳.
안으로 들어서면 깔끔하고
조용한 분위기가 마음을
편안하게 한다. 주인이 직접
만드는 팬케이크와 녹차 빙수는
이 집의 인기 메뉴.
영업시간 11:00~24:00
메뉴&가격대 팬케이크 2조각
3천 원, 녹차빙수 6천 원
문의 02-326-3950

피낭

인클라우드

홍대 대문

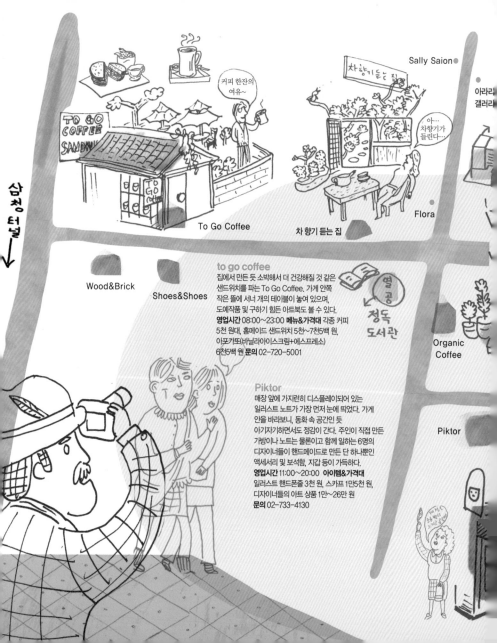

삼청터널

커피 한잔의 여유~

차향기 듣는 집

Sally Saion

아라리 갤러리

아… 차향기가 들린다…

Flora

TO GO COFFEE SANDWIC

To Go Coffee

차 향기 듣는 집

Wood&Brick

Shoes&Shoes

열공 정독 도서관

Organic Coffee

to go coffee
집에서 만든 듯 소박해서 더 건강해질 것 같은 샌드위치를 파는 To Go Coffee. 가게 안쪽 작은 뜰에 서너 개의 테이블이 놓여 있으며, 도예작품 및 구하기 힘든 아트북도 볼 수 있다.
영업시간 08:00~23:00 **메뉴&가격대** 각종 커피 5천 원대, 홈메이드 샌드위치 5천~7천5백 원, 아포가또(바닐라아이스크림+에스프레소) 6천5백 원 **문의** 02-720-5001

Piktor
매장 앞에 가지런히 디스플레이되어 있는 일러스트 노트가 가장 먼저 눈에 띄었다. 가게 안을 바라보니, 동화 속 공간인 듯 아기자기하면서도 정감이 간다. 주인이 직접 만든 가방이나 노트는 물론이고 함께 일하는 6명의 디자이너들이 핸드메이드로 만든 단 하나뿐인 액세서리 및 보석함, 지갑 등이 가득하다.
영업시간 11:00~20:00 **아이템&가격대** 일러스트 핸드폰줄 3천 원, 스카프 1만5천 원, 디자이너들의 아트 상품 1만~26만 원
문의 02-733-4130

Piktor

차 향기 듣는 집

문향재(聞香齋)라고도 불리는 이곳의 백미는 방에서 바라보는 작은 뒤뜰. 넉넉한 인상의 주인 아주머니가 직접 기른 유자나 대추 등으로 정성스레 차를 우려낸다. 자체 브랜드인 문향차는 유자와 허브홍차 등을 섞어 만들어 여자들에게 인기가 높다. 외국인도 즐겨 찾으며, 대부분의 수익을 복지기금으로 쓰고 있어 더욱 흐믓한 곳.
영업시간 12:00~22:00 **메뉴&가격대**
문향차 · 오미자차 5천 원, 복분자차 7천 원
문의 02-720-9691

가회동 & 삼청동

20여 개에 달하는 갤러리 순회를 마쳐도 독특한 쇼핑 스폿과
여유로운 차 한잔 즐길 수 있는 카페들이 우리를 기다리고 있는 그곳.

how to get there 지하철 3호선 안국역 1번 출구로 나와 정독도서관
방향으로, 버스 이용하여 종로경찰서 혹은 안국역 하차 후 정독도서관
방향으로

Organic Coffee

작고 아담하지만 강렬한 커피향을 내뿜고 있는 공간. 국제유기농협회에서 인증 받은 재료만을 쓴다. 원두커피는 물론이고, 사과주스의 경우에도 원액을 이용해 맛이 약간 쓸 정도. 특히 그 자리에 갈아주는 에스프레소용 커피빈이 인기.
영업시간 10:30~22:30 **메뉴&가격대** 아메리카노 3천8백 원(테이크아웃 3천 원), 사과주스 5천 원, 커피빈 250g 2만4천 원 **문의** 02-733-7972

Stori

Stori는 우리나라보다 외국에서 더 인정받고 있는 브랜드, 그도 그럴 것이 동양적인 문양과 자재 경첩, 자개 등)들이 효과적으로 디자인에 맞물려 있다. 영국, 미국, 이탈리아, 스페인, 벨기에 등에서 이미 큰 호응을 얻고 있다.
영업시간 11:00~21:00
아이템&가격대 경첩, 자개, 핸드메이드 자수가 포인트로 들어간 가방 30만~50만 원대, 슈즈 20만 원대 **문의** 02-735-7101

Hyaang

최정인의 슈즈가 부담스러웠다면, 그녀의 세컨드 브랜드인 실용적이면서도 결코 품위를 잃지 않는 Hyaang에 관심을 돌려보자. 올 F/W 시즌에도 여전히 사랑받는 플랫 슈즈에서부터 클래식한 느낌의 펌프스 등 신상품도 가득하다.
영업시간 12:00~21:30 **아이템&가격대** 빈티지 미니멀리즘 슈즈 24만5천 원, 발레 플랫 슈즈 21만3천 원, 클래식 펌프스 브라운 24만 8천 원
문의 02-737-9637

MEETS ORI

MJ's

↑경복궁

Hyaang

Stori

Duru
(Art Space)

club.cyworld.com
/singlesclub

『싱글즈』 싸이 클럽에 놀러 오세요

가장 감각적이고 쏠쏠한 정보로 가득한
『싱글즈』 싸이 클럽을 모르는 사람은 간첩?
2535 세대를 대표하는 대한민국
싱글이라면 누구든 놀러 오세요. 오직
싱글들을 위한 대한민국 대표 잡지
『싱글즈』답게 생활 속에서 알아두면 좋은
알찬 팁과 정보, 두근두근 흥미진진한
『싱글즈』 제작 현장이 공개되니 말입니다.
강신혜의 싱글생활백서, 한지혜의 10분
요리, 언니(편집장)에게 물어봐, 내가
발견한 최고의 맛집&놀이터 등 통통 튀는
싱글 놀이터 『싱글즈』 싸이 클럽에 안 놀러
오면 정말 후회할 거예요. 장담합니다.

판타스틱 싱글 독립백서

초판인쇄　　2007년 9월 20일
초판발행　　2007년 10월 1일

지은이　　　싱글즈 편집부
펴낸이　　　김정순
책임편집　　이은정
디자인　　　김리영 모희정
펴낸곳　　　(주)북하우스
출판등록　　1997년 9월 23일 제406-2003-055호

주소　　　　413-756 경기도 파주시 교하읍 문발리 파주출판도시 513-8
전자메일　　editor@bookhouse.co.kr
홈페이지　　www.bookhouse.co.kr
블로그　　　blog.naver.com/bookhouse1
전화번호　　031-955-2555
팩스　　　　031-955-3555

비매품